聊齋新撰

見鬼。

范遷 著

目次

鬼

房舍臨水，推開後窗就見河流蜿蜒，漲潮時水面上升至屋基界石，年長日久，界石已經鬆動殘破，全靠一排打在水裡的木樁支撐。退潮時就露出一片淤泥，混雜了沿岸人家的棄物，散了半邊的淘籮，磨平斷裂的洗衣板，缺腿的矮凳。對岸的油菜花田在春分時令開得金黃一片，屋宇黑瓦白牆，參差星落，岸邊新綠柳樹依依，遇到霈雨時分，就洇開如一幅淋漓水墨。

他家住在白果鎮，離這兒七十六里地，一半是崎嶇山路，只在年節時回去，平日就住在後廂房裡，既為守夜，也省了住店的錢。其實後廂房裡只有那張掛了蚊帳的床是屬於他的，半間屋子堆滿了有待整理的藉冊箱籠，西窗下擺了盥洗用具，一具用木材升火的爐子，一個蒙了紗簾的櫃子，裡面放置碗筷、油鹽和剩菜。中午他就和范先生用這小爐子煮麵條或稀飯，切面是隔壁米店裡買來的，摻了包穀粉，煮久了湯就混得像漿水，有時范先生會帶些剩菜和剩飯過來，他們就用一個缺了一邊把手的瓦鍋煮鹹泡飯，就著一碟乳腐，或幾根鹹蘿蔔。晚上走時范先生照例留下兩個銅板，那是他的晚飯錢，可以到隔壁店裡買兩個燒餅，或者吃一碗麵疙瘩湯，湯裡放了些菜葉子，肉？已是久不知其味了。

他不抱怨，在如此年景蕭條之際，像他這種手無縛雞之力的人，還有個飯碗，真是要感謝老天了。加上工作又不重，只是整理書籍、編排目錄、謄寫補遺、歸檔入冊。讀過五六年私塾的都能勝任，他能謀到這份差事是靠了二伯父的面子，極力向范先生推薦他人老實，耐得住安靜，又寫一筆好字。

范先生的藏書樓是祖上傳下來的，從明朝至今三百多年了，搬了好幾個地方，最後到這塊偏僻角落裡來暫居，滿房滿舍的書籍，私人宗卷、家譜、地方誌，好多箱籠還沒有打開，在梅雨季節悶在箱子裡的書是會發霉的，所以要逐一開箱晾晒，順便歸類整理。大堂裡擺了兩張書案，發黃的線裝書一摞摞地堆在案頭，矮幾上，靠牆的櫃子裡是已經入檔的冊頁和宗卷，在凌亂的桌案上放了碩大的硯臺和筆筒，裁成小條的宣紙是用來寫書目的，還有剪刀和漿糊盆，鎮紙和直尺，在過年的時候，書案上會置放一盆碧綠的水仙，細細的花苞含在葉片裡，突然在一夜之間就綻放了，清香滿室。

他起得早，漱洗之後清掃，去隔壁老虎灶上打一壺熱水，范先生每天寅時一過就到藏書樓，穿一件綴了補丁的長衫，一雙黑面布鞋，攜一把油氈黃傘。進了門，把油布傘掛在門後，為的是離去時不致忘記，然後取出一小紙包茶葉，泡上一壺大葉子的土茶，捂暖了手，就坐下做事。他在另一張書案上，把范先生整理完畢的書籍造入帳冊，如果封面損壞，他就需重新裝訂，缺頁的需要用相同的紙謄寫，或用另一本殘書的頁碼補進去。間或范先生問訊些瑣事，他就根據記憶一一回答，大部分時間廳堂內寂然無聲，偶有書頁翻動之聲，磨墨之聲，茶碗蓋闔上之聲，或者銅筆帽滾落下地，「鐺」地一聲輕響。

「哎，我前天看的那本錢牧齋校注的《文心雕龍》到哪兒去了？」范先生轉過身來問。

他略微思索了一下：「可能是我昨天整理時，和別的冊籍一塊搬到樓上去了。」

范先生說：「我還有點小注沒謄錄上去，你吃過飯再上去尋出來吧。」

他答應了一聲，接著想那些東西放在哪兒了，樓上書山書海，按范先生的要求，史籍、地方誌、宗譜，放一處，而個人文集、校注文本、名人書信手跡放一處，古籍珍本、諸子百家、宋版明版書又另放一處，經范先生校過的，和準備要校的又分開存放，記性不好的人，看到從地板堆到近天花板的書就發暈，哪還記得清幾天前的某本書放在哪兒了？

他可不敢忘記，他可以記不清昨天中飯吃了什麼，最後一次添置衣裳是什麼時候，但每一本經過手的書籍，他都能記得歸進哪個檔類，實在記不起，查一下手邊的書籍名冊也就分明了。兩年多來，他還沒出過差錯，伯父告訴他，范先生背後謝過他，說介紹了個很得力的人手到藏書樓來。

中午吃過鹹泡飯，范先生去河邊走一圈消食，他取出一大串鑰匙，開了通往二樓的門，沿了一條窄窄的樓梯上樓，門一打開，一股微微的霉薰氣味和著積塵味鑽入鼻孔，他不由得「啊啾」一聲打了個噴嚏。雖然是白天，樓上還是很暗，因為很多窗子被堆積如山的書籍櫥櫃堵住，沒堵住的窗上也掛了竹簾，防止書籍被陽光曝晒，只有面河的那堵牆上開了扇氣窗，一條光柱從外面透了進來。

范先生關照過，樓上絕對不許用任何蠟燭，或明火，實在需要，也是用那種帶玻璃罩子的洋油燈。所以，這兒除了白天搬些整理好冊籍上去，或偶爾上去尋些東西，到了晚上就落下一把銅鎖，除了耗子走動，悄無聲息。

他記得昨天是送了一疊清人李友漁的詩抄手冊上來，也許《文心雕龍》就夾在裡面，所以他去前廂房存放個人文集的書架查找，李友漁的詩抄倒是在，但就是找不到那本《文心雕龍》。他想大概是記錯了，等下到樓下再找找。

就在他準備下樓時，頭頂響起「哐當」一聲，嚇了他一跳，抬頭看去，那扇氣窗脫了拴，被風吹了拍擊著窗框。

等下還要記得搬把梯子把窗子關好。

范先生散步回來之後，兩人一通好找，桌底櫥頂都找遍了，連放碗筷的櫃子也看過了，那本《文心雕龍》還是不見影蹤。范先生就有些不高興，嘀咕道：「奇怪，書還會自己生腳走掉的？」他勸慰道：「也許我沒留意，順手擱在樓上別的書架子上了，要麼明天我再上去看看？」范先生點了點頭，不再語言。

傍晚時分下起雨來，是那種江南早春特有連綿不斷的雨，陰寒入骨，淅淅瀝瀝，一陣緊一陣緩。吃過簡單的晚餐，他早早上了床，躺在薄薄的被衾之下，聽著水滴從簷間墜落在青石板臺階上，猛然想起白天見樓上的氣窗被風吹開了還未關上，雨水飄進來打濕了書籍可不妙。披衣坐起，側耳傾聽，並沒有窗框拍擊的聲音傳來。這種天氣可真不想從溫暖的被窩裡爬起來，猶豫了一下，責任心還是占了上風。他套上衣褲，趿了鞋，點起洋油燈，再拿了根長竹竿，就去開通往樓上的門。

在微弱的光線下，他試了幾次才把鎖打開，就在開門的一剎那，他恍惚覺得看見樓上有亮光一閃，像是蠟燭吹熄之後最後那一點餘光。他徒然間背上一道寒意掠過，扶了門扉進退不得，過一陣才平復下來，告訴自己也許是窗外的閃電，或根本是自己看花了眼。心裡還是忐忑，大力咳嗽了幾聲，一手高擎洋油燈，一手緊握竹竿，一步一步登上樓梯來。

他是第一次在夜裡上到樓上來，只見房裡的格局似與白日不同，箱籠雜物在洋油燈下無端地膨大了許多，帶了長長的投影，變幻不定，似活物般地會騰挪移動。而裝滿書籍的櫃子書架，燈光從下面照去，一排排地豎在那兒竟像碩大的墓碑，寂寞而無言，只等著香火來祭配了。他抑制住自己的心跳，疾步穿過嶙峋曲折的書架組成的峽谷，徑直來前廂房察看。

抬頭望去，那扇氣窗竟然闔上了，也許只是虛掩著，至少雨水飄不進來。他不由得鬆了口氣，用竹竿去試試，闔得很緊，他還不放心，把竹竿的一頭抵住窗扉，另一頭撐在櫃子的底部，今夜也只能這樣了。

就在他準備轉身離去之時，從右手邊傳來一陣奇怪的響動，如腸胃不好之人的肚鳴聲，然後是「嗤」地一聲如人放屁。他猛地一驚，腳軟手顫，洋油燈差點失手落地，渾身汗毛一根根豎立起來，強自鎮定，舉燈照去，箱櫃籠屜依舊，只是由於他手的抖動，映在牆上的黑影如呼吸般地微微顫動。他屏了氣息，站定在地下動彈不得。

一股詭譎的感覺攫住了他，有人在他咫尺之近的地方，有人在一個不可知的方位向他窺視，有人和他一樣地屏氣斂息，有人心懷叵測，於他不利。

但眼前空無一物。只聽得窗外淅瀝雨聲。

好容易收回魂魄，挪動腳步，心顫腿軟地回到樓下，直到一把鎖死死地扣住，一顆心才平復下來。回到床上，卻怎麼也睡不著了。

都說是心生暗鬼，明明是一層空屋，他卻覺得暗中有人潛伏，也許是老鼠跑動的聲音，他卻疑為有人發出聲響，也許是外面的閃電或漁火，他卻以為有人在樓上舉燈，也許是他一人獨處久了，變得神經過敏，自己捏出個鬼來嚇唬自己……

還是別去亂想，全是無稽之談。

躺在枕頭上，耳朵卻豎起，這種下雨天是老鼠都不會出來活動的，可是他怎麼感到樓上有極輕微的腳步聲？像是人赤了腳在小心翼翼地挪動重物。仔細聽又沒有了。間或樓板「咯噔」一聲裂響，這響聲他以前倒是聽到過，樓房是道光年間建造的，百多年了。臨水的屋基下沉，榫頭擠壓錯位，再是木板受潮脹縮不勻，偶有響動也是有的。可是，可是聽來又好像不是那麼回事……反正今夜一切都不對了。

他又起身，也不點燈，就在黑暗中坐著，仰了頭，仔細辨別樓板上傳來一絲一毫的響動。再去樓上察看是沒有這個膽子了，跑出去敲門把左鄰右舍叫起來也顯荒謬，他能做的，只是把門戶鎖好，然後靜待天明。

他躡手躡腳地在房裡兜了一圈，門閂都插上了，護窗板也從裡面閂上，在察看前廂房面對河的那扇窗時，他一念偶然，把護窗板打開了一扇，向外望去。

雨已經停了，天上竟然出了月亮，暗黃色，掛在天邊。靠近屋子的界石處，不知什麼時候停靠了一艘烏蓬船，黑黝黝的，全無聲息。河水在夜裡看起來如鏡般地平靜，映了微微的天光。他沒來由地想起了傳說中冥界的生死界河，也是如此般地凝固不動，卻深不見底。而那艘停泊的烏蓬船，就像載人去彼岸的渡船。他本來就受了驚嚇，這幅景色更使他不寒而慄，趕緊掩上護窗板，深一腳，淺一腳地摸回後廂房，坐進被窩，牙齒還得得地打戰。

一夜無眠，到清早時他竟有些神志不清了，也辨不出是夢中還是清醒，樓上間或傳來響動，除了有人踮腳走路，還聽到那扇氣窗又「嘰呀」一聲開了，鑽進來一股風，在滿室的書籍中兜來兜去，吹得紙頁嘩嘩亂響。又聽見好像有人從樓梯上下來，想要打開門，鎖頭上的鉸鏈被推得一聲響，過一陣那腳步聲又回樓上去了。好容易捱到天明，隨了淡青色的晨光透進廂房，一切響動也戛然而止。

他照常起身，但神魂俱失，拿了把掃帚不知要做什麼，蓬頭散髮地提了水壺去老虎灶灌水，水溢了出來他人還呆呆地站在那兒，直至老闆一聲斷喝，才驚醒過來。回來的路上往河裡瞥了一眼，昨晚停泊在樓下的那艘烏篷船已不知去向，又是發了好一陣呆。

范先生如常寅時來藏書樓，並未發覺異樣，泡茶暖手坐下做事，過了一會問道：「那本《文心雕龍》可有找著？」不見回答，轉頭一看，只見他兩眼發直，神情木訥，問他什麼卻答非所問，不禁詫異道：「你怎麼了？可是生病？」他只是搖頭。范先生伸手在他額上試了試，又去絞了把冷水手巾，讓他擦了臉，又喝了些熱茶，才回了神，一五一十把昨夜之事說了一遍。

范先生呆了臉，一聲不響地聽了，站起身來出門，走去老虎灶叫上老闆和他的大兒子，四人一起開鎖上樓，老虎灶小開還捏了根捅火棍。上樓一看，不對！一具書櫃被移到氣窗下，撐了氣窗的竹竿已被移走，豎在角落裡，再抬頭一看，天花板上有塊樓板錯位，用竹竿一捅，就露出一方空間，急忙搬了梯子，眾人扶住，老虎灶小開擎了洋油燈，戰戰兢兢爬了上去，用燈照了細細查看，再探出頭來說鬼都不見一個，隔板上只有一截蠟燭頭，和一堆棗子核。

眾人又移動梯子，登高去查看氣窗，發現窗檔上繫了一條棕繩，垂於窗外，顏色與舊的牆面相近，外面不仔細看是看不出來的。

四人下得樓來，范先生在老虎灶老闆手裡塞了幾枚銅板，關照說不必讓左鄰右舍曉得，平白受些無謂的驚嚇。上門落鎖，兩人回到廳間，范先生說別的事體先放下，要他帶了賬薄，兩人再次上樓清點失竊的損失。

兩人清點了一下午，損失大致明瞭，竊走明版《魯班經》一部，明版《文心雕龍》一冊，文徵明書文簡一卷，曾國藩家書冊頁若干，乾隆御手朱批的《四庫全書》散冊若干本，以及三十多本各種珍籍絕版，范先生一面清點一面心疼不已，損失可不謂不小。

他囁嚅地說：「夜裡我應該叫起鄰舍的。」

范先生道：「那又如何？半夜三更舉了火來藏書樓捉賊？算了吧。」

他心懷愧疚：「誰想這種天氣還有賊上門，我只以為樓上鬧鬼……」

范先生說：「非也，此賊潛入樓上非一二日也，少至三五日，多至十來日了。」

他不解：「何以見得？」

范先生道：「此賊是從相鄰房舍的屋脊過來，用繩縋入氣窗，借書架箱櫃攀入天花板之間隔。白日潛藏，夜間出來尋覓。肚餓時食以紅棗充腹，不至於為便溺所迫。所失的籍本，俱是善本，非市井之人所識。我心裡大概有個數是誰人所為了。」

他激動：「那還不趕快報官去！」

范先生搖搖頭：「孔孟之徒被逼竊書，必是生活所迫之無奈之舉，報了官，一地的讀書人全部斯文掃地，也包括你我，何苦呢？還有，其人是個仔細謹慎的，他潛藏數日，僅以數枚棗子果腹，不至於弄得藏書之地穢臭不堪，褻瀆了書香文章。他用蠟燭照明，必定是小心了又小心，一旦疏忽，後果不堪設想。再說，他由屋頂從氣窗進出，談何容易，一失足不是骨斷筋傷，還有性命之虞。罷了，罷了，此事到此為止。」

他還不甘：「賊骨頭太可惡，害我吃了一夜驚嚇。」

范先生笑了：「你吃了驚嚇？他吃的驚嚇不下於你；夜間從來無事的，突然上來個人，手持竹竿。他必定嚇得心膽俱裂，還不敢作聲，卻憋不住放了個屁，露了破綻。你下樓上鎖，他必定想事情敗露，你會去喚人捉賊，一頓好打之後送官，前程盡失不說，臉面也無處擱了。你在樓下擔驚，他在樓上更如熱鍋螞蟻，彷徨失措，章法也亂了，腳步聲也顧不得了，只想如何盡快脫身。那根繩索本是用來縋書下樓的，卻成了逃命之索，也不知是否摔傷？如是，那些書變賣之值，或還不抵醫藥開銷。」

他憤懣之氣終於消去，突然又想起：「此賊是否會食髓知味，再次光臨？」

范先生沉吟：「人心難測，誰也說不準……」

他發狠道：「如他再上門，我弄根大捶衣棒，著實教訓一頓，看他還敢再犯。」

范先生阻止道：「只有千年做賊，哪有千年防賊的？還是那句話，算了吧，你就當作昨夜樓上鬧鬼……」

他家祖傳的房產，差不多淪落成大雜院了，先是分家，曾祖父有四個妻妾，到父親這輩算來有十一個男丁夠資格分產，沒人肯讓一步，直到三分之一的田契落進了訟師的口袋，才使眾人驚醒，再由族裡人出面擺平。父親算是長房長孫，分到手一個獨立的院落，是曾祖父第四個老婆住的，聽說擅唱青衣，因此在客堂裡有個離地兩尺的臺子，曾祖父是大煙嗓子，譚鑫培一路的，方圓二十里地有名，興致來了會粉墨登場扮老生，著了長衫掛了張髯口，搖著摺扇和小他三十六歲的四姨太清唱一段。

再後來北方打仗了，陸陸續續有人逃難來住下，樓下前後廂房都住進沒見過面，但宗譜上有名有姓的親戚，一住就是一年半載，天井裡掛滿各家洗出來的衣裳，小戲臺上堆滿了逃難人家沒打開的箱籠，等到廚房被劃成各家的領地，油瓶鹽罐被貼了姓氏標籤，過道上被各種什物佔據，小嬰兒出生在後廂房裡，妯娌們說話開始指東牆罵西牆，至此確定了獨院向雜院進化之完成。

母親偶爾會抱怨：「燒香趕出和尚了，就憑他們跟你一個姓，租給外面人的話，至少還可以收幾個房錢貼補，這到底是要住到哪年哪月？」

父親只嘀咕一句：「逃難了，都是親戚，大家都不容易，算了吧。」

母親道：「那個住在戲臺上的河南後生呢？明算都出了五服，還真的假的都不曉得，你也懵懵懂懂地招了進來，這又那能說？」

父親的眉頭皺了起來：「才十五六歲的少年，家破人亡，千里尋來只求個落腳的地方，算是積德吧。你少跟他廝玩。」

母親的聲音弱下去：「話不是這樣說的。那人一到下午就臉色潮紅，咳個不停，怕是有癆病，叫你兒子少跟他廝玩。」

不是吃長素嗎？」

他倒是很願意和那個羞怯的河南少年玩耍的，他少有玩伴，除了大他兩歲的堂姐，童年時如假小子似的與他瘋玩，尖鑽促刻，沒臉沒皮，哭鬧撒潑全來，只是一過十三，要緊扮閨秀狀，好像也與他生疏幾分了。加之兵荒馬亂時期，大房子裡死氣沉沉，家家門戶緊閉少來往。他在這幢大房子裡唯一不用敲門而入的就是客堂裡的這個戲臺。

一架破舊的屏風，把箱籠雜物隔開，裡面用兩張條凳，架了兩塊門板，鋪了薄薄的被褥，就是少年歇夜之地。行裝單薄至極，床頭兩個包裹，一個是換洗衣物，夜裡也權作枕頭之用，另一個從未打開過。桌椅俱無，只在床底下放置了一把茶壺，另一把是夜壺。堂姐到底「閨秀」未久，促刻丫頭之本性難泯，曾咕咕偷笑著私下與他耳語：「夜裡黑咕隆咚的，萬一拿錯了怎麼辦？」

他小人兒的心思卻在那個沒打開的包裹上，戲上都說逃難的人臉上抹了鍋灰，穿著襤褸如叫花子，包裹裡卻儘是金銀財寶細軟首飾，到時候像杜十娘般地一傢伙亮出來，嚇人一大跳。

什麼時候能看個究竟就好了。

有時家裡糴了新米，做了一鍋梅干菜紅燒肉，父親盛出一碟，並一大碗新米飯，叫他端了送到屏風後面去。一來二去，漸漸熟了。河南少年身架單薄，但眉毛長得端正，隆鼻大嘴，可惜生就一對招風耳，那雙眼睛叫人看不透，低垂時如風中柳絮，偶一抬頭看你，卻像燜燒煤炭似的灼人。少年平日饑一頓飽一頓，像隻老鼠似的生活在一大堆箱籠之間，悄然無聲。只在他和堂姐去玩耍時，才見些活潑，消瘦的臉龐上升起一砣鮮紅的暈團。

他一雙細長的手指代替了大部分的話語，少年會用青蘿蔔雕出一尾活靈活現的金魚，尾巴會搖，魚鰓一張一合，會用竹根做出精緻的煙斗，會用紅紙疊出紙鶴，拉動紙鶴尾巴翅膀就會一扇一扇作飛翔狀。煙斗送給了父親，紙鶴送給了堂姐，他跳了腳鳴不平時，少年笑咪咪地說我帶你去吃小餛飩。

去鎮上不遠，半里路，只是市容蕭條，百業凋零，計有一家藥房，一家乾貨收購行，兩家綢緞鋪子，三五食肆還開門營業。正經飯店不是鄉野小民去的地方，更不用說小伢子們。倒是轉角上有家小吃食店，賣生煎包子和小餛飩，生煎包子用棉籽油煎出來的，面色發灰。倒是小餛飩，皮薄餡滿，湯是用豬骨頭吊出來的，還撒了蝦皮紫菜，切絲蛋皮和青翠的芫荽末子，再滴上幾滴鮮紅的辣油，兩個銅板一碗，父親帶他去吃過，不過是很久之前的事了。

少年的諾言拖了很久才兌現，有一陣只見他背了那個包裹，紮緊了褲腿，出門兩三天，回來倒頭就睡，起來臉色愈見蒼白。如是月逾，一日少年與他附耳低語：「叫你堂姐出來，我請你們去吃小餛飩。不須給家人知道……」

他躍然，堂姐卻只是撇嘴：「誰稀罕了他那一碗餛飩？白吃住了半年，現在才想起回請？我還怕了他那對招風耳，餛飩還沒喝就被他扇涼了。」

他年幼無知，回去竟然照搬，少年臉色一緊，眼神更加荒涼，好久返過神來，說：「告知你堂姐，請客是由頭，後面還有餘興，不要錯過。」

到底按捺不住好奇心，堂姐還是來了，三人去鎮上，在小食店的白木桌子上坐成一個「品」字，他居中，兩人都只對他說話，卻是講給第三者聽的，好似小孩打彈子，一粒彈子擊中中間那粒，再由此撞擊第三顆。他在唇槍舌劍中捧牢一大碗餛飩，喝得滿頭大汗。在芫荽碧綠和辣子鮮紅之間，堂姐言語一如平日尖刻挑剔，潑水似的，少年笨拙地抵擋著，伺機也會反擊一句，言來語去，兩人的眼神卻溫柔，如春夜初升的月亮。

食罷歸來，三人都飄然，互相間調笑無形，少年和堂姐更是說些瘋言瘋語，他一步三躍著去採柳枝，一回頭卻見少年拖了堂姐的手，在土地廟前要作狀欲拜，堂姐掙紅了臉，甩手頓足，咬牙罵道：「羞，羞，身家未立，卻作此等之想。此時天還未黑盡，怎的已經亂夢連連？」少年一愣，正色道：「亂世人心，情比草木，春來競發，天地也容之。何羞有之？」這次輪到堂姐臉紅道：「算你還讀過幾天書，釀成歪理一套，可惜不成還是不成，斷了這個想頭吧。」說罷匆匆離去。

兩人被掃了興頭，泱泱地回到住處，少年強打起精神，說：「我們兩個也可自得其樂的。」說罷捲起被褥，露出床板。拎過那個神秘的包裹，一層層打開攤在床板上。他眼睛睜得如銅板大，又眯起來，生怕被包裹裡的珠寶光芒耀花了眼。待到完全打開，不禁大失所望，沒見得一件細軟，唯有包裹皮上托著一堆木棍布料和一大堆錯綜複雜的繩索。

少年細長的手指在這堆雜亂無章的物件中穿梭、整理、擺弄，漸漸地，隨著繩索收緊，從床板上突然站起個人形物件，先是軟軟地垂著頭，彎腰曲背，全無生氣，只見少年手腕翻動，牽緊某根繩索或放鬆另一根，那人形竟然活動起來，先來一個手搭涼棚遙望之姿，再是腰身一扭，一個後空翻，跳到三尺之外，又一個金雞獨立，手在腰間一轉，竟擎出一根金箍棒，凌空揮舞……

他喜極驚呼：「孫悟空。」

他只是聽過西遊記故事，對門三叔家住過一家杭州人家，有個男孩擁有一套西遊記連環畫，輕易不肯借人翻閱，他曾用一隻虎頭蟋蟀加一個宜興老缸換來看了半日，馬上被杭鐵頭上門索了回去。加上父親一頓訓斥：「此為野狐禪，少碰為妙，小孩子讀好書才是正經。」

看官明白；所謂野狐禪正是童子心中最燦爛之物，雖被逼讀書，但腦筋裡從未忘懷此等躍躍欲出的古怪精靈，現在一段無生命的木棍在少年手下幻為活色生香之精靈，近在咫尺飛躍騰舞，怎使得他不若癡若狂，雀躍莫名。

少年微笑，擺手叫他稍安勿躁，幾下擺弄，又一個人形站起，身腰柔軟，亭亭玉立，媚態萬千，妖氣十足，分明是白骨精無疑，只見她捷如飛燕，靜如拈花，一擰身又凌厲出劍，招招取人要害。一進一退地與孫悟空廝殺起來。

黯淡的燈光下少年臉色雪白如紙，目似火炭，神情專注，嘴裡不住地哼著鼓點，雙手各操縱一具人偶，配合巧妙，孫悟空棍走龍蛇，時而席地襲來，時而攔腰掃去，劈下之際總有千鈞之力，而白骨精總能輕巧閃過，在空隙間用手中寶劍還擊，劍花如雨，步態如風。

他已是呆了，幾時見過如此活靈活現之廝殺。這哪是木偶，分明是被神仙妖怪寄了魂的。動作神態都如幻如真，在他幼小的心靈中，只怕比真的更真，相比之下，平日所見市井之人木訥之相倒像是假的了。

靈魂出竅，飄蕩而去。

猛然一聲粗厲的叫聲在樓梯口響起：「阿香你還沒把馬桶拎出去麼？」

一聽「馬桶」兩字，少年像中槍似的一哆嗦，手法馬上亂了，正在騰躍挪動的人偶被繩索絆住，作磕磕跌跌狀。越急越亂，越亂越不得分解，最後，兩具人偶像是被抽掉脊樑骨，醉酒般地搖晃幾下，頹然仆倒在床板上。

他意猶未盡，直嚷道：「再來。再來。」

少年喝醉酒似地，臉上急汗如雨，對他的連連催促只是恍惚地搖頭。良久，終歸平靜，緩緩道：「我已累了，擇日叫上你堂姐再一塊玩耍吧。」

這一等就等了好多時日，戰事愈來愈緊，周圍幾個大點的城鎮都遭了兵掠，鄉間牽動。百姓收拾起細軟家當，以備不測。有未出閣之女的人家，都急急地為女兒擇婚。堂姐不滿十四，已說下鄰鄉的一戶人家，開醬園的，日子還算殷實，只是聽說新郎倌身子不大好，常臥床煎藥。約定重陽過門，距今還得三月，全家人打櫃造床，添衣置物，忙得不可開交。

他極想再次領略那個神奇的境界，河南少年卻總是懨懨地打不起精神來，他知道只有去把堂姐請了來，才能說動河南少年再給他們表演一次。

堂姐卻不為所動：「什麼稀罕物件！走鄉串野混飯吃的把戲。小孩子沒見過世面，興頭頭地當個寶。小心又吃伯父的訓斥，不好好讀書，只貪玩耍。」

他如梨膏糖似地對堂姐緊纏不休，用自己的壓歲錢買了絨花給堂姐，上花轎時可以紮在頭上，又偷出母親一副銀耳環送去，堂姐最終拗不過他，答應陪他去看一次，小閨秀伸出一根指頭，點著他額頭：「你告訴那侉子，只是看他戲耍，休作非份之想……」

飛奔而去，大喘著氣地告知：「堂姐要來了。」少年眼睛一亮，及聽見他無心無肺地轉述：休作非分之想。眼睛又黯了下去，牙齒咬在下嘴唇上，良久無言。再開口時，聲音顫抖：「說與你家堂姐，我也知她不日出閣，只想為她一賀。奈何孑絕然一身在外，心拙力薄，無以為禮。只憑祖傳小技，博她一笑而已。」

那日說定時辰，他與堂姐偷偷地來到戲臺上，之前堂姐告誡過他：「半個時辰就走，不得拖延。我是訂了人家的人，名聲要緊。」

他只有唯唯點頭，一門心思想要再看孫悟空大戰白骨精，此刻堂姐索要天上月亮，他也會爬上樹梢伸手去摘取。

少年迎著他們，今日他換洗一新，身著一件煙色竹布長衫，臉色依然蒼白，雖面呈淺笑，卻掩不住眼神悲涼。他把姐弟倆延入屏風後面，只見一方逼窄天地已經打掃得纖塵不染，所有雜物移去，只剩一架床板，蒙了潔淨的被單，三步開外，置放了兩把矮几，面前一張小凳，放了一盤南瓜子，一盤杏果，一盤檀香橄欖，一壺茶水。少年把他倆安置在位，說：「杏果橄欖已洗淨，茶壺是泡了一日一夜去舊垢，再煮沸，茶是剛收下來的新茶，請隨便用。容我準備一二，馬上就好。」

他們姐弟倆喝茶吃杏果橄欖，少年在床板另一端忙碌，將兩具人形木偶置放在床板上，彎身整理埋在底下之繩索。妥當之後，少年直起身來，點燃兩支蠟燭，口中「鏜」了一聲，意為戲已開場。

他端坐，心中稍有失望，面前的人偶不是孫行者也非白骨精，而是一個身穿長袍，頭戴羽巾，擎了把摺扇的書生，也不見這書生有何武功，只會搖著扇子踱了方步，或仰首或沉吟，或甩袖或頓足，在臺上兜圈子。正在他疑惑時，一句唱詞響起，少年眼簾低垂，曼聲唱道：「你在長亭自做媒，說道家有小九妹，既然九妹就是你，你為何又許馬文才？」

另一個人偶款款站起，低首含眉，水袖遮面，一步一顰，嬌羞答答，分明是個妙齡女子，少年聲線一變，用顫如一線的假嗓唱道：「梁兄呀，難道小妹心意尚不知？我豈願嫁與馬文才！」

男人嗓音又變回來：「好呀！賢妹呀我與你山盟海誓情意在，我心中只有你祝英台！你父親作主許馬家，你就該快把親事退。」

那個女性人偶欲進卻退，欲言又止：「我也曾千方百計把親退，我也曾拒絕馬家聘和媒。怎奈是爹爹絕了父女情，不肯把馬家親來退。」

書生緊逼一步：「你父不肯把親退，我梁家花轎先來抬，杭城請來老師母，祝家的廳堂坐起來。聘物就是玉扇墜，緊緊藏在袖管內。玉蝴蝶，玉扇墜，難道不能夫妻配！」

女偶水袖甩起，掩面宛轉：「玉蝴蝶，玉扇墜，蝴蝶本應成雙對。只是你我自作主，無人當它是聘媒。」

書生頓足捶胸作激憤狀：「縱然是無人當它是聘媒，你我生死兩相隨！我要寫成冤狀當堂告，頭頂狀紙進衙內。就告你父祝員外，他不該欺貧愛富圖賴婚姻犯大罪；再告那仗勢欺人的馬文才，他活奪我愛妻該有罪。我一張狀紙進衙內，倘若為官是清正，只斷攏來不斷開！」

女偶轉身欲去狀，卻回首：「梁兄！梁兄你句句癡心話，小妹寸心已粉碎。你可知那堂堂衙門八字開，官官相護你總明白。他馬家有財又有勢，你梁家無勢又無財，萬一你告到衙門內，梁兄呀你於事無補要先吃虧。梁兄呀，梁門惟有你單丁子，白髮老母指望誰。英台此身已無望，梁兄你另娶淑女……」

書生頹然，伸手去拽女偶的水袖：「我那怕九天仙女都不愛……」

他渾渾然地聽著，這臺戲實在使人肚腸發癢，除了少年嗓音一忽男變女，一忽女變男的有趣些外，十來歲的他實在不耐煩看兩個人偶在臺上拉拉扯扯，悲悲切切地作泣訴狀。他只是想聚攏些耐心挨過去，底下就會上演孫悟空大戰白骨精，也許少年高興了，再加一段孫悟空勇鬥牛魔王也是說不定的。好在有瓜子零食解饞，他伸手去抓取杏果，不經意地瞥了一眼堂姐，卻大出他意料之外，只見堂姐捧了半杯茶水，欲飲未飲，眼中竟然飽含一腔淚水。再看少年，聲調愈加淒慘，男聲已近嘶啞，女聲如泣如訴，手下人偶一步三回頭，不忍且不捨，悽惶欲斷腸。

只聽得「哐當」一聲，堂姐突然摔下手中茶杯，起身離去。少年和他都呆住了，堂姐走到臺階邊緣，回過一張滿是淚水的臉龐，惡狠狠地說了句：「少來惹人家，你擔當不起的……」

他驚駭莫名地看著堂姐疾步而去，不懂少年怎地惹了她，戲不太帶勁倒是真的，也犯不著哭嚷摔茶杯啊。再回頭看少年，捧了個頭蹲在臺上，兩肩微微地發抖，看得出是在強忍抽泣，兩具人偶躺在腳下。他似乎知道今天是不會再有孫悟空大戰白骨精了，多日期望成空，只覺心灰意懶，一屁股坐在地下也想哭上一場。

燭光搖曳，臺上暗影幢幢，良久，少年站起身來，撿拾地上茶杯碎片。他看著那佝僂的身影，不禁心生憐憫，想說些安慰的話語又無從說起，只噓嚅道：「我堂姐一向快嘴利舌，但傷人之意是沒有的，你別放在心上。」

少年抬頭，眼神淒濛，嘴角拉出一個苦笑：「她是對的，我自作自受而已。」

那年重陽一派淒風苦雨，戰事愈緊，民生愈艱，堂姐匆匆出閣，原本說好的迎親儀式減了又減，到時辰夫家只來了個叔伯兄弟，雇了頂小轎，幾個挑夫，擔起箱籠雜物，草率匆匆而去。他淒然莫名，想堂叔大概也會傷心的，但看來沒有，堂叔家上下好像是鬆了一大口氣似的，口口聲聲只說此地不安寧，盤算著要去杭州投靠朋友。

少年在堂姐出閣三天後躺倒，只聽得他咳了一夜，天亮之後父親去探視，驚惶地跑了出來，少年吐了一夜壺的血。商議延醫時族人紛說，多有時世維艱，自顧不暇的意思。父親憤然：「莫說他與我們同姓，就是路倒之人，還有個扶助周濟之例在先。莫不成時世不好，人心也一塊爛了下去？你們真的不方便，我也要盡一己之力，能做多少是多少罷了。」

請了郎中來看，只是搖頭，出來說少年的症狀是肺陰損傷，心經乾涸，腎氣不足，年紀輕輕得此虎狼之症，兇險異常，非得靜養年餘，加之清心寡欲，好飲好食調養，才得復康可期。父親付了診金，又陷入憂愁，亂世年代，兵災加上天災，靜養何談容易？平時家用日漸短促，常以南瓜山芋代飯，三月不見葷腥，母親常為隔日之炊發愁。這「飲食調養」從何說起？

父親半夜在天井裡仰天長吁，日間還是用大碗盛了糙米飯，加上口裡省下的菜肴，叫他送去戲臺上。有時鄉下人在塘裡抓了魚，如巴掌大小，菜油煎了，分一尾給少年。有次他用淘籮捕獲兩隻麻雀，用籤子插了火上烤熟，也送去給少年「調養」。

少年半臥在床上，見他奉上烤麻雀，瞇眼問道：「捉到幾隻？」

他答：「就兩隻。」

荒年急景，人們餓極，窮凶百惡，蛇蟲百腳都弄來充饑，麻雀也日益稀少。

少年說：「你自己吃吧，或送給你父親下酒。」

他抽了抽鼻子，烤麻雀的香氣直沖鼻囪，口水都要流下來了。說實話，他可以不吐骨頭地吞下二十隻如鴿蛋大小的烤麻雀，不，五十隻，一百隻。

他聽見自己說道：「父親戒了酒，他說過麻雀補血，還是你吃了吧。身子好了再給我演木偶戲。」

少年長歎一聲，雙手掩面，在指縫裡透出喁喁低語：「拖累啊，拖累啊。老天趕快把來了結了吧。」俄頃，見他似乎受到驚嚇，遂安慰道：「一個人躺久了不免胡言亂語。你真的那麼喜歡看木偶戲？這樣吧，等過兩天我起得床來教你，好不好？」

他大喜過望，看看已經是無上的享受，如果孫悟空在他手下呼之欲出，指東打東，指西打西，上天入地，翻江倒海，那是等於自己做了神仙了。只是他真的能學麼？戲文，唱腔，鼓點，身段，臺型，還有光是那一大堆繁複的操縱繩索他就對付不了。

少年窺出他心思：「說難也難，說易也易，其中都有套路，一通百通。你年小易學，等大起來手指僵硬，再學就澀滯。」

他問：「要拜師麼？」

少年搖頭：「你讀書人家子弟，學來玩玩而已，又不用如我般出去謀生。我盡心盡力教你就是了。」

他雀躍。少年卻道：「雖不拜師，但規矩還是要奉行，否則是學不會的，學會了也不靈的。」

他詫異：「什麼規矩？」

少年道：「拜祖師爺，這一行陰氣重，必得在子夜過後，淨衣焚香。木偶戲的祖師爺叫陳平，乃漢高祖手下一位大官呢……」

家人為時局憂心，生計又緊，少來看管他。中午私塾放學回來，悶頭扒碗飯，遂潛去臺上。一日學戲文，一日學操偶。少年日見羸弱，但還強撐著為他解說，親自動手示範，木偶戲初學時一板一眼，一個動作也不得錯亂，一步錯，步步錯，到後來繩索就亂成一團了，分解不開。及熟練之後，只要隨著鼓點戲文，偶應手，手應心，心應無明。木偶在臺上會自己動作，騰躍挪動，都像是自啟自發，一氣呵成。

他十幾天操練下來，手指虎口都麻木了。

少年在旁說：「麻木了好，你已到了從明到昧階段，然後再從昧返明，再從明到昧，幾次往返，你就學成了。」

他不解。

少年說：「不用解，言語無用，你日後細細體會吧。」

只是少年情況越來越不好，偶爾起床來院子走走，陽光下就如透明般的，風吹就倒，只得回去躺下。飲食也日減，一碗米飯吃三餐還剩。夜裡斷斷續續地咯血，只是自己偷偷藏了倒掉。只有他看得出來，每次見少年臉如金紙，額上青筋浮了出來，八成昨晚又咯血了。

少年半躺半倚，眼皮沉重，邊喘邊說：「這種日子是我也不要過的，要不是還有一二牽掛，我早已自己了斷。如今也不會久耽了。好在你已學了六七分，足以自娛娛人，也交待得過去了。」

他勸慰道：「都說病去如抽絲，春天就會好起來的。」

少年搖頭苦笑：「哪來的春天？就是一月半旬的時辰了。到時你看開些罷。」轉又問道：「可有你堂姐消息？」

堂姐嫁去後過得極不如意，本想是過門沖喜的，但進門第三天，姑爺突然無故抽筋，好容易才救轉過來。從此公婆把她當個眼中釘，除了作家務外，一有空閒就叫她去醬坊打雜。未想不久後出了一件晦氣事，一個村裡的閒人賭輸了錢，夜裡摸進醬坊準備偷些銀錢雜物抵債，不想黑暗中腳底一滑，跌進半人多深的醬窖裡。第二天堂姐被差去挑醬，勺子下去兩下子就撈到一隻人手，堂姐嚇得尖叫，昏厥過去。醒來只聽見婆婆罵道：「三輩子開醬園沒見過這種事。喪門星一來，浮屍都漂出來了。」從此趕去柴房，吃的是殘羹剩飯，常常挨打受罵。

少年唏噓：「如此這般，她家人還不接她回來？」

堂叔家正在打點細軟準備遷去杭州，嫁出的女兒潑出的水，哪有接回來的道理。

少年一把攥住他手腕，嘶嘶作聲：「我去殺了他們，不作興如此作踐人的。」

只是他連起身的力氣都沒有，一激動，狂咳不止，隨即又噴出口血來。

良久歸於平靜，少年臉容淒苦，喁喁而語：「你若記得咱的情分，多照顧些你堂姐吧。要不，我給你磕幾個頭吧。」說罷要掙扎著起來，跪在枕頭上給他磕頭。

他急忙按住，少年已經出了一身虛汗。再躺下後，也不和他交談，兩眼定定地看著天花板，他只得掩出門來。

幾日後傳來消息，堂姐夫家的醬園起火，火燒得蹊蹺，醬園作坊連帶房舍一併燒為平地，獨獨讓過偏園裡的柴房。正房裡的人雖然逃過性命，無一不燒得頭焦毛燎，住柴房的堂姐卻毫髮無傷。

他一聽就乍地一跳，聯想起少年咬牙切齒的情景，但轉念一想，如此一個病病歪歪之人，起床去趟茅房都得扶了牆壁，要他跑十五里鄉間小路去放火，只怕自己先倒在路上了。想起已經一整天沒去戲臺上看視少年了，心裡七上八下地跑去，一到臺上就聞到一股淡淡的焦繚煙火氣，再一看少年已是進入彌留狀態，雙眼緊閉，嘴角流涎，不住地抽搐。大駭之下跑出去叫人，郎中來了，一把脈，說沒救了，準備後事吧。

第二天早晨他起來，父親說少年半夜裡去了。

沒有喪事，那年頭活人都不保，何況一個窮困無名之少年，屍身在哪個亂葬崗裡一埋了事。

他乘無人之際潛去臺上，屏風後面床板還架著，被褥捲走了。小小的空間瀰漫著一種淒惻的空寂，變戲法耍木偶的少年再也不會回來了。在十二歲不到的一個午後，他一下子明白了這個世界是由種種困苦所組成，而困苦到頭的時候，就是死亡。

床下有個物件，拾起一看，是具木偶，沒穿上孫悟空的短打或梁山伯的長袍，用行內話說來就是「原偶」，鼻子眼兒都隱約可見，還配了一對招風耳。

這具原偶的右肢有燒炙過的痕跡。

他想不到自己在三年後成了個木偶戲師傅。

都說命運弄人，你全不知道會活出怎地一段人生，不知道會從事何種職業，居住何地，娶妻何人，生子幾何，也不知道下一刻會有什麼發生，明年會是幸運還是厄運？說是投生為人，自由來去，但你何曾有一分一秒自由過，你背後一直有隻無形的手，撥弄、戲耍、操縱著，到了某個時刻生厭了，再把你隨手一拋，跌入深淵。

前年江南盛傳厲疫，母親染上，賣空田舍請醫延藥，還是去了。父親鬱鬱，突發中風，調養了幾月雖然復原，卻失去生活自理能力。時局愈見蕭殺，人們生計無著，都湧去大城市謀生。如此惡性循環，鄉間活路更窄。他走不開，家裡靠變賣度日，也已賣得差不多了。為生計所迫，他開始走街串巷，用少年教他的技藝掙點小錢，養活自己和老父。

還有堂姐，夫家遭火之後，硬說是她帶來的晦氣，一紙休書被趕了出來。堂叔舉家已搬去杭州，房子也租賃給別人。無奈來他家居住，跟少年在世時一樣在戲臺上辟了一角，搭張床。平日除洗衣燒飯照顧他父親外，幫人做些針線手工補貼家用。

他乘集市廟會時，在偏巷場邊搭個小臺，招徠一些半大孩子和手抱嬰兒的婦女。如此當然賺不了幾個錢，但當地有個風俗，辦喪事時不能用真人的戲班子，有些身家的人家都叫一臺木偶戲來沖喪。當地從事這行的人日漸稀少，他在集市上常常會被人訂下，上門演出。

他的行頭就是少年給他留下的那幾具偶人，戲裝也就幾套。為了生計，又添加一些必要的道具，堂姐看他辛苦，熬夜給他縫製了一些新的戲裝。現在他表演的水牌上除了孫悟空三打白骨精，梁山伯和祝英台，還有出潼闗、鐵幡杆、回龍洞、高老莊、五鬼捉劉氏、鍘美案等傳統木偶戲劇目。

雖說是木偶，也有順手不順手之別，用得最順手的是那個招風耳的偶人，這具偶人扮起孫悟空來渾身關節像上了油一樣，走路像猴子般地垂著雙手，彎膝躡行，可是一牽底下的繩索，會一個筋斗從臺東翻到臺西。要它演高老莊裡的豬八戒會橫著走路，吃起東西來摔頭甩耳，處處呈出一副呆相。但套上梁山伯的長袍之後，又一派文質彬彬，不斷地打躬作揖，走一步退兩步，像煞了一個優柔寡斷的讀書人。

有時接了劇目多些的演出，他會帶上堂姐，幫他整理戲裝，搬動佈景，搭個手牽住繩索，以及料理臺上臺下的雜事。如果報酬還好，他會給父親買些補品，再給堂姐扯幾尺布料做件衣服。

鎮上綢緞莊掌櫃死了老爺子，叫他去表演木偶戲沖喪，說好演三天，每天三臺，劇目不得重複。算是件大活兒，他準備了兩大箱戲裝，雇了輛驢車，偕堂姐一塊前往。

老爺子八十高壽，喪事是當作白喜事來辦的，來弔喪的人串流不息，園子裡開了流水席，雞鴨魚肉吃到嘴裡後來都發木，他跟堂姐嘀咕：「說是商賈人家，也只知道大盤大碗齊上，你看那盤豬蹄子毛都沒拔乾淨。我們小戶人家，炒盤青菜都洗得乾乾淨淨，先炒菜梗再炒菜葉，端上桌來碧綠生青。」堂姐道：「莫挑剔了，家裡半月也不見一點葷腥，你正在長發身子的時候，好歹多吃些吧。」他說：「我的腸胃大概也只能接受小葷，大塊的肥膘看見就膩。」堂姐笑道：「生了一張刁嘴，挑這挑那，只可惜了命運多舛。」他說：「也不盡是挑剔，就是一塊家常豆腐，和肉絲同燴撒上蔥花，也適口充腸。平時民間小吃也很對我胃口，你還記得以前我們吃的小餛飩嗎？就在這裡過去一個街口的轉角上，前天驢車經過時我瞥見好像還開著。」

堂姐歎了口氣：「很久以前的事囉，那時我們年小倡狂，全不懂事。不過，那碗滾燙鮮香的小餛飩我還是記得的。」

他說：「何不等戲完了，我們再同去吃一次？」

堂姐道：「戲完了還要收拾、打掃，會不會太晚？」

他說：「餛飩店通宵都開，反正晚了，也不急那一個時辰。說起小餛飩來我都饞死了。」

堂姐笑道：「你看你這個人，晚飯碗還捧在手裡，倒先為宵夜饞死了。」

當晚是最後一場，水牌上的劇目是《三打白骨精》，喪事圓滿辦完，主人心情不錯，點了個打戲，圖個熱鬧。上演之後他覺得有些不對，那個招風耳的人偶扮演孫悟空，倒還是順溜，也許太順溜了一些，差不多不要他操縱，就一個動作接一個動作地演下去，他想起少年曾跟他說過；偶應手，手應心，心應無明。玩了三年木偶，好像才明白其中的奧妙。心裡正在得意時，孫悟空突然一棍朝白骨精打去，又狠又猛。白骨精被打得一個踉蹌，好容易才站住腳。那猴子卻緊追不捨，一棍接一棍地朝她打去。老天哎，這是做戲啊，都要講究個章法進程，偶應手也不是這麼個應法。一個時辰的戲，半個時辰不到就把對方打倒在臺上，接下去怎麼演？他滿頭大汗，手上拉緊了些繩索，卻感到好像是牽了條繃緊鏈子，一門心思地朝一根肉骨頭撲去的狗，拉都拉不住。左手操縱的白骨精也散了腳步，步態不再如舞蹈般地優雅，劍法凌亂不堪，連連倒退，躲避夾頭夾腦打來的棍棒。臺下有人看出破綻，怪叫一聲：「性急猢猻，趕去投胎麼。」他更慌亂，右手大力牽牢孫悟空的繩索，調整氣息，屏除雜念，努力使劇情恢復原有的節奏。但還是亂了，只得半個多時辰，孫悟空瞅了個空子，腦後狠狠一棍，把個白骨精打倒在地，戲只得草草收場。

掌櫃面露不快：「後生仔，我是憐老惜貧，才叫你來上戲，豆腐羹飯也吃了，錢也付了，想不到你年紀輕輕，偷懶耍滑倒是學會了。」

他只得唯唯，怎麼跟掌櫃說？人偶不聽指揮？自己控制不了？那樣下次生意還會有他分麼？只能一個勁地賠不是，說自己學藝未精，加上三天連軸轉，昨晚沒歇好，所以精神不濟，眼到手不到，下次再給您老賣力演出吧。

掌櫃一臉不痛快地扔下幾個小錢，他趕緊收拾箱籠雜物，不要再多磨蹭討人厭了。清點中卻無論如何也找不到那具招風耳人偶，臺上臺下，角落桌底都找遍了，還是不見影蹤，堂姐說大概被哪個小孩偷去玩了吧。他有些惆悵，這具人偶跟了他三年了，用熟了不說，還是少年最後留給他的遺物。兩人泱泱地出得門來，在烏黑颳風的夜裡走回家去。

鎮上黑燈瞎火，昏月下暗影幢幢，街巷空無一人，青石板路面上風捲落葉，拔地盤旋，鎮民早就上床睡了，轉角上挑出一盞汽燈，在寒風中微微搖晃，是極目所見唯一的光亮。堂姐畏縮地提了一句：「那就是你說的餛飩店，我們還去不去吃？」

「去。」他說道：「天就是塌下來，餛飩還是要吃的，何況，我肚子也餓了。」

兩人剛到門口，迎面撞上迎出來的店主，店主一臉迷惑，劈頭就問：「三碗小餛飩是你叫的吧？」

他倆提著箱籠，才從靈堂裡出來，還沒進店。何曾叫了餛飩？

店主說：「我正在打盹，外面店堂裡有人叫三碗餛飩，我跳起身來就下餛飩，餛飩煮好了端出來一看，店堂裡一個人也沒有，我想客人去街上撒泡尿也是有的，剛想出門看看，就碰上你們。餛飩是你叫的吧？」

他呆住，脊背發涼，三碗餛飩？怎麼是三碗？半晌回過神來，喃喃地說：「就算我們叫的。正好趕上，不用等了。」

店主鬆了一口氣，一面把他們往裡面讓，一面說：「餛飩剛端上桌，呼哧滾燙的，大侄子你說得對，正好趕上，來得早不如來得巧。」

店堂裡陰寒刺骨，他搓手呵氣，拉開椅子，正準備坐下。一眼看到那具招風耳人偶就躺在桌下，一臉詭笑。

戲

全家人都是戲迷。

阿婆七十三了，一口大煙抽得見風就搖擺，整天盤在臥榻上像隻蝦米，只要胡琴一響，精神就來，顫顫巍巍站起，烏髒的袖子一甩，蓮步徐徐，蘭花指翹起，放出二八佳人才有之媚態與身段。半輩子的大煙薰染，嗓子早就倒了，戲韻節拍倒還在那兒，嗡動著癟嘴，一線口涎淋漓掛下，和了人家的唱腔，那顆雞皮鶴發的腦袋上下撥動，猶自陶醉。

舅公也六十九了，一輩子的光棍，倒也不是沒女人緣，早年間家道還好，人也算登樣，只是經不住他吃喝嫖賭，票戲玩局，一份家產直如水般地流走，到了耄耋之年，愈發潦倒，至今寄食在外甥女屋裡，白眼也著實吃了不少，只是死皮賴臉地耗著。外甥女口無遮攔，在飯桌上當了面說他一生不學好，只有那手胡琴還有幾分顏色。舅公聽了此話，似喜似悲，吩咐阿三頭拎個瓶子去隔壁小店賒酒來。二兩黃酒落肚，臉色潮紅，不多的幾根鬢毛乍起，春凳上一坐，勾了個頭，眼皮半耷，手腕一抖，只聽得「咿呀」一響，聲如裂錦，滴水穿石。

那天晚飯期間，莫名奇妙地跟外甥女婿賭了氣，挾了胡琴搶出門去，到了夜間，小鎮萬籟俱寂，突然河邊傳來一把淒涼琴聲，如怨如泣，合了一個蒼老的嗓音：「伍子胥過昭關啊，一夜間白了頭啊……」

娘就擎了燈起來，來房裡叫他：「去把死老頭子叫回來，七十歲的人還耍小孩脾氣，街坊鄰居還以為怎麼虧待了他呢，一天三餐的，還不就是少吃了一頓紅燒肉……」

他睡眼惺忪，萬分不情願地捱出門去。腳步迤邐地往河邊尋去，橋洞裡，夜泊的烏蓬船頭，如戲臺大小的一個鎮子，再無他處。

此事多少由他惹起；家裡不見葷腥已久，鎮頭上人家殺豬，爹一狠心賒了兩斤後腿肉回家，砂鍋裡放上黃醬橘皮大料，燉在灶上，整個天井裡飄蕩著一股濃郁的紅燒豬肉香味。引得他和三個弟弟都流著口水在天井裡悠轉，一個個都是精瘦伶仃，面有菜色。小的兩個手腕腳踝都露在外面，穿的是他和大弟弟的舊衣服，縮了水，娘用相近的布色在袖管褲腳處接了一截，就這樣也嫌小了。阿婆一直嘮叨：「早間我們家的孩子，哪穿過別人的衣服？初一端午中秋重陽，一年四季衣裝早早置下了，春著綢緞夏披紗，年節時裁縫是上門來的……」阿婆話還沒講完就被娘打斷：「阿姆，你講這個有啥意思呢？彼一時此一時，又不是不曉得；一口鴉片煙吃得家裡早敗空了，連飯也快沒得吃了。」

阿婆不聲響了，嘴巴癟了癟：「作孽……」

是的，養活一大家子人著實不易，如今百物昂貴，家裡什物也賣得差不多了，剩下這幢老宅，也是千瘡百孔，修不盡修，補不勝補了。好在還有個遮蓋，不然離貧戶也不遠了。爹是個悶頭，除了開口唱戲，平日幾乎一句話也沒有，人說上門女婿都是這個樣子。娘年輕時唱青衣的，音容俱佳，省裡的大官人說要討去做小，幾經周折，畢竟還是掛記老娘，沒去做了姨太太。後來世道變幻，大官人被充軍去邊遠之處，娘招了上門女婿，一轉眼四個蘿蔔頭出世，柴米油鹽，衣帽鞋襪，一個嬌俏的青衣成了個燒火娘子，才真叫做作孽。

話說四個蘿蔔頭守了砂鍋，像煞了四條流著涎水的餓狗盯住骨頭，那光景實在令人悽惶。娘看不過去，揮手趕人：「看什麼看！肉還得兩個時辰才熟，早著呢。」四弟兄只是在天井裡兜圈，記得上一次吃肉還是過年時，總有四五個月了，平日是餐餐紅糙米飯和清水煮茄子，一星油水也無。才十來歲的後生伢子，最是要吃能吃的時候，叫他如何能抵禦這肉香？儘管由娘揮趕呵斥，卻是兜轉留戀，怎麼也不肯離去。正在這時，房裡響起阿婆的叫喚：「阿妹啊，快來攙我一把……」娘轉身進房前，囑咐他：「給我看著點，別讓三個小猢猻撞翻了砂鍋。」

他就如領了聖旨，一本正經地在砂鍋旁巡視，不時彎腰看爐火是否還燃著，間或訓斥弟弟們：「你是否不想吃紅燒肉了？靠這麼近。離遠點離遠點。」三個小猢猻可憐巴巴地，保持著三步的距離，只是把頭頸伸長了，張大了鼻孔吸那個肉香。間中舅公從外面回來，一步跨進天井立定，抽動鼻子，詫異道：「打牙祭了？」也不顧他阻攔，猶自上前揭了鍋蓋：「紅燒肉！好東西啊好東西。看樣子今晚我得去沽四兩酒來。」阿三頭搶白道：「上次隔壁店家說過；你已欠三十個銅子了，已經是最後一次賒給你了。」舅公臉上不自然起來：「小人家子懂什麼。沽他的酒是給面子，挑他生意做，沒人上門，他就得關店的。」阿三頭嘀咕：「反正我是再不去的。」舅公說：「我自己不生腿？稀罕！下次吊嗓子不要來找我伴琴，找我就跑馬跑死你這個小鬼。」

就提了個瓶子出去，一盞茶後，再提了空瓶轉回來，滿臉的晦氣。四個小鬼一邊唧唧竊笑。舅公站定腳步，口沫橫飛，衝了隔壁撒氣道：「針眼這麼小的一個店還要拿蹺作怪，我有票友在鎮上開著大酒家，一直殷殷招我去飲酒，就為了省幾步腿腳，倒還不曾去過。今天索性厚了臉皮，提了瓶子上門去，怕不給我灌滿了帶返家來？真正是些沒見過世面的。」

他倒是跟了爹去過那大酒家一次的，有錢人家設酒宴慶生，召了爹去唱段「秦瓊賣馬」助興，那大酒家的串燒豬頭肉很有名，酒宴後犒賞戲子，飯桌上有一小碟，爹讓他嚐了兩片，香糯鮮美。爹說這是濟公活佛傳下來的秘方，只用了一根稻草就煮爛了整個豬頭。舅公一說起大酒店，他就想起那兩片豬頭肉，口水一下子湧上來了。

舅公進屋，換了套登樣些的衣服，拎了空酒瓶，將跨出門之際，又轉身返來，操起擱在灶邊的筷子，揭開砂鍋蓋子，不管肉還未曾熟透，也不顧他阻攔，一筷子剜下一塊連皮帶筋的肉，也不怕燙，一仰頭吃進嘴去，喉頭聳動幾下，吞落下去，手上流下的湯汁在衣襟上擦了擦，才哼著《將得令》出門而去。

小男孩們面面相覷，半晌二弟才說：「娘如要罵起人來，你得說是舅公偷吃的。」

阿三頭心疼道：「好大一塊喲。」

聽阿三一說，他心裡一咯噔，揭了砂鍋蓋子一看，真是的，老頭子下手真夠狠，二斤豬腿肉，本來就沒多大的一塊，下水一煮就縮了好多，再被連皮帶肉揪去秤砣般大的一塊，看起來更小了。

二弟平時是個膽大耍渾的，湊將過來：「我們何不也嚐個味道，既然舅公吃得，我們也吃得。」

一聽到「吃」，兩個小的跨前一步，口水都掛出來了，很響地嚥了回去。

他猶豫著，二弟又道：「要吃就快，娘一出來，就吃不成了。」

肉香瀰漫中，心神流蕩，他下個狠心：「每人一塊，不能多。」

兩個小猢猻的臉上現出狂喜的表情，差點就雀躍了，被二弟一根指頭嚇了回去：「噓……」

他操了長筷，第一筷子小心地撕下一條瘦肉，筷子還在空中，兩張嘴巴就像待哺的小鳥似的湊了上來，阿三頭人大些，動作也敏捷些，第一口肉進了他的嘴巴，也不見怎麼咀嚼，就下了肚，意猶未盡，舌頭伸出，舔咂唇邊餘汁。

撕下的第二塊是帶皮夾肥的，給了最小的。這麼小的人也是不怕燙嘴，只顧直著脖子急急地吞嚥。老二接過筷子，為自己剜了一塊肥瘦適中的肉，足有銀元大小，一仰頭扔進嘴裡，一面嘶嘶地吹氣，滿臉是陶醉的神情。

阿三頭不幹了：「二哥吃了這麼一大塊，阿弟也吃著了肥肉。我才吃那麼一小條瘦肉，不公平。我得再來一塊才是。」

他生怕阿三吵將起來，安撫地又撕了一小塊帶皮的肥肉給他。小的跳腳叫道：「他吃了兩塊，你們欺負我，我……」嘴一扁，要哭的樣子。

他最疼這個小弟，才七歲的人，頭大身子細，像根豆芽似的，格外令人憐愛。平時像根小尾巴，老是跟在他屁股後面悠轉，也跟他一樣學青衣小生，童嗓未開，卻也圓潤嘹亮，走起臺步來，也是一板一眼地端足功架。

他又剜下一塊，宣佈道：這塊該是我的。卻不急於送入口中，小心地一分兩半，大的一塊給了小弟，剩下如小指般粗細的一條，再送入口中。

哦，久違了，香噴噴的紅燒肉，神仙也抵禦不了的人間絕色，那一小方帶皮的肥油，如透明之軟玉，入口即化，甘美如飴，肥肉之上的肉皮還未完全煮透，但也軟韌耐嚼，敏感的舌尖能觸摸到瘦肉絲絲入扣的肌理，香酥綿軟，每一條肉絲在齒舌之間留下的那個鮮美和芬芳啊，直透腦囟。可恨的是喉頭不受控制，還未細細品味，竟然一口就嚥了下去。

回過神來，六隻眼睛盯緊了他，看他嚥下，三張嘴巴同時「咕咚」嚥下啐沫。二弟一向精怪多謀，眼睛眨了幾下，慫恿道：「阿哥啊，這點肉填不夠牙縫，吃了也像煞沒吃，饞蟲倒是被吊出來了。依我說，索性再吃個痛快。到時就推在舅公頭上好了。」

兩個小的跳了腳一迭聲叫好，他犯了躊躇，娘是叫了他看著沙鍋，肉少了挨罵的肯定是他，就是推到舅公頭上也沒用。既然如此，肉少了多少沒區別。但又轉念一想，家裡真的很久沒有葷菜上桌過了，爹爹阿媽阿婆都是臉色蠟黃，頭髮乾枯，原指望是家人聚集一塊，好好地享受一餐久未品嚐的美餐的……

他先搖頭，面對了三雙盼望著又黯淡下去的眼睛，於心不忍，又點頭說：「真是饞死鬼投的胎，就知道吃，吃，吃……每人再一塊，不能再多了。」遂小心地在肉邊上挾下三塊，分給三個弟弟吃了。

娘當然一眼就看出了肉被偷吃了，雖然眾兄弟異口同聲地說是給舅公吃去的，但如何能瞞得過去？娘用長筷子夾頭夾腦地抽了他一頓：「老頭子進來出去就一眨眼的功夫，如何能吃去這麼大一塊？明明是你們四個猢猻偷吃了，還謊話連篇，就憑這點也要打你個坐東朝西。」二弟和阿三煞白了臉，一聲不吭。倒是小弟站出來：「姆媽，你別打阿哥了，他沒吃什麼，都是我們三個吃了的。你要打就連我們一塊打。」娘哆嗦了半天，手揚起又垂下。最後歎了聲：「真正作孽……」扔下筷子進房去了。

晚餐桌上照例是清水煮茄子，紅米飯，只有一小碗紅燒肉，放在阿婆的面前，老太婆瞇了眼，湊得很近地看了看碗裡的肉：「阿妹，就這點肉啊。」娘說我們都吃過了，這碗是給你留的。阿婆的筷子顫巍巍地伸出，一下就挾起了一塊連皮帶肉的紅燒肉，眾兄弟的眼光隨了那隻筋骨嶙嶙的枯手，筷尖烏鴉叼食似的攜了好大一塊紅燒肉，肉汁在桌面兒上淋淋漓漓地滴過去，再放入一張沒剩幾顆牙齒的癟嘴裡，蠕動著，咀嚼著，喉頭一聳一聳地吞嚥著……筷子又一次地伸出，四個腦袋像是被牽線的木偶般的，在肉碗和那張癟嘴之間轉動。

娘一個麻栗敲在他頭上：「看什麼看！吃你的飯。」一面把肉碗裡的湯汁，倒了些在兩個小的碗裡，拌了拌。老二遲疑著也把碗伸了過來，娘只給了他個白眼，結果是爹看不過去，悶聲不響地從老婆手裡奪過肉碗，在每個孩子的碗裡都澆了些。

門突然推開，舅公興沖沖地跨入房來，提了半瓶酒，一屁股在桌旁坐下，開心地搓著手：「一路緊趕慢趕，回家正好趕上吃夜飯。」

娘站起身來，給他盛上紅米飯，放在他面前。舅公滿臉疑惑地抬頭問道：「還有紅燒肉呢？」

滿桌噤聲，只有阿婆懵裡懵懂地說：「紅燒肉？好吃得很，吃光哉。」

娘滿臉歉意地把肉碗裡剩下的湯汁澆在舅公的紅米飯上：「我們想你的票友留了你在酒家吃夜飯了。阿舅，你且將就些吃了，明朝叫孩子爸再去賒兩斤來……」

舅公怔了怔，鬢毛聳起，下嘴唇耷了下來，一下發作了：「這不是欺負人嗎？大家一個桌上動筷子，怎麼一轉身我就沒份了？這個宅子還是我祖上傳下來的，燒香倒趕出和尚了？」

這就有些指桑罵槐的意思了，老姐和他從未分家，外甥女又是當家娘子，四個孩子也都姓他家的姓，只有孩子爸是上門女婿，外姓人，應在那句「燒香趕走和尚」的話上。

爹悶頭扒飯，沒作聲，只是一張臉憋得紫紅，阿婆的嘴癟啊癟的，囁嚅道：「他們都吃過了，就你沒吃到？」

無異是火上加油，舅公猛然站起身來，手一揚，那碗紅米飯撒了一桌：「好，好，我讓你們，我讓了你們……」

他左手提了酒瓶，右手攥胡琴，大門被摔得山響，揚長而去。

窄窄的石板路上，高聳的山牆投下濃重的暗影，兩邊人家早已熄燈就寢，間或有方昏黃燈光從狹弄裡透出來，閃爍地像隻窺視的眼睛。雖然他在這條路上行走多次，但在暗夜裡獨行還是膽戰心驚，特別是野貓「嗖」地從腳下竄過。好在前面就是石橋，沿了陡直濕滑的階梯下去，橋下有一方石階，一條石凳，一個佝僂的身影踞坐在石凳上，他慢慢地拾步而下。

幾步之外就聞到一股濃重的酒氣，混合了河裡騰起的水腥味。夜裡的風一吹，舅公身上的布衫飄蕩，布衫下聳起的肩胛骨清晰可見。他怯生生地拉了下老頭的後襟：「舅公，回去吧。」

舅公轉過頭來，在慘白的月光下，蒼老的顴骨上竟有兩塊緋紅，眼神朦朧，一個酒呃打上來，唱道：

「我酒席還未吃完，阿大——你，且莫來打擾，我正跟劉皇叔煮酒論英雄啊，不醉不歸啊……」

他知道老頭喝多了，這醉了六七分之時，是舅公最難講話，也是最好講話的時候。

他就順了老頭的杆子，也沿了西皮二黃唱道：「舅公，誰人請你吃酒席啊？」

「省裡來的大官人，官拜兩江總督，欽命在身。他卻是……跟我阿姐舊情難忘啊……」

「席上有些啥吃的？」

「山珍海味，龍心鳳肝啊，都數不過來喲！」

「有沒有串燒豬頭肉？」

「那還用說？第一道頭盤上來的就是串燒豬頭肉。」

「濟公活佛用一根稻草燒出來的？」

「那當然，那僧人敝衣破帽，芒鞋蒲扇，王母召開蟠桃宴，神仙坐在上頭，他猶自在廚下燒火，燒好了又親自捧了上來。」

「那滋味又如何？」

「滋味嘛……鏘得裡鏘鏘……好極了，活佛燒出來的嘛。」

「是不是又香又糯？」

「呔，香得如阿姐房裡的大煙味，糯得像阿弟的那把童嗓子。」

「是不是好吃得連舌頭都一起吞下肚去了？」

老頭被這話問住了，偏了頭，想了想，又把嘴張開，兩根指頭伸進去摸了下，滿臉迷惑道：「舌頭跑到哪去了？」

他也嚇了一跳：「真沒了？」

「你不妨來摸摸看。」

老頭伸長舌頭，叫他過去摸。

他摸了，遂大驚小怪道：「真不得了，舌頭都一塊嚥了下去。」

老頭醉眼矇朧：「阿大，你摸到什麼？」

「摸到一塊串燒豬頭肉。嘻嘻……」

夜深了，月色朦朧，夜霧飄蕩，少年單薄的身影架了一具衰老的身軀，腳步蹣跚地在青石板路上走回家去，不時停下來換個肩，舅公酩酊大醉，卻一路上不停嘴，哼哼嘰嘰，過門唱腔不斷——鏘得裡鏘鏘，鏘得裡鏘鏘，人生如戲喲……

裁

人家叫她「針線娘子」，本名卻少有人曉得，坊間只說她是外埠人氏，借了凌剃頭家的一間偏廈，從當地人家接些女紅裁縫活計，關了門在屋裡剪裁、縫紉、拷邊、貼袋、釘鈕，再燙平成衣，仔細地疊好，最後用一幅藍布包袱裝了，送去主顧處。她手藝精巧，索價又公道。因此常年有客，生意不俗。

鄰里暗中傳說她大概是大戶人家的逃妾，剛來此地時攜了個八九歲的女孩子，臉色蒼白，足不出戶。房東凌剃頭在三四年間也才見過數次，說是那女孩子生來有個心口疼的病根，吹不得風，受不得驚，否則極易發病，做娘的便不許她出門。母女倆住在凌家的偏廈裡像兩隻安靜的耗子，白天少出門，天暗即熄燈就寢，一絲動靜也無。

針線娘子不僅心靈手巧，長相也蠻過得去，三十來歲的少婦，未經田間勞作，少了風吹雨淋，皮肉自是比人白嫩些，兩隻手伸出來，竟是蔥管般地纖長秀美。平日薄施脂粉，瓜子臉龐配上小眉小眼，一笑眼睛下面起條笑紋。出色的是那頭烏髮，蓬鬆豐潤，在腦後盤成一個大髻。襯了白皙的脖項，雖著一身素服，也自有一番風韻動人。

小鎮雖然民風古樸，總有一二浮浪之徒，見了針線娘子孤身一人，又兼幾分姿色，巴巴地買了布料上門巴結，卻是連門都進不得，針線娘子隔了門縫，客客氣氣地推辭：「賤婦笨手拙腳，不會做男人衣裝，請老少爺們多多包涵，另請高明。」

凌剃頭早年走街串巷，為人剃頭修面為生。後來入贅娶了大戶人家的瘸腳女兒，頗有些家財承繼，鎮上鄉下有好幾處收租店鋪房屋，日子過得很是滋潤。只是年過不惑，膝下只有一個半傻兒子，也算美中不足。當初讓針線娘子平租了偏廈，也是有個私下算盤；孤寡母女，老實巴交又可憐見的，長相看著倒也順眼，如有機緣差個媒婆過去，也就順帶梳攏了，再生個一男半女，承接了香火，豈不兩全其美？怎料春風有意，桃李無情，凌剃頭一腔盛情全無機會說白，針線娘子見了他眼睛也不抬，低頭而過，半句話語都搭訕不上，一到夜間，偏廈的門就用碗口粗的門杠頂住。每季房錢，到時託人送了過來，一日都不差。一年半載之後，凌剃頭便也作了罷，總算死了這份花花心思。

凌剃頭的兒子阿宏已經是十六七歲的半大小子，行事卻如五歲小兒，扁平腦袋，五官擠在一堆，高壯肥胖身材，拖了鼻涕，見人傻笑不止，在鄉間如此年紀男子，大都已談婚論嫁。只是他這個樣子，無人肯把女兒送入火坑。凌剃頭縱有幾個錢，但也莫可奈何。阿宏傻呆，不諳人事，行為卻頗乖張；平日上街盯了女人，下死眼看，邊看邊口水淋漓，哈喇子掛下尺把長。年輕女人臉皮薄的，掩了面匆匆而過，年紀大點又有些成色的，就捉弄他道：「你老爹已經給你說下媳婦，就寄養在你家偏廈裡。你還在外面遊蕩，青白了眼看女人，小心你媳婦惱了，不肯上你家門。」阿宏聽了返回家來，與老爹吵著立馬要去隔壁娶媳婦。凌剃頭被他纏得哭笑不得，不耐煩地揮手道：「娶媳婦！你自己看看；像個人樣子嗎？」

阿宏誤聽了老爹的話語，以為叫他自己去看個像人樣子的娶回來。便整日價守在偏廈門口，無奈大門緊閉，看了半日也就看到兩扇門扉。阿宏雖傻，但家裡的一畝三分地還是摸得清清楚楚的；廚房拐出去，屋後有條窄巷，爬上矮牆，再登上茅房的房頂，磚牆上就有個氣窗，三指寬窄，從那兒能窺見偏廈裡面的動靜。他以前常上房掏麻雀趕野貓，可謂輕車熟路。隔日掌燈時分，他就躡手躡腳地上了房。

偏廈裡廂昏暗，針線娘子的裁案上點了一盞油燈，似豆如螢。阿宏湊近氣窗看去，針線娘子俯身案前，猶在剪裁。間中起身，去牆角便桶解手。只聽得一陣淅淅瀝瀝，阿宏踮了腳尖，睜大了眼睛，還是只看到黑糊糊的一團。娘子起身後還是回案勞作，最後到床前叫起女兒，把剛裁好的衣物在她身上比試。前胸後背，領口袖管，比劃來比劃去好一陣，最後總算完畢。女孩子軟軟地躺回床上，婦人收拾案頭，洗腳淨身，熄燈就寢。

阿宏蹲在屋脊上整整兩個時辰，腿腳酸麻，看到一個黑乎乎的影子，聽到淅淅瀝瀝一陣響動。倒是一點也沒折了他的興頭；暗夜看不分明，白日再來不就行了？說他傻，並不儘然，傻人自有一股常人所無的勁頭，而且百折不回。

接下去幾日都是陰雨綿綿，阿宏無法扒牆上房，心急火燎地在宅內轉圈子，只望風停雨歇，好再去茅房頂上看他媳婦。一日午後好容易出了太陽，阿宏趿了鞋出門，看看四周無人，一聳，一扒，再一躥就上了牆。

當他把眼睛湊近那方氣窗時，不禁在心裡雀躍；今天真是來對了；下午偏西的太陽從視窗裡斜照進來，偏廈房內一凳一几，一針一線纖毫畢現；針線娘子案頭上的剪子和尺牘，沿桌子排放的一團團各種色線，攤在案板上縫到一半的衣物手工，還有擱在案邊的一盅茶湯，都看得清清楚楚。再朝房間那頭看去；靠牆放了一張垂了帳子的大床，有個人影臥在床上，隱隱約約地看不分明。倒是床下有雙紅色的繡鞋，陽光正好照在上面，連鞋面上繡的鴛鴦戲水都看到的。針線娘子還是在案板上剪裁縫紉，不時起身去窗下一個大箱子裡取些貼邊，搭鈕，來配她手上正在縫紉的衣物，又時時轉頭向臥床之人說些話語，並把手裡的花色貼邊，用針別在衣物之上，比試給床上的人看，笑笑，點點頭，再回到案邊繼續做活。

阿宏今天可把針線娘子看得一清二楚，婦人在家，衣裝也就隨意，腦後髮髻鬆鬆地垂著，上身是件玄色貼身小襖，領口兩個扣子未繫，露出一抹雪也似的酥胸，下著一條醬紫色的寬大綢褲，站起坐落顯盡腰身，赤了腳，趿著一雙懶鞋，卻又不正經穿了，坐下之際腳尖挑了鞋，一顫一顫地抖動，懶散中又帶了幾分俏皮，真正煞引人心動……

傻子心裡已是肯了，剛準備下房回去告訴老爹就是針線娘子了。忽然心念一動，帳子裡還有一個呢！說不定比針線娘子還要出色。今天已經來了，索性再多等一陣，看個囫圇，也省得日後計較。正有如此想頭，突然床上掛的帳子被一隻纖手撩開，床沿先是伸出一雙腳來，只見足背如玉雕般地光潔，十個腳趾珠圓玉潤，腳跟上的皮膚竟是粉紅色的。阿宏只看見那雙腳，人就已經半暈了。緊貼了氣窗，不眨眼地看去，見那雙腳慢慢地著了地，床邊站起個亭亭玉立的女孩子，只穿了一件蔥綠肚兜，杏黃色的半長綢褲，白生生的小腿露在外面。女孩一隻手撐了床頭柱，腳伸出去尋地上的繡鞋，趿上了就往窗下而去。到了那兒一彎腰，一下蹲，阿宏還未明白過來，就聽得一陣如大珠小珠落玉盤的淅淅瀝瀝之聲。

可憐見的阿宏，幾時經過這個陣勢？腳一軟，差點從房頂上滑下，趕緊一把穩住，心跳加快，喘氣如簧，清水鼻涕也掛了下來，阿宏趕緊抽了一下。再看進房去，正好與一道目光打了個照面。

除了這兩個目光交接者，誰都不能解釋，為什麼那天午後先是在凌剃頭的偏廈裡，發出一聲駭人的尖叫，撕心裂肺。然後在凌宅廚房後面那條窄巷子裡，「咚」地一聲，如一塊石頭投進水塘，茅房屋頂赫然洞穿，糞水四濺。

那天晚上，凌宅亂成一團，傻兒子摔得不輕，又吃了驚嚇，話也說不囫圇了。凌剃頭去實地勘察一下，也不明白阿宏爬到茅房頂上去作甚？掏鳥蛋也不能找這個雨後濕滑的時辰去啊。看著幾個長工掩了鼻子，從井裡汲上水來，一桶一桶地沖洗阿宏身上的污漬。突然想到阿宏的腦袋瓜不是那麼管用，問是也問不出什麼名堂來的。再說瘌痢頭兒子還是自己的，嘴上不說心裡還是寶貝的。於是等沖洗乾淨之後抬進房內，又去請郎中診治，又去抓藥煎湯。整個宅子裡雞飛狗跳，上房下房燈火通明，東家傭人忙成一團，直過了半夜才稍停息。

沒人知道偏廈裡發生了什麼。針線娘子還埋頭案前，只聽身後女兒一聲急叫，如撕錦裂綢。猛回頭女兒已猶自倒在地上抽搐，急忙抱上床去。口唇已經發紫，針線娘子知道女兒從小有這病根，急掐人中，灌下半碗熱茶，才悠悠地吐出一口氣。外面不知何故，人聲喧譁，像遭了打劫般地忙亂，針線娘子一步也不敢出門去一探究竟。整晚守了女兒，不敢大意，直到天明時才打了個盹。醒轉來叫喚女兒不應，急去摸女孩的手，已是冰涼。再去試女兒的鼻息，竟一絲氣息也無。

針線娘子整整三日米水不進，踞坐在床頭，眼光空洞，神思恍惚，窗外日月升起又落下，白日黑夜如水般流過，於她說來卻只是一剎那。常人在悲痛時都會慟哭嘶喊，她卻一滴眼淚也無，淚水卻像條倒淌河，直往心裡流去。有時她會貼得很近地去看女兒的容顏，像是睡著了般地平靜。她凝視半晌，手指輕輕地撫過女孩的臉龐：「睡吧，睡吧，孩兒，夢深如井……」

在第三天傍晚針線娘子出門，為一個主顧送去他家姑娘出嫁的行裝，沒人注意到她有任何的異象，除了眼圈略顯青黑，話語帶些啞聲之外。那位待嫁新娘急不可耐地試穿新裝，在場的眾賓客都一致誇讚這新嫁服是如何地新穎合身，手工又是如何地精良，及穿上身閨女又是如何地顯得喜氣洋洋。針線娘子靜靜地坐在廳裡的一個角上，眼前浮起的全是女兒在病榻上一次次為她試衣的情景。

針線娘子做嫁妝的手藝在當地流傳開來，很多有女待嫁的人家都送來了衣料，堆積在針線娘子的案頭。

那扇西窗，油燈常常是直到半夜三更還明著，從遠處看去像一星飄蕩的鬼火。針線娘子時而目光空洞地出神，時而又連續三四個時辰地縫紉手上的活計，時而倦極伏案而眠，時而，在夜深人靜時，轉身向了床上，曼聲地喚女兒：「兒啊，試試這腰身是否還合適……？」

女孩當然不會如以往懶懶地站起身來，讓娘把剪裁到一半，用別針疏疏地掛住的衣服套進她的胳膊，伸平布料上的褶皺，再在腰裡掐上一把……於是針線娘子就把衣服放在床上，先是舉起女孩的一隻胳膊，套上袖子，再扶她坐起身來，靠在枕頭上，從身後把另一隻袖子穿進去。然後，針線娘子籲出一口長氣，退後一步，好整以暇地目測肩膀是否平整，領口是否太寬鬆，不時伸手量一量尺寸，到最後總算妥貼。做娘的就小心翼翼地把衣服從女兒身上脫下來，放在一邊，然後把女兒放回床上，蓋好被單，嘴裡說：「我兒乏了，好好睡罷。」

真的，那些從她手下縫出來的新嫁娘服裝亮麗奪目，華美莊重又俏皮，待嫁女子穿上身，肩是肩，胸是胸，髖是髖，腰肢動人，曲線玲瓏。對了眾多主顧的誇獎和讚美，針線娘子只是低了首，眼簾深垂，喃喃道：「那是你家閨女出色。」

最後事情還是被阿宏捅了開來。

傻子跌了一跤並未跌去癡心妄想，還是心心念念地要把媳婦娶回來。他已經選定了那個生有一雙如玉美足的女孩是他的媳婦。一旦起得床來，一瘸一瘸地出門，還是蹩去偏廈守候。緊閉的門扉對他說來不是個問題，他知道他的媳婦兒就在那門後，躺在一張掛了帳子的床上，到娶親時她就會坐起身來，把一雙秀美的玉足套進繡鞋，迎親的鼓樂在外面喧譁連天，可是媳婦還拖拖拉拉不肯上轎，其中原委只有阿宏曉得；她還蹲在窗下角落裡，玉盤裡大珠小珠還沒落完……

針線娘子睡得極少，三餐也不甚經意。長久以往，人不免恍惚，針戳了指頭也不覺得疼，上一餐是何時吃了也記不分明，常有丟三落四的事，只是主顧委託的活計，她定是一絲不苟，針線細節一點不肯含糊，力求盡善盡美，說好了時辰，必定親自送上門去，人家女孩子一生一世的大事耽誤不得。

在一個初春的午後，針線娘子挎了一個藍布包袱出門，近來活計特別多，她連日連夜趕工，各種綾羅綢緞還是堆滿案頭。包袱裡的這套衣裳是鎮西頭李秀才家姑娘的嫁妝，人家後日就要出閣，必須趕緊送去。開門出去，一眼望見房東家的兒子蹲在牆角晒太陽，見了她出來就盯了看，清水鼻涕掛的老長。這孩子也可憐見的，聽人說腦袋瓜子本來就不怎樣，一跤摔得更鈍了。已經老大不小，還說不上個媳婦，整天坐在門口盯著女人看，流長長的哈喇子。

你還別說；傻子那種目光真是可以把活人絆個跟斗的，死死的，粘粘的，不可理喻的。沒有女人能在這種目光追逼之下還心平氣和的，只覺得心裡一層毛翻上來，說不出，講不明地難受，窘迫，像一隻被獵狗追逐的兔子，只想遠遠地逃開去。

針線娘子也被他盯得渾身難受，一恍神，就沒注意到自己鎖門時的疏忽，鎖只掛上了半邊門扉，就匆匆走開了，走出老遠，還覺得那道鼻涕似的目光貼在背上。

阿宏是天天盯了那兩扇門扉看的，可以盯著一隻螞蟻從門底爬到門楣，任何細微的變化都逃不過他的眼睛，他馬上就注意到針線娘子的門鎖沒扣好，他還知道他的媳婦兒就在這沒關上的門後等他。

誰說傻子沒有心眼？阿宏直等針線娘子走遠，四望無人，才施施然站起身來，先是猛抽一下鼻子，清水鼻涕收回去半尺。然後躡手躡腳地走到偏廈門前，輕輕一推，門軸「嘰呀」一聲敞開，阿宏想著馬上要與媳婦兒相見了，心裡不免也有幾分忐忑，於是又猛抽了一下鼻涕，扯扯衣裳，穩過神來了，再進屋掩門，徑直向堂屋蹩來。

堂屋比從氣窗裡看的顯得寬敞，不過還是阿宏熟悉的景象，他在家養傷期間一直不忘那天看到他媳婦兒的情景。堂屋左面是針線娘子的縫案，窗下是個大櫃子，一格格的抽屜放滿了各種縫紉用品。右邊就是那張垂了帳子的大床，透過紗質的帳子看去，隱約有個人躺在那兒，身著出嫁娘的大紅喜服。任阿宏再傻再大膽，此刻竟也心跳莫名，遲疑地不敢上前，呆立在床前喘粗氣。

床上的人沒任何動靜，阿宏等得長久，不耐煩了。先是清了清嗓子，床上人沒反應，又使勁抽了下鼻子，帳子裡還是悄然無聲息。阿宏不明白了，媳婦兒明明知道他進來了，怎麼還躲在帳子裡不肯見他？莫非害羞？對了，一定是害羞，他的媳婦兒臉皮薄。想到這兒，他輕手輕腳挨近床前，一手撩開帳子：「媳婦兒，我來了……」

這件案子使得官府大傷腦筋；一個是傻子，跳躍式思維，加上言語混亂，講出來的事情七顛八倒，全不可信。一個是苦主，卻從頭到底咬緊牙關一言不發，只是掩面嚶嚶哭泣。再一個是不會開口的死屍。你叫審官從何斷案？堂審了幾次還是不得要領，結果只得草草結案；凌阿宏交由家人領回，嚴加看管。女孩屍首由官家火化，針線娘子當庭釋放，是夜就捧了女兒的骨灰遠遁他鄉，一俟家私什物全都遺下，再也沒回來過。

只是苦了當地那些穿著針線娘子縫製的喜服嫁進門的媳婦們。

他把十二塊銀洋放在門檻上，朝黑洞洞的門內磕了三個頭，然後站起身來，俯首說：「道長，在下有請了。」

門洞內傳來一個蒼老的聲音：「這件事情一旦做了，是不得反悔的，你行這個事，想清楚了沒有？」

他誠惶誠恐地稽首：「如果還有別的途徑，在下也不來求道長了。眼看連棲身之所都不保，二日之後，債主就要收屋。真的到了那一刻，在下或許只有跳河一途，只是苦了家中老母。」

門內一聲長歎：「早知今日，何必當初。」

他作聲不得，雙膝一軟，又復跪倒，俯伏於地，口中不斷哀聲求告：「道長可憐在下了。只當救條性命。」

門內不再言語。過了一歇，出來個小道童，手執拂塵，皂衣芒鞋，青髮束頂，走到他身邊，輕聲道：「施主請跟我來。」

他又磕了個頭，起身，走下臺階，隨了那道童，繞過正殿，從一個小門出去，來到相鄰的偏院，偏院裡植滿紫藤，此刻正是花期，一掛掛淡紫色的肥碩花串從枝頭垂下，在院中最後一進門前，道童取出一串鑰匙，吩咐他等在門前，自己開門進入。

他惶惶然地靜候在門前，此刻，他的膝頭、雙肘、及前額都隱隱作痛。那擱在道觀門檻上的十二塊銀洋，是他千乞萬求，磕了不少的頭，許了以明年的田租作抵，才從他遠房表舅家借了來。

但是，有用嗎？

有人說有用，但也有人說這個事情是作不得准的，弄不好反而身受其害。他已經顧不了這麼多了，生死就在今晚這一博的。如果飲鴆能止渴，他也會毫不猶豫地大口吞下，只怕人家不讓他飲呢。

人站在懸崖上要往下跳，是沒人拉得住的。

他家也算得是個中上光景，在陀螺鎮上有幢前後兩進的房屋，後邊自住，前邊租給了一爿藥材鋪作棧房，每月有房錢收來補貼家用。鄉下還有六畝三分水田，也租給佃戶，一年收四五十擔粟米稻粱，吃餘了，到集市上售了，手上便也有幾個活錢。想來，也就是這幾個活錢拖他下的水；大凡人一旦發閒，手中又活泛，就挖空了心思謀算如何消遣日子。只是這巴掌般大的陀螺鎮，別說戲院，連個書場也無，城裡說評彈的先生在淡季了，才來跑個碼頭走個場子，茶館裡只演三五天功夫，說搨子書桃花扇和薛平貴西征，還未聽出個名堂來，又倏忽地走了，下次請早。如此看來，人生的花樣也無外就是那麼幾件——吃喝嫖賭。只是此地實在閉塞，鎮上最大的館子月下樓，也就六七張八仙桌的門面，說是請了杭州城裡師傅來掌勺，一盤東坡肘子端上來毛都未曾拔淨。茶館裡天天看那幾張老舊面孔，講些穀子棉布的行情，東家娶媳婦西家生孩子，兩個時辰下來一壺茶泡得全沒味了。就是粉頭，也是只有一個叫拉拉的粗俗村婦，既不懂吹拉彈唱，也不解風花雪月，來了客人，只知擁作一堆在榻上成其好事。日久便覺全無興頭。剩下一件，就是賭錢。說鄉間千百年來，也就只這件快活事情，長盛不衰。不分男女老少，不論長袍短打，無不沉浸其中。賭博最為盛大總在年節之際，通宵達旦，紙牌葉子銅旌麻將骨牌挖花骰子，家家設局，處處開花。年節一過，正經人家要下地做工開市謀生忙碌，博戲也就此收攤，計算起來，大人輸出去五六枚銀毫，三五升稻穀，小伢兒輸掉十幾文壓歲錢，雖然肉痛，但無大礙。但鎮上一干閒雜人氏，卻欲罷不能，如一盞醇酒上手，才小抿兩三口，興致正高，酒性卻還未發散開來，叫他如何肯罷手？總要再延續個十天半月，直到某人口袋見底，賭資不繼，才歇下手來。

他熱衷於博戲，倒是從來沒有太過豁邊，一則他精於計算，輸少贏多，一手骰子耍得漂亮，在當地素有觀音手之名。二則鎮上人氏，大多沒什麼資財，賭注也小，十來天下來全部輸贏也就六七塊銀元，那已經是不得了的手筆，當地一塊銀元換十枚銀毫子，拉拉粉頭春風一度只要一個銀毫子，而四個銀毫子可以在月下樓叫上一桌海參山珍酒席。

節前，拉拉家來了個表哥，姓陳，兩廣人氏，著了鮮衣美服，長得尖嘴猴腮，說一口厤牙難懂的南地方言，卻擲得一手好骰子。手法花妙，三把兩扒，不過一個時辰，就把同席鎮民的錢全贏來了。眾人正在懊惱，他卻把贏來的錢擲還給各人，曰：「陳某走南闖北，贏錢無數，擲骰子還未逢敵手。哪缺了這幾文小錢，也算替我妹子酬謝眾鄉親對她的照應罷了。」眾人心喜，嘴上卻要推卻一番：「敝地雖是偏僻小鎮，也算是誠信之邦，願賭服輸，輸出去的錢豈可拿回？」陳某答曰：「大筆銀錢當然不能作戲，這些小意思，就算我請鄉親們喝茶了。」

眾人訕訕地收回賭資，面子上卻掛不下。於是來竄掇他：「你也算個好手，在鎮上三十里地範圍也有些名氣，人稱觀音手。今日一看，竟是作不得數的。人家南佬擲骰子那個手勢啊，如呼風喚雨，要什麼來什麼，不能稱如來手也可稱太白金星手，生生地把你比下一個頭去。」

他不為所動，笑：「你等自個輸了錢，卻來攀我。」

眾人道：「我等輸幾個錢無妨，只恨那廝看我無人，口出狂言，全陀螺鎮人氏都面目無光；拉拉一個粉頭，操的是賤業，家裡隨便來個表哥便把全鎮都蓋住了，難道真是外來的和尚會念經。」

他沉吟不語。眾人七嘴八舌加碼道：「那廝唬人罷了。熟手是不錯，可是擲骰子本是個機率的博戲，今日東風明朝西風，哪有人撐得千年順風船的道理？我等道行不深，手法生疏，自然博不過那廝。但先生你卻不同，手法精妙，又會審時度勢，平日臺面上贏錢如探囊取物，可算是陀螺鎮上少數幾個見過世面的。我等今日不平，非為自身，實在是替你不值。」

他被撩撥起來，道：「博戲這件事，誰也難說比誰高了去。除了眼捷心明，還要當機立斷。再則，無論你如何好手，天時地利人和不在你處，還是贏不了的。他怎敢如此大言不慚，天下無人是對手耶？」

眾人看他鬆動，一起附言：「是耶，強龍還不壓地頭蛇。是該給他個教訓，今後不敢再目中無人。」

南佬一看眾人簇擁了他前來，心中便有幾分明白。作揖接客，進屋奉茶，言語謙恭，眼色小心。當下分賓主坐定，便有一閒人代他把話挑明：「表哥手法高妙，餘等自是甘拜下風。但此位先生又不同，陀螺鎮上數一數二出挑人物，見多識廣，也曾在博戲臺上揮斥風雲。聽說表哥好身手，特來領教一二，我等也開個眼界。」

南佬卻放軟了身段，說：「小的遠道來訪，承眾位不棄，相聚興至，博戲玩耍一場，也是緣分，小的偶有一二句出格話語，本是戲言，諸位鄉親何必當真？」

眾人冷笑道：「表哥前日怎麼說的？洋洋灑灑，言猶在耳，總不見得就地兜回吃進？許是你表哥欺我等鄉下人沒見過世面？真的抬一個有道行的出來，表哥腳筋就軟了？」

南佬還是推辭：「鄉里鄉親的，較真就難為小的了。還是那句話；小的陪鄉親們玩玩不妨，動靜大了大家都沒趣。」

他一直不語，聽到此話忍不住了：「照表哥的意思，何者為『玩玩』，何者為《動靜大了》？」

表哥朝他一拱手：「先生看來是個明白人，恕小的直說；『玩玩』就是兩壺酒錢，半月菜金，輸贏只一笑，彼此不傷筋骨，只當消遣時日，戲耍一番。」

他不動聲色：「『動靜大了』又作何解？」
南佬作出一副苦臉：「那就不好說了。江湖上賭界中常見兩三高手，較上勁了，一坐上臺面，把全副身家就一把壓下去，贏家就贏個滿盆滿缽，輸家就打了赤腳回家。好看是好看，只是那樣一進一出，幾十載也翻不過身來。」
他只躊躇了一下，因為鄉人的眼光都盯了他看，因為如一退縮，鄉人的訕笑會跟定他一輩子，他可不想走在鎮上被一群小伢子在背後點點戳戳，叫他「縮頭烏龜」。
他背脊一挺，道：「表哥且莫唬弄小地方人，本不敢冒昧，但表哥贏了鄉下人幾把，就作如此斷語，未免使人不平。在下的家財雖不敢與殷富人家相比，但也有屋有田，手上零碎銀子也有幾兩。今日特為前來領教，請莫推辭。」
南佬搔頭擾耳一番，最後道：「既然眾鄉親盛情，這位先生又執意。小的再推辭就是不敬了，傳出去江湖上也不好聽。小的就陪著這位先生玩幾把，還請眾鄉親一起做個見證。」
當下說定，明日起每夜晚間子時至丑時，在鎮上茶館中開博擲骰子，雙陸，一注五個銀洋，雙方都可加碼，贏家連莊。一連三日，不管誰輸誰贏，第三夜丑時一到，即刻罷手，每日結束當下結清賬目，不得反悔拖延。
人群中有個閒人插嘴：「五個銀洋一注！乖乖。我等輸個十來二十注真的翻不過身來了。先生他在鎮上住著，身家銀子眾人都清楚。表哥，你也抖一抖你的身家，別到時拿不出銀子來，大家面子不好看。」
南佬也不作聲，自去房內取來一個綢帕包袱，當了眾人打開，全是大大小小的銀票。南佬數出幾張放在桌上：「這些應該夠了吧。」

眾人定睛看去，竟有五六百銀洋之多。哇！真是人不可貌相。

第一夜他贏了，不多，但至少是贏了。丑時一過，表哥很爽快地把輸的銀洋一五一十地點給他。他與眾人在深夜走過鎮上的青石板路回家去，聽著口袋裡質地良好的銀洋輕微碰撞作響，腳步格外輕快。眾人又爭相奉承。他心中大快，南佬不過如此，宜興夜壺靈隻嘴，說好三天之後在月下樓請大家的客。

不料第二夜情勢完全倒過來了，他手澀得很，南佬總是壓他一頭，他擲出個九點，南佬不是十點就是十一點。他擲出十一點，南佬竟會擲出滿點十二。未過半個時辰，他不但昨日贏來的錢全輸回去，連手上的六十塊銀洋也輸去五十五塊。最後一注押下去時，他的手微微顫抖，開出來是個四點，他心直往下沉。輪到南佬搖骰子盒時，他暗自叫道：三或二，三或二。可是寶盒揭開，兩顆骰子正是三點，與二點，加起來五點，正好壓住他。

他額上的冷汗津津，眼睜睜地看著南佬把他最後五塊銀洋劃拉過去。茶館裡鴉雀無聲，閒人們都看呆了，只會搖頭歎氣，卻作不得聲。只聽得南佬陰陽怪氣地說：「我看差不多了，先生如果手頭不便，那就作數收了吧。」

六十塊白花花的大洋就此不見了？那可是鎮上人家二三年的吃用穿著，上好的水田也可買個一畝三分了。半個時辰就泡了湯？還賠上他半世英名。他如何能忍得下？急火攻心，血氣上湧，從長衫口袋裡掏出房契，往桌上一拍：「誰說本人手頭不便，這幢房宅坐落在鎮上熱鬧處，青磚亮瓦，上好樑柱，二進深，前鋪後居，至少也值個四百銀洋。」

南佬兩個指頭掂起房契，細細看了一遍，又還給他：「房子是不錯，但小的我一向萍蹤不定，不慣在一地長居。還請先生收回，你我就此罷手吧。」

他堅持：「說好了賭三局，至今還未過半。表哥不能言而無信吧。」

閒人們也道：「歷來博戲輸贏不論，總要讓人有個翻本的機會，贏了錢就走，這樣說不過去吧。」

南佬在眾人的七嘴八舌逼迫之下，無奈道：「好吧，房契小的我收著，但四百銀洋不可，最多是二百。先生贏了隨時可換回去。」

他急於扳本，於是點頭應允。南佬收起房契，點了二百銀圓給他。二人復戰，無奈他今日手氣實在太差，輸多贏少，至丑時結賬時，二百銀洋大部又被他輸出去了。

眾人唏噓不已，他腦中一片空白，神魂顛倒地走回家去，路上有個潑皮趕上，撫肩搭膊曰：「先生不必懊喪，我有一法，保你明日翻過本來。」

他開始沒聽明白，及弄懂之後只會苦笑：「此話莫講。本人已經輸了房子，難道你還要我把田地也一起賠了進去？」

潑皮道：「旁觀者清，我在一邊仔細看了，這廝手法也並無出奇，但總壓先生你一頭。肯定有玄機，先生你如用尋常手法和他博弈，恐怕是連田地輸進去也不作數。」

他一凜，乃問：「此話怎講？」

潑皮沉吟道：「那廝的機關一時還看不清楚，但他贏了先生你錢卻是實情，正如先生你說；擲骰子是個機率的玩意，哪有只向他一邊倒的事情?先生不弄點花巧是玩他不過來的。」

他六神無主，只會直了眼發問：「如何才能如你說的，扳回本來?」

那潑皮看看四下無人，遂把嘴湊近他耳邊，低聲道：「蓄隻小鬼。」

蓄小鬼是民間私下流傳的巫術，說是那些旁門左道的神漢巫婆，把才出生就夭亡的嬰兒人中割開，魂魄攝來，精心侍養，養熟了就可支使小鬼為主人辦事，或陰使仇家倒楣，或偏門生意順利，或賭博贏錢。只是蓄養小鬼如雙刃之刀，弄不好反身受其害，加之民間認為傷陰積，一般人都不肯為之。

房子不保，一大家子如何蔽身？他實在是走投無路了。

潑皮看他心動，點撥他道：「城外枯井觀裡蓄有小鬼，十二塊銀元可領一個。」

院裡一陣風捲地而過，陰氣瀰漫，紫藤花紛紛揚揚，隨風飄落。門扉「嘰呀」一響，小道童出來，隨手把門掩上，雙手遞與他一個小罈，說：「施主好生養著，此小鬼在世上只活了三個時辰，離陰界不遠，所以法力強大，但也嬌嫩使性，每日三餐蜂蜜水不可或缺，午時一貢，戌時一貢，子時一貢，萬萬不得漏失。平日還要買些糖捏人兒，供在罈前，讓他把玩。再添些蛐蛐蟋蟀，配個精巧籠子，鳴唱長嘯，以逗引小鬼開心。如此施主就無往不利，反之恐有不測，施主千萬謹慎。」

他唯唯應諾，捧了罈子回家。蜂蜜水前頭的藥材鋪子就有，買了來，倒入小盞供在罈子前。又使家中小兒上街，買來糖捏人兒及盛於蔑片籠子的蛐蛐，掛在屋樑上，長嘯短唱，一屋煞是熱鬧。

是夜整裝出門，喚來那個潑皮，許他二塊銀洋，把盛了小鬼的罈子交與他捧著，囑其博弈時站於身後，可隨時使喚小鬼作法。但萬萬小心，不得為南佬窺見，壞了事情。潑皮見利，唯唯喏喏，依計行事。

他手上只剩十塊銀元，心中不免忐忑，起始兩人互有輸贏，但一矣賭局漸漸入港，他之手風順了起來，贏來的銀洋在面前一疊疊地碼將起來。賭博之人的膽氣是靠錢撐起來的；南佬擲出個十點，他竟然敢加碼，寶盒一揭，他竟然擲出兩個六點。南佬一面把銀洋數給他，一面喃喃自語：「今天出了鬼了。」

他本來心中有鬼，嘴上卻道：「俗話說；風水輪流轉，難道只許表哥順風順水，不許在下收復失地？說不通吧！如果輸贏局面一面倒的話，這世界上就再沒了博戲這件賞心樂事了。」

南佬嗯嗯啊啊地應著，一面抬了頭，眼光在茶館內外搜尋。他心裡忐忑，催促道：「表哥請趕緊下注，今日是最後一日，眼下也只得半個時辰了。不論輸贏，明日早晨過來喝茶，在下請客。」

南佬收回眼光，定心斂神，口中念念有詞地祝禱一番，然後舉起寶盒，先左右搖一搖，少停片刻，再上下一抖，放於桌上。眾人目光隨了蓋子揭去，赫然是兩個六點，並排躺在盒底。

南佬稍顯得意：「先生這次不再加碼了吧！」

照常例行事，此臺面當然不能再加碼，南佬擲出來的已是雙陸最大的點數，你再幸運，最多也是搖出個十二點，打平。只是十中取一的機率，賠的機率倒有九成。除非是賭客走火入魔了。

今夜他就是走火入魔了，大喝一聲：「慢著，誰說不加碼？莊家有令，加雙碼。」

此言一出，眾人都屏住氣息，看他似醉非醉的樣子，一手拿起寶盒，劇烈地上下抖動幾下，然後如大鵬展翅，在半空中翱翔而下，又復飛起，再繞了個圈子，「砰」地一聲，落於桌面。

寶盒慢慢揭開，眾人定睛看去，先是驚詫，寶盒裡兩顆骰子只見一顆，還有一顆是他剛才甩寶盒時甩出去了？如果甩出去，那就壞了臺面規矩，等於認輸。再仔細一看，只見寶盒裡兩顆骰子疊在一起，上面那顆顯示出一點，紅色的一點。

「哇」，眾人不由驚呼：「天寶一點。」這是賭界中只有聽聞，從未見識過的奇景，擲上百萬次也不見得有一次。這天寶一點是雙陸中最大的點數，見人殺人，見佛殺佛。對手不幸碰見自動加一倍碼。

在眾人的嘖嘖聲中，南佬慘白了臉，數出八十塊大洋給他，他先前已贏進不少，加上這八十大洋，贖回房契應該夠了。

天寶一出，南佬已無鬥志，加上時間剩下不多，他又贏了幾把，時辰已到。先是結算清楚輸贏賬目，然後點出二百大洋，贖回房契，再一數手裡餘錢，剛好是六十塊銀洋，他帶來的本錢。

出得門來，眾人散去，只有那潑皮跟了上來領賞，到了僻靜無人之處，他掏了兩枚銀洋付予潑皮，潑皮奉還盛了小鬼的罈子，各自分手回家。他手捧罈子，心中五味雜陳，又惶然又慶幸，惶然的是諾大的一份家產，差點被他頭腦發昏，葬送在賭桌上，慶幸的是列祖列宗保佑，老天眷顧，最後總算失而復得。

看來今後要收手了，俗話說：夜路走得多終遇鬼。

旋即看見手中捧著的罎子，鬼，就在他手裡捧著。

他不禁背上起了個寒噤，腿一軟，站住了。

他也算是耕讀世家，怎麼會與這種神鬼巫道之事沾上了呢？雖然這次小鬼幫他贏回了錢，但神鬼巫道是難說的，可以為助，也可以為患，只怕是為患的可能性更甚些。還有，天下沒有不透風的牆，如果左右鄰舍知道他家蓄養了一隻小鬼，會如何作想？如果官府知道了，更是說不清道不明的麻煩。

還有，他不是準備洗手不賭了嗎？還蓄有小鬼幹嘛？

想到此處，不寒而慄。他決定要擺脫這隻小鬼。

送回道觀裡不行，老道士已經說過，領養小鬼不能反悔。帶回家去也不行，只怕小鬼從此就賴在家裡作祟。前思後想，最好的辦法莫過今夜就把小鬼送走，鎮東頭有個墳園，不如現在就去，早了早好。

於是疾步往東而去，夜已深，居民早已就寢，除了當頂一輪新月，街道兩旁一絲燈光也無，深夜伴鬼行，一步一伶仃，他不由心驚，遂加快腳步，出鎮，又行上二三里村道，來到墳園。

鄉野寂靜，月光詭異，墳園門口植有兩株古老紫藤。他立定腳步，不敢貿然進入墳園。只是把小罈捧在手上，默默禱念：「小鬼啊，小鬼，不是我不留你，實在是家中人雜口多，有諸不便。你也自尋個好去處，早日托生。你我相遇一場，你助我脫困，自當銘記在心，年節之時，定會遙寄香燭紙錢，以謝相助。」

說罷，只把小罈用力一拋，隔牆扔入墳園，聽得砰地一聲碎裂，趕緊轉頭就走，走出幾步，背後突然傳來貓頭鷹一聲怪叫，嚇得他一踉蹌，差點跌倒，回過神來撒腿就跑。

跑了好一陣，氣喘不已，停下來歇息，抬眼一望，怪哉，兩株紫藤就在眼前，風聲如人語，窸窸窣窣，若泣若訴。他不由大駭，腿腳直抖，卻不敢稍作停留，拔腿又跑。

是夜，他繞了墳園一圈又一圈，抬頭明明看到鎮上的屋宇牌樓，但不知怎的一轉眼又回到那兩株老紫藤前面，墳園裡傳來如人笑聲的貓頭鷹怪叫。令人膽戰心顫，背上冷汗涔涔，連內衣都濕盡。直到晨光初起，眼前景色分明了，才算尋著路徑，精疲力盡地回到鎮上。

走近自家街巷，只見清晨的霧氣裡人影幢幢，居民提了水桶奔進奔出，心中奇怪。再走近些，赫然看見自家房屋被燒得一片焦黑，八十老母巍顫顫地柱著拐杖，白髮蓬亂，在家人的攙扶下佇立於廢墟前，見他到來，眾人一齊大哭，訴曰：「昨夜子時過後不久，先是廚房無故起火，很快蔓延及前後屋宇，僅得時間叫起家人，扶了老母逃出。及鄰舍鄉里聞訊來救，已是晚矣。」

他腦中一片空白，但是還記得子夜過後不久，正是他把裝有小鬼的罈子，扔進墳園的時辰。

全家人都被急促的拍門聲驚醒，男人摸索著下了地，趿上鞋，準備燃了油燈出去察看，女人一把拖住，輕聲道：「孩子他爹，月黑風高的，許是過兵呢。先不開門，或許等一陣就會走的。」

姐和他也醒了，披了衣，躡手躡腳地走進堂屋來看動靜。

女人一回頭，咬牙低聲叱責道：「死丫頭，說了多少遍了，不管有什麼事，別死出來。還不回房去！兵荒馬亂的，要你爺娘駭死啊。」

姐被女人罵回房去了，他卻在屋子裡的暗影中藏了起來。

拍門聲繼續，「嘭嘭」的響聲在黑夜裡聽來格外驚心。男人耐不住了，火柴一閃，燃起油燈。擎了來前院，低聲喝問：「誰？」

拍門聲停了一下，一個北方口音道：「老鄉開門。」

男人手中的油燈一顫，追問道：「你是誰？否則咱不開門的。」

「老鄉，行行好，俺是一個兵，受了傷。」

男人猶豫著，門外那個聲音又道：「老鄉啊，救俺一命。」

女人披了衣趕出來，正看到男人卸下門閂，一個瘦削的身影晃進了門。

在微弱的光暈中，他看見那人穿了黑色軍服，撐了杆槍，一條腿瘸著，過門檻時絆了下，一個站立不穩，作勢要倒，男人趕緊扶住，小心地攙了進到堂屋來。

那兵進了屋，就在地上蹲下，男人拿了一把小凳子放在他旁邊，他也不坐，只抬起頭來問道：「老鄉，可有吃的嘛？一天沒吃東西，俺餓壞了。」

男人朝女人轉過臉去，女人眼中滿是責怪的神色，荒年加兵亂，家裡人都沒得吃的，今天晚飯就是每人一碗紅薯雜米飯。但男人堅持著，女人只得轉身到灶房去。

當女人端了一碗紅薯雜米飯出來時，看見那個小兵扶了桌子，褲子褪到腿彎，而男人蹲在地下，正給他包紮。那兵嘶嘶叫痛，男人說：「小老總，你忍一忍，沒摸到子彈，看來沒傷到骨頭，十天半月就好了。」

包紮完畢，那兵繫上褲子，接過女人手裡的大碗公，再蹲到地下，狼吞虎嚥地吃了起來。吃到一半，卻抬起頭來：「大娘，沒肉嗎？」

女人不作聲，家裡是還有一小塊鹹肉的，小孩子們饞了好久，她沒捨得，本來準備給偏癱臥床的阿婆熬點湯喝。那兵又說：「大娘，俺可是維護地方才受了傷啊。」

維護地方？這地方都讓兵們維護成爛棉絮了。

女人還是不動，男人說話了：「去看看，如果有的話就弄點來吧。老總打了仗，流了血，吃點肉是應該的。」

女人萬分不情願地到後面去，他渾身冰涼地在方桌下躲著，好奇地看小兵攜進來的那枝槍，槍就擱在方桌旁的櫃子上，伸手可及，他偷偷地摸了一下槍身，死沉的，陰冷的，如有鬼氣附著的。趕快縮回手來。

灶房飄出香味，他的注意力全被吸引過去了，他見過那塊寶貝鹹肉，用張油紙包著，吊在樑上。他和姐在後山上挖來野薺菜，娘就取下那塊鹹肉，在鍋裡擦一擦，然後再煮野菜。說是沾點油腥。只有兩次，他看見娘割了鹹肉放鍋裡煮，一次是大舅媽死了，娘煮了一大塊讓父親帶過去，另一次煮了一小塊給姐吃，他在一邊流口水卻沒份。娘只讓他喝了幾勺湯，說你姐流了好多血，要補身子。

他沒發現姐身上有受傷的跡象，只認定了娘偏心。

香味越來越濃，他晚上吃下的那幾個紅薯早就抵不住了，胃裡如五爪搔心，等會娘一定會剩一點給他，上次沒吃上，這回無論怎麼都該他了。

只見女人捧了一個碗出來，放到那個兵面前，賠笑地說：「兵爺，我們小戶人家也只有這點東西了，你趁熱吃，吃完就走吧。實在是沒有更多的東西招待你了。」

那兵也不答話，捧了碗，用手取了碗裡的肉送到嘴邊，只聽見腮巴子咀嚼的聲響，三下兩下就把一淺碗的肉吃完。抹把嘴，很響地打了個嗝。

女人又催促說：「兵爺，好走了，我們小戶人家擔待不起……」

那兵卻說：「大娘，俺走不了，你看俺這腿。」

女人急道：「兵爺你行行好，我們小門小戶的，沒地方，也沒多餘的床鋪被褥，真的不方便，還是請你另找地方吧。」

那小兵突然變了臉，兇橫道：「媽的，老子受了傷，借你的屋歇幾天又怎的？黑天黑地的，你叫老子去哪裡找宿處？」

看到這個跟她孩子差不多大的小兵一口一個「老子」，女人哆嗦著嘴說不出話來，男人插進來說：「小老總，我們家只有兩間房，有老人有小孩，真的沒地方讓你住。」

那小兵說：「俺就睡在這堂屋裡好了，沒事的，有稻草的話拿兩捆來鋪地下……」

男人把女人拖到灶房裡，他聽到爹娘低聲但激烈地爭執，爹的意思是至少今晚讓兵住下，明天再想辦法把他送走。娘說這人拖了杆槍，身上血淋滴答地一股戾氣，家裡還有老人小孩，住這兒我不放心。爹說：「你這是被亂兵嚇怕了，那麼小的一個兵，比阿妹大不了多少，腿上還帶傷，想必也不會作出什麼事來。就是混吃混喝兩天，也會走的。」娘說：「這些年我見了兵就發悚，什麼壞事做不出來？你不見他那麼橫？爹說好啦好啦，今天也沒辦法了，明天再說吧。去柴房裡抱兩捆稻草來……」

嘴饞的他還惦記著那塊肉，偷偷地摸進灶間，只見灶冷盆空，一點肉星子也沒剩下，大失所望。正好被抱了稻草進來的娘撞見，一頓好罵：「半夜起來撞鬼啊！仔細抽你個坐東朝西，還不快滾回去房去睡覺。」

他一溜煙地逃回房去，鑽進阿婆腳後跟的被筒裡，阿婆用腳踹他，他不應，阿婆一直踹，他只得鑽過被筒，躺到跟阿婆並排的枕頭上。阿婆一面喃喃地念佛，一面抽了空盤問。

「來誰了？」

「一個兵。」

「走了？」

「沒。」

「住堂屋？」

「嗯」

「天作孽。唉。」

到底年幼，他嘴裡含含糊糊地跟阿婆說話，一面就睡了過去。

但老阿婆一宿無眠。

早上醒來，他把昨夜的事全忘了，走進堂屋，突然看見一個不認識的人坐著，嚇了一跳，過後才想起是昨夜摸上門的那個兵。爹正陪了說話，那兵該有十七八歲，沒戴帽子，光了個亂蓬蓬的腦袋，黑瘦臉膛，有一股田鼠般的狡猾神情，小瞇瞇眼骨碌碌地轉。身上的那套軍裝很破爛了，從脫線的綻口露出來的是花衫子。他一面跟男人搭話，一面擺弄著手裡的步槍，把槍機拉得咯咯響，又從口袋裡掏出幾顆子彈，啪地壓上膛，哢嚓一聲上了槍機，又舉槍向屋外作瞄準狀。嚇得男人連忙勸阻：「小老總，可不敢亂來，仔細走火，傷了人就不得了了。快把槍子給退了。」那兵笑笑，把槍靠在肩上：「俺班長說了槍要常過過膛，生鏽了就麻煩了。俺這枝槍可是正牌的漢陽造，值個六七十大洋，金貴著呢。」男人說：「小老總，咱鄉下人，看到槍就怕，還是先把槍子退出來，就吃飯了，吃了飯，咱陪你去鎮公所吧，你那腿要上點藥，還有，說不定隊伍上找你呢……」那兵慢吞吞地退出子彈，說：「隊伍打散了。上哪兒找？鎮公所就甭去了，你屋裡寬敞，俺就住這兒挺好。」男人再想勸說，無奈一下找不到詞，只得坐在那兒賠笑，乾搓手。

女人在灶間做飯，大聲叫他把飯給阿婆端去，進了廚房之後，女人把一個大碗遞給他，低聲說：「跟阿婆一起在房裡吃，饞死鬼，吃了別嚷嚷。還有，叫你姐千萬別出來。」他懵懂地捧了碗進去，飯是紅薯稀飯，用筷子在稀飯裡一掏，就掏到一塊鹹肉，那是娘埋了在碗底，他吃得滿口生津，那一小塊肉沒幾下就下了肚，意猶未盡。

姐說她要上茅房，他說娘叫你別出去。姐說不行，憋得慌。他說外面有個兵坐著。姐說他坐一天人就憋一天嘛？他說那個兵有槍。姐撇了嘴說燒火棍罷了，一個丘八，還不准人上茅房嘛？他說不上話來，只嘟囔道：「娘說的，罵你我可不管。」

堂屋裡，男人正勸誘那個兵到鎮公所去：「小老總你如果肯照應的話，我家裡倒有些小意思奉送。」那兵斜了個眼看男人，很感興趣似地。男人嚥了下口水，繼續說：「一塊大洋錢，貨真價實，叮噹響的袁大頭。可是咱家裡傾其所有的了……」正在此刻，門扉一響，姐走出房間，穿過堂屋向後院茅房而去，那個兵眼一下直了，盯著姐的背影一眨不眨，直到姐穿過灶間到後院，才回過神，問男人：「是你閨女？男人答道：哎，是，是小女，已經說了人家了。」那個兵詭笑了一下：「南邊的女子就是長得好看。」

男人沒辦法，到後面跟女人計議如何打發這個找上門的麻煩，堂屋裡剩下他和那個兵，那兵向他招手，他怯怯地站住不動。兵說：「小兄弟你過來，想不想放槍？過來，俺教你。」他像是被蛇催眠的兔子一樣身不由己地走近去。那兵把槍放到他手中，槍身很沉，他人小力弱都舉不起來。那兵托了他的胳膊肘，教他左手端了槍，右手虎口貼緊槍把，手指扣扳機，然後偏頭屏氣一扣，「砰」地一聲放了下空槍。姐正上完茅房回來，進屋只見一枝槍對準了她，嚇得一聲尖叫，那個兵和他都笑了起來。

聽到響動，女人衝進屋來，看到這情景臉色發了白，不由分說對了他就是一巴掌，狠了勁地甩，他被打得頭昏眼花，立時腮幫子腫起來，嘴裡一股血腥味。女人大喝一聲：「滾進屋去，再在屋裡持槍弄棒的看我不打折你的腿。」又轉回身去對那個兵說：「兵爺，你哪不好教，偏叫小孩子打槍。他又不懂事，惹出禍來，咱家哪擔待得起？天都要塌下來了。」那個兵陰陽怪氣地說：「大娘，俺家鄉有句話說：是福不是禍，是禍躲不過。俺和小兄弟玩耍罷了，又沒真的放槍，你也別咋咋咧咧地打孩子給俺看，俺不吃這一套。」

女人氣得發抖，甩脫男人的拉扯，衝到那個兵前面：「兵爺，做人要有良心，昨夜不開門放你進來，不是餓死，也要凍死。兩餐飽飯吃過，竟然在家裡舞槍弄棒的。槍子兒不長眼，傷了咱家誰，跟你沒個完。」

那兵抬了抬眼皮：「呔，大娘，別跟俺來那套死不死的，從十四歲起當兵，鬼門關裡也走了好幾回了，閻王爺鬍子都拔過，已經連死都不怕了。吃你兩頓飯又咋的？當了兵老百姓就得管飯。叫你聲大娘是給了面子，叫你老婆子又怎的？哼，媽的。惹急了老子，一把火燒了這個破鎮子……」

男人急忙插進來打圓場：「小老總消消氣，別跟女人家一般見識。孩子媽，你少說幾句不行？小老總他是跟孩子逗著玩。去去去。」

女人被男人硬搡出了堂屋，一邊還嘀咕：「當兵的沒一個好東西，你看他那個橫樣！只會糟害老百姓……」

安撫了女人之後男人又回到堂屋，看見那個兵臉色不好，眼裡陰冷，嘴上嗤嗤地冷笑著。男人便陪了笑臉，繼續拾起剛才的話頭：「小老總，家裡老的老，小的小，實在是不方便。小老總如果肯照應的話，咱一定奉送路費，絕不食言。」

那兵陰著臉，不作聲，男人便從懷裡摸出那塊帶了體溫的銀洋，兩個指頭掂起，放在唇邊吹了一下，銀洋發出嗡嗡之聲。那兵伸出手來，男人猶豫了一下，隨即把銀洋放入那隻攤平的掌心裡。那兵把銀洋翻來覆去地端詳一陣，又放進嘴裡，用力咬了一下，再看看銀洋上留下的齒痕。隨即放入口袋，說：「再住一晚，俺明朝走。」

男人忐忑不安地走進灶間，告訴女人兵答應明朝走了，千萬不要再惹他，變卦了就不好辦了。又去老阿婆住的屋，悄聲告誡姐弟倆，今天就多耽在屋裡，別出去，晚上拴了門再睡覺。

阿婆說：「聽見了嗎？要屙屎撒尿就趕快去，省得到時候又被你娘抽嘴巴子，半個臉腫得像個窩瓜似的。哎，上完茅房順便把你娘那個針線簍子給我帶進來，衣服爛成這樣，你娘也不好歹幫你補綴一下。」

他怯怯地挨出門來，見到那個兵蹲在那兒把槍拆卸得一段一段的，再遂件拼裝起來。他很想看，但又怕娘的巴掌，只得拖了腳步去茅房，再拿了爹娘房裡的針線簍子，回來時，看到那兵已經把槍裝回去了，正躺在草鋪上睡覺。

全家都如坐針氈，只等這一天挨過去，屋裡悄無聲息，傍晚時女人胡亂弄了些吃食，眾人吃完早早上床睡覺。他的臉腫得厲害，一挨了枕頭就疼醒過來，只得時醒時睡，半夜間被尿憋醒，想去茅房又不敢。只得蜷緊了身子，迷糊中，忽然聽見門上有窸窣地響動，聽聽又沒有了，只想是老鼠，便又睡去，恍然中聽得門軸「嘰呀」一聲，一條白花花的人影閃了進來。他一嚇，急忙睜眼看去，只見那個兵精赤條條地一絲不掛，直往睡在阿婆另一邊床上的姐摸去。

一切都發生在瞬間，姐只叫了半聲，就被捂住嘴，那個兵躍上床去，把姐壓在身下，用力地扯擼姐的衣服。他驚駭之極，欲叫喊，卻喉頭如堵發不出聲音，且驚帶急，既駭又怕，只覺得身底下一熱，憋久了的那泡尿順勢而出，淋淋漓漓地洇濕了被窩。

老阿婆卻沒敢睡著，這當口，只見她費勁地撐起身來，在枕頭邊摸索著。床的另一邊，姐被捂住嘴巴，嗯嗯呀呀地舞手紮腳，拚了命地反抗，當兵的雖然傷了腿，可身強力壯，一個十四五歲的女孩子，哪是對手。姐掙扎了一陣，被那個兵揪了頭髮，把腦袋在床沿上「砰砰」地猛磕幾下，再摁在被窩裡，一邊就把褲子扒了下來。

就在兵即將壓上姐的身子之際，只聽到「哇」地一聲慘叫，那兵往上一掙，接著一頭栽下床去。此刻門被推開，男人舉了油燈，赤了腳跑過來看動靜。微弱的油燈下，那兵，一手捂著後腰，撅了個光屁股在地下打滾，一注暗紅色的血從他指縫裡淋漓滲出來。床上，阿婆篷了一頭白髮，敞著懷，兩掛乾癟的奶子如布袋般耷拉著，左手巍顫顫地撐了身子，右手赫然是一把帶血的剪刀。

女人接著撞進門來，見了地上的景象，先是呆了半晌，再是發瘋似地蹦跳起來，照了地下的兵一陣猛踹，腳腳都落在那條傷腿和腰眼：「叫你這個畜牲糟蹋咱閨女，叫你這個畜牲糟蹋……」一邊踹一邊哭，那兵光著身子在地上滾來滾去，一聲都不吭。

踹了一陣，又想起閨女，忙去察看。姐已經提上了褲子，蓬了頭，羞愧欲死，正趴在被窩上哭泣，看到女人過來，愈加傷心，和阿婆娘親擁在一起抱頭大哭。

男人手足無措地舉了油燈，呆呆地看著女人們哭成一團，欲語無詞。無人留意到地下那個兵，於暗影中俯伏爬行，兩隻手和一條腿並用，漸漸地向門外挪去，像一條潛行的蛇，悄無聲息，一寸一寸地在人眼皮底下滑過去。

只有他看見了，大叫一聲：「他跑了，他要去拿槍。」

多年後，他一直聽見自己在黑夜中這一聲叫喊，眼前浮起那個兵赤身裸體地在地上爬行，那個兵也許想逃脫這家人即將對他施行的懲罰，也許是受傷的劇痛和赤裸的羞恥感使他想找個地方藏匿起來，也許他本能的求生感告訴他越快離開這兒越好。也許，他入房強姦不成，腰裡又挨了一剪刀，疼痛難忍之下惡向膽邊生，只想掙扎著爬到擱著槍的堂屋，一旦他拿槍在手，這間屋子裡五個人都難活命。

小小的孩子卻看見了，那一聲叫喊全憑感到危險的直覺。

屋裡另外四人全驚跳起來，女人第一個躍起，撲到門邊抓住那兵的一隻腳，一面回頭向男人叫喊：「別讓他出去，快來幫手，快……」

男人只猶豫了一下，也撲過去抓住兵的另一條腿，兩人使出勁把那個軀體向屋裡拖。那個兵死命地掙扎，腿亂蹬亂踢，手使勁摳住門框。衣冠不整的姐也顧不得了羞恥，光著腳下地，操起一把小板凳，狠命砸那兵摳在門框上的指頭。

那兵被他們合力拖進屋，因為在地上掙扎，嘴巴也磕破了，看起來很猙獰的一副面相。他被扔在床下，眼閉著，大口地喘氣。

老阿婆對姐說：「去，去柴房拿繩子，那種捆柴的細麻繩。」

繩子拿來了後，阿婆對男人說：「把他的腳綁住，別讓他再跑了。」

都盯著男人，他卻躊躇著：「這合適嗎……？」磨磨蹭蹭地不肯上前。女人在他腰裡推了一把：「死樣的，你不去，不成叫咱一個婦道人家去縛了這隻光雞嗎？」

男人一想果然如此，但還是嘀咕道：「怎麼會弄成這樣？不是說好了明天就走，洋錢也收了……」話還沒說完，面門上挨了兵的狠狠一腳，一個屁股墩坐在地上。

那個兵趁機想躍起來，但是腰裡和腿上的傷使得他一個趔趄又跌倒在地上，當他再次想撐起來時，後腦勺上狠狠地挨了一記小板凳，一下子軟了下去，醒過神來的男人，一面擦著鼻血，一面七手八腳地在女人的幫助下把兵的手腳都綁上。

對著那個直挺挺躺在地下的兵，男人和女人都沒了主意，接下來怎麼辦？男人說去鎮公所叫人吧。女人說鎮公所來人又如何？男人說要告他個私闖民宅，意圖不軌。女人嗤之以鼻：「那又怎的？鎮公所的人能拿他怎麼辦？這年頭，亂兵就是爺。還不是前門進去後腳就放了，只怕他轉眼又回來尋仇。」男人一個勁兒地抓搔頭皮，只會一口接一口地歎氣，一點主意也沒有。

地上那個軀體又蠕動起來，全家人的心一下子吊了起來。男人在那個兵的身邊蹲下，放軟了口氣說：「你看，小老總，咱這麼做也實在是沒辦法，你如果肯高抬貴手的話，咱這就放了你的繩索……」

那個兵突然睜開眼睛，放出凶光來：「媽的巴子。你敢不放！你還敢縛住老子？你死定了，你他媽的一家都死定了。老子的兄弟們馬上就會尋了來。到時看老子如何收拾你們這窩王八蛋，兄弟們先排了隊把你丫頭給姦了，再滿門抄斬，上好刺刀，挑了你們一家大小，一個都跑不掉。」

男人被嚇住了，哀求道：「小老總，你歇歇怒，真是咱的不對，咱這就放開繩索，還幫你治傷，咱……」

說著，就去解綁著手腕的繩索。

老阿婆在床上大喊一聲：「慢著。」

全家人都盯著阿婆，只聽到她說：「這個死鬼是做得出來的。放了他，禍事即刻上門。我一個老太婆，死了也沒什麼，只是這兩個孩子……」

男人停了手，哭出來似的問道：「老祖宗吆，那你叫咱怎麼辦呢？」

老阿婆搖著頭：「沒退路囉。從他進屋那一刻，就沒退路囉。」

屋裡像死一般地沉寂。

女人醒轉過來：「娘說得對！放了他，咱家就沒活路了。」

男人急了：「那你說怎麼辦？養他一輩子？還是殺了他？」

女人說：「或者是……他殺咱們全家。」

男人搖頭說：「不至於吧，當兵也都是苦人家的孩子，剛才是說說氣話罷了，不至於這麼狠心的。」

女人一根指頭戳到男人的額上：「哪見過你這種迂夫子的，開門引進了條狼，親閨女差一點就被這個畜牲強姦了，人家擺明了要你全家的命，還虧你想出種種藉口來為他開脫。這年頭還見得少嗎？光天化日之下，鎮南的老林家的閨女被亂兵糟蹋了，跳了井。她娘老子就阻擋一下，那些殺千刀的用槍托把腳都打斷。哪個敢說一聲？三潯莊東頭的孤兒寡母被亂兵殺死在屋裡，到今天還查訪不到兇手。這些亂兵，不是人，一個個比惡鬼還壞，什麼心狠手辣的事情做不出來？我可把話說在這裡；今天有他沒咱。有咱就沒他。」

男人梗起脖項：「胡說。殺人是犯法的。」

女人一句頂過去：「情願犯法，也要保全兩個孩子。到時我去抵命好了。」

男人伸出指頭點著女人說：「你要不是瘋了？一個女人家，信口雌黃地說殺人？人是這麼輕易能殺嘛？沒了王法。」

女人一愣，突然跳起腳來：「王法管個屁！真有王法的話也不會弄到今天了。」說著，冷不防地從阿婆手裡搶過剪刀，撲過去對著地下那個軀體就是一陣猛戳，嘴裡叫道：「叫你姦咱閨女！叫你姦咱閨女……」

手起刀落，鮮血飛濺。他全身毛髮炸起，蜷在阿婆身後。姐也趕緊掩了臉，男人急忙去拉，但此刻女人力大無窮，好容易才把她從那個兵身上拖開，只見喉間已戳出一個大洞，血不斷地湧出來。

那個兵的手在身後被縛住，只得蜷縮了身子，在地下蠕動，不斷地咳嗽，血沫子噴濺出來。男人情急之下，扯下身上的褂子給兵止血。那個兵咳了一陣，大喘著氣對男人說：「老鄉，痛啊。救救俺，俺家裡還有六十老母，痛啊，俺不想死啊。」

男人苦了個臉歎氣道：「唉。怎麼弄成這樣，早點走不是沒事嘛。小老總，你忍忍，我這就去拿藥，我那屋裡還有些三七和紅花，專門止血的，你等等……」男人跌跌撞撞地跑出門去。

翻箱倒櫃地找出那些藥，回來時卻發現門在裡面被插上了，無論他怎麼砰砰地拍門，怎麼低聲勸說高聲威脅，屋裡就是不開。隔了薄薄的門板，聽得房裡面噪雜聲一片，有悶悶地喘息聲，壓低的叫喊聲，劇烈的咳嗽聲，腳蹬地的踢踏聲，突然發出孩子受驚的尖叫聲。完了，完了！他眼前金星亂冒，一口氣換不過來，腳一軟，撲通一聲跌坐在門前。

良久，門軸「嘰呀」響了一聲，抬起頭，一道油燈光透出來。他一激靈，跳起身來衝進房內，先聞到一股沖鼻的屎尿臭味血腥味，低頭一看，那具躺在地下的軀體血跡斑斑，身下一攤黃色的水跡，而脖子裡繞了一根柴房裡拿來的細麻繩，赤裸的身體中央，那塵根，卻撅得筆直，看起來極為突兀。死人的那張臉已經發紫，扭曲一團，牙齒暴出，緊咬嘴唇，眼卻大張著，茫然地盯著屋樑。女人披頭散髮，蹲在地下，渾身像發寒戰似的嗦嗦發抖。床上，姐弟倆縮在老阿婆身後，像兩隻受驚駭的雞雛，見他進來，姐先哇地哭出聲，甩脫阿婆的摟抱，跳下床逃出門去。

阿婆很平靜地對女人說：「把阿弟帶出去，作孽，這麼小的孩子也招劫了。」

門一關，老阿婆對男人說：「人是我弄死的，不關你女人的事，你去鎮公所叫人來吧。」

男人的脊骨似被抽去，渾身發抖，一句話也說不出來。

那輛洋車轉出巷口，他還佇立在二樓的窗口，空巷寂寞，煙雨淒涼。

良久，他轉回身來，自言自語道：「走了也好。清靜。」

屋內藥香瀰漫，俯身於大案桌前的弟子頭都不抬，未曾聽見似的，一個勁地臨寫米南宮的碑帖。屋角花梨木架上的鳥籠裡，倒是傳來一聲短促的婉轉應答；啾。

他頹然在太師椅上趺坐，伸手去端那盞參湯，她出去前吩咐傭人熬好，親手端來擱在酸枝木茶几上。他顫抖的手一晃，叮噹一聲杯子傾翻，淡黃色的汁液淋漓而下，埋首桌邊的弟子一躍而起，環顧一圈，順手取了幾頁綿軟的宣紙過來，吸乾茶几上的湯汁，見他袍服上也沾濕了，又過來為他擦拭。他煩躁地一擺手，道：「出去行一圈吧。」

弟子依然無言，為他取來煙色織錦大麾披上，又要去取鞋，他不耐煩地止住：「只在門前逛逛，就這樣罷。」

兩人走在巷中，慢，身影迤邐，他柱了管手杖，赤腳，趿了雙絲絨皮底拖鞋，也是她託王買辦的二姨太從西洋店家捎來，叮囑了是室內乾淨處穿著的。他卻不管，趿了亂走，畫舫去得，天井裡去得，戲館也去得，街巷又有什麼去不得？

腳下有些打絆，一巷平地，他走上去卻崎嶇。弟子隨在身後兩步，張了手臂作扶持狀，他稍顯磕絆，即上來扶住。喘口氣，兩人拐出巷口，順手招了洋車，往半裡路外一家茶樓而來。車夫光了膀子，褲子是破的，背上疙瘩筋肉暴起，疾步如飛，光腳板在石子路上啪啪作響，傾刻就到門前。那茶樓同治年間建築，二年前作了翻修，桌椅是柞木的，按了明制的韻味，倒還流暢。門板是蘇州閶門鄉下覓來的，鏤空雕了花鳥蟲獸，也還精細。開張時請他來過，老闆接著，說盡了逢迎之語，好茶好果子送上，茶畢引去隔間，紙筆伺候，只求墨寶。他淡然一笑，寫下六個大字：「墨未濃，茶正釅」，筆鋒拙勁，墨色淋漓。老闆如獲至寶，讓人精心拓裱了，掛在大堂正壁的兩側。

在麻石臺階前，弟子和車夫各人一邊，攙扶他下車。老闆已迎接在門外，他卻轉身，斜了面孔看那車夫，弟子明白意思，又額外掏了幾毫小洋，遞給那精瘦的漢子。他才由老闆和堂倌攙扶跨過茶樓的門檻。迎面就是二年前他揮毫寫下的大字，他看也不看，拖了腳步只管往裡蹶去。待到引入雅室，茶倌奉來上好的雨前茶，並四個果碟，分別是胭脂鵝脯，碧玉鳳爪，熏醬鴨舌，還有一盤稀罕之物，五香龍虱。他只抬起頭來，嘴角斜牽，一絲涎水如線，咕噥聲中帶了痰喘，茶倌聽不真切，俯身於前，弟子在旁吩咐：「隔壁的小筱鳳來否，先生請她過來喝茶。」

茶倌唯唯而去，此刻時近申正，陰雨晦暗，已似黃昏。伶人們日中才起，日入上妝，唯此刻得一二空閒，客人來招，欣然入座，淺酌香茗，一番調笑，或絲竹低吟，或引亢清唱。末了攜一封紅包而去，皆大喜歡。

當年就是在另一家茶館見了她，被他驚為天人，日日來敘，未幾就說與戲班老闆，出手千五袁洋，欲納為家室。戲班老闆一年奔波，歲入不過百，見了偌大的一筆資財，雖不捨頭牌挑梁花旦，但一想年歲不景，生計維艱，加之自己年歲漸長。遂心一橫應了下來，待到喜事已畢，即遣散戲班，自己攜銀回到鄉下，買田修屋，置婢蓄童，過他一份清閒日子去了。

名士納妾，雖無正式名分，也是城鄉轟動，省督軍送了賀喜幛匾，黨部要員撰文祝賀，梨園書院齊頌，士紳商家都有分子。那日開流水席三百桌，梅派荀派俱粉墨登場。賓客遠至東京，近由北平，車馬堵住了相連的三條街弄，不得由督軍派了一個排的士兵維持秩序。他那日穿了件寬大杏黃色的和服，上繡盤龍和仙鶴，鬚髮皆銀，賓客敬酒來者不拒，總喝下有數升陳年佳釀。大醉之餘，命人鋪下八尺生宣，取來碗口粗徽州羊毫，省長三姨太磨墨，日本領事小津抻紙，只見他挽袖懸臂，略一凝神，龍飛鳳舞地寫下「老來癡顛入花叢，人生六十小登科」。寫完即刻被人以五百光洋購下，翌日報紙登出，謂之「當代懷素，比肩羲熙」。

熱鬧日子過了有年餘，隔天小酌，三天大宴，每每梨園書寓聚首，花界盟主，欲海將軍，蜂引花狂，青磚大院內燈火通明，絲竹之聲不絕於耳。她那戲班姐妹俱另擇了米飯班主，卻時有走動。逢了節氣年時，自搭戲臺，自然是奉她挑了頭牌，重作馮婦，咿咿呀呀，流光催玉，嫋音繞樑。臺下眾賓客或凝神聆聽，或擊掌唱和，舉座皆歡。

他的墨蹟越來越值錢，除本地商家求字，行家收藏，日本也有人專程來此購之，錢如水般地流入也如流水般地流出，帳房年底捧來銀錢出入薄冊，竟還要折賣些田地才能補足用度。鄉下大婦是百事不管的，任他賣田娶小，只要一天有二錢鴉片煙膏消費，是連面都不須見的。逢年過節，祭配敬祖，也懶得親自去，眾多弟子選個乖巧有腳力的跑上一次，只說先生紅花般人物，城裡須臾也是離不得的，他奉命代師盡責。再遞上香燭禮品，家用補貼，人情書信，就算圓滿，悠然住一二日便回來覆命。

有時他也自覺體力不濟，婦人年少活潑，無夜不歡。翌日還有精神頭兒票戲牌局，終日不輟。他則月余尚可，矣二三月後偶感頭昏，氣血不足，也不以為意，躺倒一筒福壽膏吸畢，略喝兩口參湯，從煙榻上坐起又是活虎一條，字寫得，酒喝得，戲聽得，如被眾人撮擁，也上得臺盤票上一票，老荀派的腔，沙啞中透出清亮，如極地寒光，一露崢嶸。

只是那房帷之事，越來越不從心。乾柴烈火燃盡，很快就無以後繼，婦人開始還需索，只是不得要領。日久也寡淡下來，隨了夜裡寡淡，白日之神色也寡淡，戲中走神，席上無歡。只蓄養了七八種鳴鳥，畫眉百靈，八哥黃鸝，製了精巧籠子，添食餵水，挑逗嬉戲，滿室婉轉啾鳴之音不絕於耳，卻偶見她呆立於籠前垂淚。

他是何等之識，更兼深通周易，掐指一算，老陽少陰之象，未可強扭，只合疏導。於是細細商量；城裡有了新興女子學堂，中西算術，天文地理，諸子百家，刺繡剪裁，何不學個一二，並不指望你學技養家，但求疏散心情，活躍性格。你看如何？婦人本是個柳絮般地個性，隨風飛揚，久羈生萎，靜極思動，哪有個不願意？略一思索，便頷首應允。擇日報名，他親自乘了包車陪去，校長督學一起接著，學生沒聞過世面，見一白首老者攜了青春佳人來校，便一口咬定高堂父親送女兒來學。

他只是一笑，全無上心。時值風雲變幻，中日交戰，局面傾斜，大片土地淪陷。他端坐家中，風月依舊，卻有人上門請他出來維持，皆是平日書友票友，曰：「日方敬重先生，多次提名。名為維持，實在也是個承上啟下傳個話而已，矮簷低首是個沒辦法的事。至少先生聲譽在外，為老百姓說上兩句，日方或許肯聽。豈不是維護了一方水土？」他思索三日，幾經躊躇，遂應允：「國破民辱，總得有人擔待。老夫雖有些名聲，俱是虛幻。如能以此聲名維護民居安寧，便是虛擲了也不足惜。」上任後並不去衙門裡應卯，還是照常寫帖製匾，應酬票戲，觀花養鳥。有事寫個三尺寬的條幅，錢糧稅瑤雜事一律用草書揮就，疏狂不拘，意形俱駭，也不管人是否看得明白。只是聽說日軍司令部要員獲如珍寶，每每爭奪不休，到手後精工裝裱，置於天照神牌一併珍藏，囑之如戰死須與骨灰一起送回東瀛。條幅上所陳之事，大都照準，稍解民懸。僅有一次他親自出馬，去憲兵隊具保解救落入囹圄之重慶要員。

名聲如刀，稍一不慎就傷人傷己。他也知道有人唾罵有人鞭韃，更多是抬用了他的名字去溝通關節，徇私營苟。他並不能去一一解釋當日承擔的用心，也不能登報披露種種幕後之隱衷，只憑了自己良心和判斷行事，毀譽由人。只是想不到第一問罪之人竟是她，她早已剪了短髮，穿了月白色的細布對襟褂子，黑色拖地百褶裙，平底圓口布鞋，活脫一個新潮激進女學生。他全然放任，只用了欣賞的眼光去看待，女人百變，男人悅目。直到她面對他說不該當這個維持職位的，在學校也被人指觸了脊樑，頭都抬不起來。他剛想解釋，話到嘴邊又嚥了回去，只是揮揮手道：「管它時事春秋，你只顧好早晚冷熱便是。」她聽了遂沉下臉來，摔門而去。

漸日她竟不著家，說是準備功課，或戒嚴被阻，夜宿於同學處。他只叮嚀了小心，並無責怪之意。直至有一天憲兵隊來人，告知尊家眷被拘於第二刑偵處，不敢動刑，前來稟報。急忙趕去，在一地猙獰刑具中間見了臉色蒼白的她，卻死活不肯隨他離去，說有個共同被捕的夥伴，還拘押在監房，她寧願在此陪他。隨從湊上來於耳邊低語：「一直不敢稟報您老，那人是她……」他臉一沉：「胡謅什麼，那是我遠房堂弟。」遂作高層交涉，拍桌打凳，更以辭職要脅，值班的日軍大佐不敢怠慢，但被捕之人是通緝要犯，一個電話上報岡村寧次大將，電話中只傳來兩個字「放了」。

當夜他就中風，站起時突然倒下，口吐白沫，人事不省，送入同仁醫院，急召比利時著名醫生看診，作了放血療法，三日才醒轉。只是半身不遂，右手抬不起來，臉容也扯歪了，最麻煩的，他竟說不成連貫的話語，人聽不懂他就急，一急口水就淌下來。只有她和一二最接近的弟子，能揣摩出他大概的意思。原本她和男友說好，漏夜南下香港，再轉新加坡，緬甸，到重慶去。被他這一耽擱，兩人再商量，男友意思是愈早走愈好，晚了只怕脫不了身。她思量再三，最後還是決定留下，只好讓男友先行，說定一俟可行，她就掙脫出身來，以期三月，重聚西南。

她脫去月白色對襟褂子，換回以前居家常服，暗紅色團花的蘇織斜襟小襖，下著寬腿紡綢筒褲，繡花鞋。短髮還盤不起來，從後面用個假的髮髻別住，本來已不佩首飾了，重新戴上滴水翡翠耳環，雪白手腕上一枚晶瑩剔透的和闐玉鐲。斜襟衫領佩一朵鑽花。於她，那個清麗單純的女學生如戲臺上一個角色，換了裝束就如一頁翻過去了。她推託種種邀約，一心在家侍候，預約醫生，檢視藥方，吩咐傭人搗藥熬藥，督促他按時服用。更兼顧日常飲食，隔夜每與廚子商討菜肴，總揀了清淡而滋補的作烹飪。月餘，他能起來在屋內扶了傢俱走動了，她攙了他沉重不靈活的身子，步子極慢地在一小方天地裡打轉。天氣暖和時，叫了傭人和弟子幫忙，把他用籐椅抬到中庭裡，透透氣，看一眼滿地落瑛的海棠。陰雨時晦之際，在畫舫裡點燃一爐安南線香，取來琵琶，一曲流水叮咚，幽靜中分明透了幽怨，和了階前滴水，串起了晦明閃爍的晨昏日月。

兩月靜養，他恢復大半，腳力漸長，雖時有磕絆，但能拄了手杖自己行走。右手能抬高至肩，但舉不過頭頂。飲食能自理，穿衣還靠人。偶爾寫起字來，雖見阻滯，但字行間另有一股玉山傾倒之沉，蒼茫盤旋之勢。

臉容依然牽扯，尤其說話進食，口涎不禁，褂襟前總有濕跡，且不管它。可喜說話言語日漸清晰，雖僅限於短句，長句還得仔細傾聽才辨出六七分。比利時醫生說已是不錯了，十人中恢復至此才有一二。親朋來祝賀問噓，都曰他命大福大，完全康復指日可待。

他的脾氣卻日漸變壞，家中堂會當然是絕跡了，老友來訪常吃閉門羹，省府秘書長也不例外。日本人送來的禮品，包裝也不拆地叫人扔在垃圾箱裡。平日沉了個臉枯坐，眼神茫然。或去畫舫看弟子習字，半日一言不發。間或奪筆在手，蘸飽濃墨，懸於空中，良久落不下於宣紙，最後憤然擲筆於案。弟子們驚悸駭然，登門漸稀，惟有一二生性憨厚而極敬師者，依然上門，幫著她照顧些大小瑣事，打掃畫舫，鋪紙研墨，還不致於門庭太過蕭殺冷落。

時光倏忽，已近三月，一夜，她吩咐傭人把他的被褥移進她的臥房，自從她上學之後他們就未曾同居一室。他只由她操持，默默不置一辭。待到眾人離去，她跪在繡床上把兩個枕頭並列在一起，他緩緩開口：「我已是廢人，從起病至今未曾有那個感覺……」她頭也不抬，依然跪在那裡整理被褥，良久，說了一句：「我要走了。」

他再也無言，由她攙扶，由她為他卸衣，由她小心翼翼地把他放平躺下。眼見她走去妝臺整理鬢髮，均粉淨眉，洗手薰香完畢。復回到床前，站上踏凳，開始背對著他卸去身著的衣物，先是上身斜襟小襖，府綢內衣，繡花肚兜，再是紡綢軟褲，玄色內服，一件件依次脫下，如金蟬褪衣，如睡蓮綻放。他只是不動聲色地靜觀，眼皮都不曾噏動一分，如老僧入定，如松澗聽琴。她卸完衣物，順手熄燈，上床掀被，只一挪，便如倦鳥還巢般地偎息在他身旁。

長夜無語，只聽得風過簷間，雨敲窗櫺，淅淅瀝瀝，似斷還續。濃暗中兩人靜臥俱醒，並無交談，只牽了手，偶有唏噓，也須臾即縱。乍熱還涼，更漏夜短，轉眼已是青光一片。她遂起身，如平日，吩咐傭人為他端水送茶，洗漱更衣，攙扶了來堂前坐定。她則自去房內收拾行裝，未幾復出，依然是清水學生服一襲，黑白分明，素顏未妝。只攜了小皮箱一方，軟包裹一坨，婷婷佇立於堂下。他凝視良久，並不置一辭，末了只是微微頷首。她則滿眼淒涼，欲言未言。終於她轉身離去，他眼皮一顫，吩咐人扶了來到窗前，看車夫撐起雨篷，扶她上車，車輪粼粼碾過青石板巷道，雨霧飄蕩……

門簾一掀，小筱鳳進房，深揖萬福，佩環叮噹，為師徒倆酎上新茶，然後自行坐下，眉眼流蕩，巧笑兮然。這是一個靚麗女子，雖嬌小輕盈，但體態風流，年未過雙笄，學戲已九載，聰慧乖覺，吹彈唱工俱佳，尤彈一手好琵琶，梨園名聲已漸鵲起。只為時局不靖，人民流離，無心觀劇，票房不振，一直處於半紅不紅之狀。今日聽得名士相招，攜了琵琶，偕了小師妹雀躍而來，言語恭敬，執禮合宜，眼角唇邊卻飄出一星豔治之態，只等一句語風撩撥，即可成燎原之勢。

豈知堂上兩位都木面肅然，她即收斂，端坐敬茶，三巡之後，於師妹手中取過琵琶，輕撥兩三，散弦獨躅，餘音伶仃。隨即凝神頷心，蘭指翻飛，先奏了一曲《柯亭遺韻》，然後又奏《漢陽五行》，琴聲幽遠清冷，如孤雁影映寒潭，如夕陽牡丹凋零。奏完後一堂沉寂，她彎身細語道：「小妾沒得眼色，理應奏些喜慶曲子來助興，沒得來擾了兩位的雅意。妾再奏一曲《玉堂春暖》賠罪，可是使得？」弟子瞄一眼老師，他紋然不動。小筱鳳又道：「若要熱鬧，《五鳳朝凰》也是可以的。」弟子又一次望去，他還是雙目半頷，似無聽見。弟子遂自作了主張：「奏那些酸曲作甚？還是彈個《十面埋伏》來聽罷。」

小筱鳳淺笑：「這可是考倒小妾了，許久不彈，只怕技疏。既是先生點的，小妾當勉為其難。縱有錯失，還望先生擔待一二。」說罷面色一緊，端坐斂容，雪白的手腕微顫，突然，樂聲遽起，如風過長洲，如雨落崗巒，寬廣處如雷霆萬鈞，攝人魂魄。細微處如春暖雪融，入地淙淙。急挫時如懸崖奔馬，夜臨不復之境，從容時又如晴朗秋陽，歷數南雁點點。只聽得人心如簧，逸興遄飛。只聽得天高地迥，興盡悲來。只聽得東隅已逝，桑榆非晚。一曲終了，餘音繞樑，再看小筱鳳，已是垂下淚來。

回去的路上，弟子試探：「這女子倒是天資，音容俱佳，難得是覺慧透心，一曲千人彈奏過的譜子，竟被她闡述到如此至外化境，本地梨園樂界能有幾人？依我看，老師身邊還是需要個照料之人，未知可有意梳攏？退一步說，也是個惜才的意思，如今世道不靖，晨昏嬗遞，一有動靜便無處可尋……」

他仰靠在車椅背上，沉默不語。弟子竊以為他動心，靜觀其神色，只見他嘴唇嗡動，吐出一句甚為清晰的言語：「覆巢之下豈有完卵？」

翌日，弟子跨進畫舫，大驚，室內窗扉全部洞開，七八鳥籠羅列在寫字的大書案上，籠門敞開，那些精巧名貴之鳥雀一概無影無蹤。

沒人知道他是何方人氏，從何處來此，只見街巷中他的身影飄忽而過，一襲竹布長衫，兩袖瀟灑清風。在集市時他在砂鍋觀前擺了個攤子，黃桌布上書「測字占卦，風水命理」，下面一行小字「兼問診開方，治各種疑難頑疾」。自己端坐桌後，拿了本線裝舊書翻閱，一派姜太公釣魚之勢。有人上前問詢，他懶懶地抬起眼皮，上下梭巡一番，未等來人開口，便已知問求何事；或銀錢糾葛，或家宅不寧，或男女婚事，或子嗣難續。卦雖極為靈驗，但口氣總是居高臨下，話語又含譏帶諷。加之他的卦金昂貴，每卦收洋一圓，可沽食糜一擔，鮮魚兩籮。為此少有人上門，他並不以為意，依舊讀他的舊書，及日頭西斜，就收拾起卦攤，背了手，踱回砂鍋觀來。

砂鍋觀地處偏僻，只得一間正殿，供奉太上老君，香火並不旺盛，主持道士也是半路出家，收了一個棄兒為徒，作些打掃買辦雜事。院中一棵古樟，一池觀魚，兩溜廂房，東面三間廂房作了住處和廚房，西面三間出租給人，補貼點日常用度。

長夜難度，主持有時攜了一壺薄酒，兩件小食叩門，西廂窗裡燃起一盞孤燈，兩人對弈，少言寡語，棋子滴答落磬之間，聽得更漏鵲啼，野貓上樑。手談半夜而終，開門相送，只見月正當空，樹影匝地，萬籟俱寂。走到院中抬頭仰望天象，主持歎道：「群星皎潔，世道卻難得如此清明。」他只淡淡一笑，並不語言。兩人一揖相別，各回房中歇息。

他行蹤不定，常出門訪友，或在村嶺野地亂走，順便收購些藥材。二三日才返，常在半夜敲響山門，那徒弟便睡眼惺忪地趿了鞋出來開門。這日卻久叩無應，心中不免詫異，縱身逾牆而入，只見東房門戶洞開，並不見人影，西房與他相鄰的房間卻依稀有響動亮光。他擱下包裹，正想去看個究竟，卻與開門出來的道士撞個滿懷，一把拖住：「你來得正好，我剛差徒兒去鎮上叫藥局的門，本想胡亂救個急。你卻在這個骨節眼回來了……」

他詫異道：「是誰病了？」

道士喘喘地說：「一個租房的客人，小年輕，我可不敢讓他死在這兒……」

他進房，桌上點著一盞小油燈，昏暗的光線下看見床上躺了個人，呼吸急促，呻吟不斷，面目卻看不甚清晰。他伸出手去搭了脈，又去額上探了一探，燙得嚇人。他轉身問道士：「可有燒酒？」道士連忙去南房取了大半瓶過來。他接過傾倒在一個大碗中，吩咐道士：「把他脫光。」七手八腳卸下衣物，一具年輕白皙的軀體在昏黃的光線下索索顫抖。他取了一塊帕子，浸了燒酒，從心口擦起，及胸腹，及肩臂，及腿股，及手腳，及趾間。慢慢地，病人不再悸動不安，呼吸也見平順。待全身擦完，他自己已是渾身大汗淋漓，再看病人，已沉沉入睡。正好小道士回來，遞上藥局所配藥丸。他掰碎放在鼻下一聞，隨即扔入垃圾桶：「誤人性命。」去自己房中取出藥屜，配了兩副藥，出來交給小道士：「這副即刻急火煎好，翹開嘴巴灌下去，另一副文火煎兩個時辰，天明之後喚醒他服用。」吩咐完了去自己房中，靜坐半晌，調整吸納，然後上床安息不提。

天明即起，去隔壁看視病人，正好小道士煎好了第二副藥，扶了病人在灌藥，那年輕人軟弱無力，頭都抬不起來，小道士灌得滿身滿床淋漓。他走過去接了藥碗，吩咐小道士扶起托住病人，他左手捏了病人的鼻子，一張嘴，那碗藥就穩穩地灌了進去，一滴都不灑出來。

來到院中，老道士迎上來：「昨夜多虧了你，那麼高的燒，不是年輕撐得住，就一徑去了。我小小道觀擔待不起的。」

他卻冷面冷心：「他的壽數已近，性命暫存而已。」

老道嚇了一跳：「他會死在這裡？」

他搖頭：「這倒未必……」

老道再想問個究竟，他不肯作答，只是背了手在魚池前默觀。老道知道天機不可洩露，也不再追問，只是心裡存了個蹊豁，想著病人一旦恢復就請他走路。

三五日精心看視，十餘日悉心調養，年輕人慢慢恢復，能坐起自己喝粥了，還吹不得風，整日困在屋內。他早晚兩次替他看脈，鐵板了個臉，沉默寡言，連一句安慰鼓勵的言語都無，藥方及所需雜事只是交給小道士去跑腿。年輕人噓嚅地說些感謝之語，他也像不聽見似地不置一言。

一天從外面回來，見年輕人坐在西房檐前的一把籐椅上，見他進門，強撐著站起，似有話說。他眉頭一皺，惡聲惡氣道：「關照過了，病根還未全部發散，吹風著涼，病體復發，我可沒耐心再陪你折騰。」

年輕人莞爾一笑，臉色雖蒼白，眼神卻閃耀：「我是來拜謝先生的救治之恩的。也調養月餘了，不好一直叨煩道觀，道長憑空添了個病人在此，諸多煩難，小道士兄弟也累苦了。長久在此我心不安，加之，我原要趕去某地的，與人都約好了，這一病耽擱久了，只怕誤事。所以行期也就在一二日之間……」

他盯視年輕人良久，似不經意地問道：「可是要去西北？」

年輕人一驚，隨即又鎮定下來：「先生明達之人，我不敢相瞞，同學相約了去延安。當今國家多難，政府又不作為，眼看國土大片淪陷，凡有血性者皆尋報國之途。我輩一介書生，手無縛雞之力，雖不如賣漿簞車之徒，有一腔蠻力可以上陣殺敵，但求能做些文職工作，抄抄寫寫，傳達記錄。雖力薄人微，也不枉十多年孔孟教化，祖宗垂訓。」

他的眼光愈見犀利：「你對那個地方有多少瞭解？」

年輕人搖搖頭：「無多。報章上偶見一二，多是同學私下傳說；謂那處有異於當下現狀，朝氣蓬勃，上下一體，人人都為拯救國家而拳拳出力。僅此而已。」

他口氣中分明帶了譏嘲：「僅聽了傳言，就不遠千里而去？」

年輕人眼中帶了一絲迷茫：「先生，你大概沒見過飛機轟炸吧，肢體橫飛，血肉模糊不忍卒睹。戰爭一來，大官逃了，老百姓就成了無頭之鳥，只要一聲呼哨，就紛紛攘攘往一處去，哪知處處陷阱，方方焦土。人到不得活之際，任何神話都會相信，只要有一絲活命出頭的希望。延安那地方我亦知甚少，但無論如何不會比這裡更差吧？我耽下去，書讀不成，天天跑難，與此還不如搏了命一試，也許是條解救之途也難說的。」

他語氣緩和下來：「家裡還有何人？」

年輕人道：「六十老母，三個姐姐，我係獨子。父親留下一家眼鏡店，這年頭誰來配眼鏡，生意早就蕭條得可以，已經關店幾個月了。靠變賣傢俱雜物度日而已。」

「那你出來家中是否知道？」

年輕人低下頭去：「知道了就走不脫了。還好母親與二姐同住，有個照應。否則我心也不安。總想到了那兒之後，一切安頓下來，再向家中報個平安。誰知一病就耽擱了這麼許時日。」

他剛想說什麼，瞥見主持從東房裡出來，只說：「就是要走，只怕你走不出二三十里去。那時再倒了可沒得又一個砂鍋觀。還是再將息幾日，養足精力再上路不遲。」

說罷撇下年輕人回房去了。

晚間主持照常攜酒來弈棋，兩人擺開棋局，掂起黑白，方寸天地，既是對弈，亦是溝通。弈至中盤他的一條大龍被主持圍住，一番打劫，掙出一口氣，向邊角地帶蜿蜒而去。主持評道：「你若堅持做劫下去，我也不敢過多糾纏。何以輕言放棄，去爭邊角瘦瘠之地？好不合你以往做派。」

他掂一黑子在手，頷首沉吟：「以前鋒芒畢露，一劫一眼都要爭個死活。現在突然想開了，以退為進也是人生必走的一步棋。」

主持搖頭：「你不是那樣的性格，棋格如人格，修正可以，全改卻未必。」

他落子於白地：「也許吧，雖說命格天定，但人往往不甘，有的時候想跟自己扭一下，明知扭不過去，心裡這口氣總要吐出來才是。」

主持也跟了一子：「還是不要跟自己作對為好。你看，你自己先亂了章法，給人可乘之機，我這一手下去已把黑棋逼入絕境了。」

他觀察了一陣，直起腰來：「是，我逸出了自己的常規，必輸無疑。」

主持道：「中盤認輸？那麼，再來一局？」

他把殘棋放進棋簍，不發一言。

主持把兩人的酒杯斟滿：「怎麼？有心事？」

他掩飾地一笑：「煌煌天地之間，只剩下砂鍋觀這塊清靜之地，觀魚賞花，飲酒弈棋，我亦知足，何來心事？」

主持道：「知足乃無奈之感，心為因，感為果。」

他答曰：「草木無心，感時而發。」

主持道：「人非草木，審時而度勢，避禍而趨吉，大難之際，唯求自保。」

他答曰：「我何嘗不知天命難違？只是想盡一點人事而已。」

主持長歎一聲，再無勸說，喝乾杯中剩酒，收拾起棋具，說：「你也別逼迫自己太甚，早點歇息吧。」

主持一走，他去院中洗了把冷水臉，回到房中，點上三支迦南線香，擺上爻草，天干地支羅列開來，在燈下細細地凝視良久，又閉目沉思、計算、推演，直到三更，才收拾完畢，上床歇息。

翌日傍晚，房門被敲響，他開了門，年輕人佇立於門外，著一件藍布中山裝，一排鈕扣整齊地扣到領口，修了面，頭髮朝後梳去，雖還有幾分病容，竟比一日前精神多了，像枝挺拔的幼樹，雖經風雨摧殘，很快地綻放蔥蘢新葉。他心中一顫，很快抑制住，只是微微頷首，示意年輕人進屋說話。

年輕人讓他在床沿坐定，退後兩步，對他行三鞠躬禮。再抬起頭來：「先生救治大恩，無以報答，唯有謹記於心，日後同樣施與人罷了。」

他一下子吶言，等年輕人坐下後，才問道：「確定了要走嗎？」

年輕人道：「先生一片好意，我豈不心領？我也想完全復原才啟程，但不瞞先生說，家道不景，出來不敢帶太多的銀錢，總要留些讓寡母度日。不想因病耽擱，囊中盤纏幾近用盡，前面還有好長一段路程。二則真是與人約好，在西安會齊，再由人帶路進去。晚了只怕被撇下，那可落個進退不得的局面。」

他道：「就是去不了，你可以回家啊。你老母看見多日未見的兒子返回，不知有多高興。古話還說：父母在，不遠遊。你父親不在了，老母更需你的陪伴。」

年輕人似被觸動了，低頭不語，須臾抬頭道：「父母養育之恩豈敢忘記？只是當下乃非常時期，國破何以為家？我如在家守了老母，別人的老母就可能被戮。人人守了老母，吾之母國就可能不復。我雖愚鈍，這點道理還是不敢忘的。」

他長歎一聲：「你既去意已決，我也不好再勸。只是一路小心。這兒有些藥丸，如路上身子感到不好，吞服兩丸，不至有事的。」

年輕人接過藥盒，揣入衣袋，謝過。又從內裡貼身口袋掏出一綿紙包裹的物件，放在桌上，打開，一枚杏子大小鮮紅若血的雞血石呈現在眼前：「先生施恩甚多，無以相報，這枚雞血石是家傳之物，不是什麼名貴之材，好在晶瑩剔透，留給先生作個念物吧。」

他也不推辭，只說：「還有一事……」

年輕人恭敬道：「先生請說。」

他卻略顯煩躁，起身在房內走了兩圈，回來坐定，正色道：「昨夜我為你起了一卦，卦象凶險，本不想驚嚇你。但心中不安，尋思解脫之道，半夜長考，只求得半解；即『甲乙』兩字在西北為大凶，凡是這兩字出現，必要走避，萬不可存了僥倖。切記，切記。」

年輕人一臉迷惑，不作聲。

他板起臉：「再次叮嚀：天機莫當兒戲。」

年輕人直語道：「先生好心指教，我當然銘感於心。只是想來有些不解，我想先生說的西北是指延安吧。如今延安招徠人才，共同抗日，我去投奔，只會歡迎。如果說是在西北與日本人作戰而殤亡，那我離家時已作了準備，萬不會逃避的……」

他打斷道：「你說的是人寰，人寰之上還有天道。」

年輕人不服氣地說：「還請先生解說釋疑。」

他斬釘截鐵地擋回去：「天道不能解釋，只能服膺，只能敬畏。」

年輕人不想爭辯，敷衍道：「好吧，好吧，我記著先生的話就是了。」

他卻進逼一步：「你不相信！是不是？」

年輕人道：「既然先生下問，恕我直言，我是讀新書的，關於算命占卦，風水命理，只是上古時代人對自然之事不瞭解罷了。照先生之說，人也是有靈魂的？可是現在科學證明了靈魂的虛幻，人一旦死了，就腐爛了，歸於泥土了，從這個世界上徹底消失了，從沒人見過靈魂是怎麼樣的。」

他眼光裡透出一股憐憫和不屑：「夏蟲豈可語冰？」

年輕人還想爭辯，卻想起他是老一輩之人，況且還剛救治了他的重病，便換了輕鬆點的口氣：「這卻是沒辦法驗證的事，既然我們活著說不準，哪一天死了，萬一真的發覺是有靈魂的話，那我的靈魂就來向先生道個歉吧。」

他心一寒，作不得聲，年輕人把生死說得那麼輕巧。

過了一會才正色道：「生死豈是你我隨便說得？你們年輕人，要活得長一些，活得好一些，我們老年人才覺得踏實。你母親也會如此作想的。」

年輕人趕緊說：「先生教訓得是，我會時刻想著老母在堂，自己處處當心。希望早日驅除韃虜，屆時回家奉侍高堂，也一定前來拜謝先生。只是明晨一早動身，還有些物品要收拾，也須與道長結一下賬，就此告辭了先生吧。」

年輕人走後，他若有所失了好一陣子，酒喝得多了，棋也下得心不在焉，時間一久，道士也看出來了，說：「道觀附近的野貓，餵了幾次食之後熟了，過一陣聽不到牠們的叫聲，見不到牠們的身影，也會擔憂起來。你親手救回來的性命，當然更為牽掛。不過，不管緣分深淺，人各有命，禍福最後承擔的也只有自己。旁人嘛還是丟開些好。」

他悶悶地不作答，意興闌珊。

道士又說：「你的老友泥鰍和尚不是一直邀請你去做客嗎？雁蕩山離這兒也就是十來天的路程。何不出去走走，散發散發，在山川之間滌蕩一下鬱氣，在杯酒之間品味一下人生？我們都是一副皮囊而已，這副皮囊什麼都能往裡灌，只是灌了太多的鬱氣要脹破的。」

他依了道士的勸說，收拾了簡單的行裝，往雁蕩山迤邐而去，日行桃林，夜宿津渡，登山川大谷，涉深澤淺灘。問路向樵夫，飲漿於漂女，遇大城則盤桓五六日，過小鎮也借宿一二晚，走走停停，隨心所至，倒也逍遙自在。他隨身攜了年輕人所贈那枚雞血石，獨處之際會取出摩挲賞玩一番，那石頭通體剔透，殷紅若血，捂熱了在手掌間如一顆心臟般地鮮活搏動。他凝神靜觀良久，終不忍看，仔細收藏於行囊中。

半年始返，主持接著，簡單晚餐之後依然安排在西房住下，連日奔波，筋骨勞乏，及枕入眠。睡至半夜，忽覺有人進門，立於床前。定睛看去，竟是分別大半載的年輕人，渾身土色，形容枯槁。坐起驚問：「你如何返來？幾時到的？」年輕人稽首長拜：「我已在此等候先生幾日了，先生再不來，我只怕等不及了。」他心知不好，遂問：「路上是否平安？病情是否有反覆？」年輕人道：「服了先生所贈藥丸，倒還撐得過去。經西安，到了延安，也被收編，開荒種地，開會學習，雖勞累疲乏，但也耽得過去。只是運動一個接一個，今天整風，明日交心，我們淪陷區去的人，哪經過這個？弄得人無所適從，有時不免發幾句怨言，不想禍事就此臨頭。三月前興起一場整肅ＡＢ團運動，諸多牽連，單獨關禁，刑具逼供，有人經受不起，胡亂攀咬，淪陷區去的人大部被牽涉進去，我也在其中……」

他詫異道：「何謂『ＡＢ團』？」

年輕人搖搖頭：「我至死也不明白何謂『ＡＢ團』，這兩個洋文字並無特殊意義，就像中國『一二』或『甲乙』……」

他驚跳起來：「我不是告訴你『甲乙』為大凶嗎？你真敢不相信？」

年輕人黯然：「網是一點點收緊的，等你發覺已身陷囹圄了，插翅難逃。其實我也是留了意的，只是沒想到洋文『ＡＢ』就等於我們的『甲乙』。這是我關在黑無天日的地牢裡才悟出來的。」

他如一桶冰水兜頭澆下，寒透骨髓：天機難違。

默然良久，他抖擻著嘴唇再問：「後來呢？」

年輕人道：「沒有後來了。從關進黑牢起就沒見過天日，最後被拖出去也是一個黑夜，一排大坑等著我們，人被推倒在坑裡，一鍬鍬黃土就劈頭蓋臉地掩了下來，以致我今天來見先生還是滿身黃塵……」

他大慟：「還不如當初不救你，免了驚嚇，也存了尊嚴。」

年輕人再拜：「一日生命也是可貴，得先生援手，多活二百日，雖歷經苦痛，但悟出人間的慘烈與真情，也不虛枉了。此次前來，一為拜謝先生大恩，二為實踐諾言，來跟先生道個歉……」

他已淚流滿面：「如此世界，枉生為人。你此去決不要再入輪迴，寧願化為頑石，或水流，或清風，無影無蹤，無形無狀，無來無去，同老於天地。」說罷不能自已，掩面痛哭。

慟哭驚醒，原來是南柯一夢。

翌日，他吩咐道觀為他準備幾味素筵，小道士捧了碗碟去西房中，驚奇地看到桌上供了一枚鮮紅的雞血石，三支迦南線香嫋嫋而起。

如一個晴天霹靂，全家都懵住了。兒子在那件案子裡被判了二十年。

本是一件醉酒鬧事的小案子，結果被推倒的年輕人在醫院中傷重死去，案情就急轉直下。再加報紙的記者寫得聳人聽聞：四惡少酒館滋事，失學少年一命歸西。輿論譁然，指責紛紛。開審那天，苦主家屬頭纏白巾，大堂慟哭。雖然據兒子說他並未直接參與，家人原也抱了最壞的打算，也願與苦主商情，人家失去親人，盡其所能地賠錢扶養也是應該的。那料到宣判結果：四人中兒子判得最重，那個先引起爭執的少年判了九年，兩個直接出手推搡和拉扯的倒只是判了七年和五年。

老爺聽到消息之後就厥了過去，大奶奶只會念佛，大事指望不得的。兒子是她生的，大奶奶再疼也是隔了肚皮。她雖然震駭，雖然痛徹心肺，這個家裡也只有她還能強撐住。她知道，如果她也跌倒不起，這個家就完了，無人能擔起肩膀，在牢裡的兒子也就斷了指望。她前思後想幾日，末了，對躺在病榻上的老爺說：她要進城去為兒子活動打點，申冤翻案。

老爺氣若遊絲般地喃喃：「你一個婦道人家，城裡那麼好去麼？衙門你進得去麼？判官你說得上話麼？如何申得了冤？更如何翻得了案？別說夢了……」

她固執道：「就是就近照顧一二也是好的。」

老爺一陣劇烈的嗆咳，臉憋得通紅。大奶奶趕忙扶了他半坐起，後背上捶拍了好一陣，才吐出一口粘稠的濃痰。老爺向後仰去，一邊恨道：「叫他去讀書的，沒叫他混這些狐朋狗友，不長進的東西，隨他去……」

她低了頭道：「少年人生性活潑，一起嬉玩冶遊也是常情，經歷了這次旦夕禍福，他也應該明白過來，斷不肯再虛擲時光，招禍上身的。」

老爺歎道：「這話說晚了，他如今身在囹圄，只有悔恨藥好吃了。」

她搖頭道：「這世上只有後悔藥是吃不得的，他才十七，若關了二十年出來，一生一世的人也完結了。再悔也無用，倒不如死馬當活馬醫，若有一二緩轉的餘地也是好的。老爺，家門單薄，只有他一線子嗣啊。」

老爺不再言語，兩顆混濁老淚從眼角而下。

城裡正亂，今天是徐大總統當權，明日又換了段軍人執政，政令不出一門，國情撲朔迷離。弄得民心惶惶，誰也沒注意到，一個單身女子在南池子西頭胡同裡賃了一間房，置了幾件簡單家什，安置下來。

婦人看來三十來許年歲，白淨面皮，只能說還端正，眼神卻深邃，細看還有一抹滄桑。剛來的時候，她滿身鄉氣，連洋油爐也不會用，看人家用牙粉刷牙還要盯著看個半天。未幾，鄰居們很快發現她時髦起來，盤起來的髻剪成齊耳短髮，化了淡妝，戴一副滴水翡翠耳環，看得出那是有些家底的人家才能佩戴得起的首飾。又甩脫了鄉間寬大的對襟衣服，換上時下流行的緊身短襖，下著百褶長裙，足蹬一雙平底黑面繡花軟鞋。走在街上跟城裡的女學生或時髦婦女並無二致。在那個年頭，一個來歷不明的單身女人總會引起各種猜測，沒人見過她的家庭，對鄰居的探詢她守口如瓶，也很少有訪客，但她常出門，離開兩三天，回來時一副精疲力盡的樣子，誰也不知道她去哪裡？各種傳言都有；有人說她是一個高官的外室，被正房趕了出來。有人說她是個做那種無本生意的。更有人聳人聽聞地說她其實是個日本人的間諜，有人曾看到她在酒樓裡和一個穿中山裝留仁丹鬍子當官模樣的中年人鬼鬼祟祟地談話。各種傳言熙攘不已，頑童們在她進胡同時會大叫一聲：「東洋特務。」不等她回過頭來即四下逃散，她初聽了一諤，隨即露出一抹苦笑，轉身進房落鎖下門。

她來了半年多了，苦苦鑽營，並無多大進展，一則當年判案主官已不在其位，繼任者全不願聽她訴冤，重開庭審，那等於自找麻煩上身。新近興起的律師樓她也跑過多次，銀錢輸送出去不少，那些穿了筆挺西裝的律師收了錢卻無甚用，不是言不及義就是出些餿主意。她家道雖還過得去，但銀錢都捏在大奶奶手裡，一旦索需用度，每每多費口舌。並且她漸漸悟出如摸不準門道的話，再多銀錢交結下去也是枉然。她家也就是外省的一個中等殷富人家，就算賣空了家財，擲在京城這種繁華之地也冒不起幾個水泡。

熟知官場的人士點撥她，鐵打的營盤流水的兵，當官的今朝在東，明朝在西。他們才不來為一個定罪的案犯傷腦筋了。但是衙門裡那些中低級的辦事人員，如師爺、清客、文書、執達史、探員捕快等人，卻是哪個官員也少不得他們，這些人吃了一輩子官司飯，案子哪裡有些貓膩，哪裡被人做了手腳，一概瞞不過他們的眼睛，嘴上不說，心裡還是有個底的。你不如走走他們的路子，摸個底，知道何為可行，何為不可行，也不用像沒頭蒼蠅似的亂碰壁了。

她依了人家勸說，把眼睛落在法院公事房的一干人身上，其中有個人稱翟師爺的，五十多歲，長身條，生得難看，尖腮闊嘴，招風大耳，頂門謝了半邊，卻眼露精光。人說他從前清就在衙門裡幹這行，又經歷了民國走馬燈似的官場輪換，已經成了精了，本來就舌燦生花，又清楚其中流程的關節，一個案子可以被他捂死，也可以被他盤活。不過此人難以接近，雖也喝酒，但不貪杯，雖不富有，但不貪瀆，外加孤身一人，年過天命，想必也油盡燈枯，不甚近女色。她想了多種辦法，以圖接近，無以得計。正在鬱悶之際，有人不經意地聊起翟師爺這幾天病倒了，要湯沒湯，要水沒水，正託人在薦頭店找人服侍呢。她聽了即刻回家，卸妝及換下光鮮衣裳，穿起布衣粗服，趕到薦頭店來。店家看她人乾淨爽捷，言語合宜，工錢又要得比市價少，遂薦了她往翟師爺家幫忙來。

翟師爺借了人家的一個偏院，三間房，一間披廈用來作灶間，一間臥室，一間書房。因長年沒人料理，進門就是一股單身男人的酸臭之氣，灶上碗盞不齊，鍋盤骯髒，傢俱上蒙了銅錢厚的一層灰。她在侍候病人之餘，花了兩天作大清掃，掃地擦窗，再把翟師爺的衣服被褥都拆洗了，才幾天，家裡就變個樣，雖不能說煥然一新，但有了一種穩當過日子的氣氛。

但翟師爺的脾氣不好侍候，長年辦案聽審，看透了世事的頑劣，總用了苛刻怨毒的眼光看人。加上打了一輩子光棍，養成很多刁頑習性，自己卻不覺得。他倒是不會破口大罵，只是說話陰一句，陽一句，讓人無從捉摸，好幾個來幫傭的就是如此被他氣走的。

翟師爺患的是常年痰喘，冬天常發作，病來時人喘得像風箱一般，夜裡不能躺下，一躺下就接不上氣來，只能在枕上半倚半靠地捱著，有次乏透了睡過去，人就從榻上摔下地。肩膀脫尬，吃了不少苦頭才推回去。郎中說還算運氣，如不巧摔個偏癱也是有可能的。

她家老爺也有個痰喘的毛病，所以託人從老家捎來方子，去藥店抓了忍冬、半邊蓮、馬鈴兜，配了杏仁、橘皮和貝母熬藥。又買了上好的雪梨，挖去芯子，擱了甘草和冰糖隔水蒸熟，侍奉翟師爺早晚服用。本來她是把床搭在書房的，在翟師爺發作厲害那幾日，她把床移進臥室，以便半夜隨時起來侍候。翟師爺不咳時喉嚨裡也像拉風箱似的，咳起來就驚天動地，五臟六腑都要翻出來般地辛苦。逢到這種時刻，她就從溫熱的被窩裡爬起身，端茶送水，盡心服侍，雖大冷天也毫無怨言。翟師爺本想她短不過三五日，長則半月餘就要走的，任誰也受不了這樣夜夜折騰。所以言語還是尖刻，態度還是惡劣。她只當沒聽見，照樣還是殷勤，還是勤勉。翟師爺沒耐心吃那些冰糖蒸梨，她一次次熱了送上來。翟師爺夜裡咳痰，她起來倒清痰盂，絞來熱水手巾把。翟師爺咳得上氣不接下氣，她就登上床去，坐在翟師爺背後為他捶背鬆骨。咳嗽平息下來了，她卻凍得手腳冰涼，一晚上暖不過來。

翟師爺雖病得歪歪斜斜，卻還是個人精，看她如此伏低做小，盡心盡力，明白她必是有所求了。不等她開口，先把話說在前面：「我這人自小多病，自忖隨時都可去見閻王。所以從不存錢，吃光用光糟蹋光，省得到時心繫兩頭，走得不痛不快。近年來病體愈壞，手上更是撒漫了。哪天兩腳一伸，只需一張草席把屍首捲出去就是了。誰也不要癡心妄想能在枕底席下找得到銀票，也許老白虱倒有一二。」

她只一笑：「先生說笑了，我只信生死有定數，倒是無關身子強弱。先生為人豁達，不為一粥一飯煩心。是常人少有的福氣。我一個外省來的婦道人家，能服侍先生，有個地方落腳，有口飯吃，有一份工錢開銷，已是知足了，哪敢有非分之想。」

他盯視著她：「你倒是個省事的，言語也得體，不像是個出力服侍人的。當時薦頭店薦你來時，我病得迷糊，也不曾細究了你的來由。這些天你吃的苦，非常人能忍，受的累，非常人能受。雇傭本來自由，合則留，不合則去。如我這般惡病纏身，性子又壞的東家，只怕是連鬼也要逃走的。你卻咬牙捱了下來，究竟是何緣故？」

她心勁一鬆，心中所煩之事差點脫口而出，自忖火候未到，強忍住：「先生此話差欸，我既應了這份差事，理應盡我之力伺候好東家。先生本是個明達之人，只因了疾病來磨，再好性子的人也會磨出脾氣來的。如今別的都擱開一邊，調養好身子倒是第一要緊的事。」

任翟師爺再嘴尖舌利，聽了這番荏荏在理的溫言軟語也說不出話來。心中不免有些羞愧，一個婦道人家落落大方，六尺男人卻小雞肚腸地怕人計算他，其實自己想想也會啞然失笑，這樣一個藥罐子光棍有什麼好計算的呢？至此翟師爺的態度和順不少。

話說痰喘這個病根是先天不足，後天調養失衡。患此疾之人多半虛陽上升，體表濕冷。所以此疾多在寒天發作，或在早春天時轉暖，看看不礙事了，一個疏忽就復發。翟師爺本來已起得床，可在院中走幾步，不料當她偶去菜場之際，喝了一碗冷茶，當夜就發作起來，咳得翻天覆地，手腳冰冷，連腰都直不起來。時值半夜，要請郎中也是天明之後的事情。而翟師爺咳得只有出氣，沒有進氣的模樣，很可能就一口氣憋住了就撒手西去。她一時也慌了手腳，隨即就鎮定下來，她先取來所有的被褥蓋在翟師爺的身上，再爬上鋪去，鑽入被窩，緊挨了翟師爺，用她的身子去暖那具瘦骨嶙嶙的軀體。這實在是無法中的辦法，上天垂憐，居然有效，翟師爺先是咳得平緩了些，胸口也不那麼繃緊得像面大鼓了，她不住地用手掌摩挲翟師爺的心口和後背，到了天微明之際，翟師爺竟然睡去了幾個時辰，她趁此際趕去請郎中，之後又去抓藥，細細地煎好，捧到床前，這次刁頑的翟師爺像個乖小兒，自己捧了個碗把藥喝盡了。

到了春天暖和時分，翟師爺身子痊癒，又回衙門點卯應事，一天晚上回家，看到她收拾起自己的東西，像是要辭工的樣子。他大驚，短短幾月，他已須臾離她不得，一旦生病，何處去再找這麼一個對他照顧備至的人兒？急問不答，再問就垂下淚來：「先生你是病了身子，終有一日康復。我是病在心裡，藥石不達。先生生病時我還有個岔處，如今先生大好了，上班做事，我卻日日在家閒坐，不由事上心頭，又不得解，日漸鬱結。這個樣子是照顧不好先生的，所以，我想……」

翟師爺說：「你一個婦道人家，有什麼事想不通的？家計緊了，先支幾個月工錢回去。公婆病了，你走幾日我也不會責怪。家裡受人欺侮，我寫個兩指寬的條子替你擺平。兒女不肖，我叫人一索子捆了來城裡，當了你的面訓斥幾句，看還敢忤逆……」

不想她聽了更為傷心：「兒子倒是有一個，跟沒有也差不多。老天為何要對我兒如此不公？」

翟師爺何等精怪人物，一聽就聽出門道來：「吃了冤枉官司？」

她只會點頭，淚如雨下。

翟師爺道：「哭是哭不出名堂來的，你不妨細述一下事情來龍去脈，我也有個輪廓，可以給你排解排解。」

聽了她的敘述，翟師爺皺了眉頭：「事情稍晚了一步，若在沒判罪之前，什麼事都可緩轉。一旦定罪，要挽回就得付大力氣，還不一定挽得過來。」

她急道：「先生，他可是被冤枉的啊。」

翟師爺冷面冷心：「在牢裡哪個人不說自己是冤枉的？一頭在牆上撞死也沒人聽你的。倒不如沉下心來盤根究底，如果真的被你捏住了判案時的弊病，人證俱齊，可到高一級的法院遞狀紙，一旦他們接下你的狀紙，準備開庭，那就有幾分顏色了。再細細打點相關人士，又多了幾分把握，如果屆時庭上能採信你的說辭，而判審的主官又對你的冤情心生憐憫，那麼，案子不但能翻過來，就是不能當庭釋放，減至三年五年也是大有可能的。」

她欣喜過後又擔憂道：「如此甚好，只是我對個中關節一竅不通，怎麼找出前次判案的弊病？如何遞狀紙？如何打點相關人士？都一絲頭緒皆無。先生發發善心，救我兒則個。」

翟師爺道：「我早先已看出你是有所求而來的，只是萬萬想不到是這麼一樁公事。照例說我是不肯管的；一則傳出去了會天無寧日，家裡有人坐牢的會踏破我的門檻。二則，就是『冤枉』，也是他本人前世作的孽，因由緣起，緣起不滅。如惡緣未消，下輩子還是重覆舊轍的……」

她急道：「要說不修，總是父母的責任，養兒不教。可憐他父親也是上了年紀之人，只有他這麼一根獨苗，自從他犯事，寢食難安，病又犯了好幾次了，眼看一條老命就要送在他手裡了。真的如此，不又是結下一樁冤孽？還求先生看在我的薄面上，施手相救，他前輩子作的孽，讓他下輩子再還吧。誰叫家門只有他一根獨苗呢！」說罷又垂下淚來。

翟師爺沉吟道：「難為你如此苦心孤詣，誰叫我受了你的恩惠，你已經開了口，我要不接下就是虧欠了你，下輩子一樣要還的。只是要先告訴你，這事沒有打包票的，能成不能成都是天意，總要看他自己的造化了。」

她跪下拜道：「我一家性命都在先生手上了。」

翟師爺扶起：「八字還沒得一撇，待我先去查了案卷，再思量個萬全之計。」

多日過去，吃飯睡覺，上庭應卯，翟師爺一些也不提案卷之事。她不免心焦，又不好催問，只得耐了性子，照樣殷勤服侍。一日飯後，她洗罷碗，翟師爺把她叫進書房，要她看攤在桌上的幾張紙：「這些都是我抄錄下來的，還有這三張，是花了八十塊袁大頭弄出來的。」

她讀過幾年舊書，識些字，但要她看寫得密密麻麻的蠅頭小楷還是吃力。翟師爺給她解釋：「這些是捕快房裡的筆錄，說當時各人的口供如何，何事起因，何人打鬥，何人拉架，何人旁觀。換言之，是最初的案情大概。」

她緊張起來：「說了我兒如何？」

翟師爺架上老花鏡，又重閱一遍：「曹捕頭作證說，他到達之時，被害少年已躺在地下，沒了知覺。惹事的四人都推說與己無關。」

她的心往下一沉，她兒子太老實，不知如何力證自己並未捲入，如四人的口供一樣，判案的人就設定四人同樣犯事。

翟師爺看見她緊張神情，就指著另一段供詞要她看。說那是對面茶館跑堂的證詞，在打鬥推搡間他看見四人扭做一堆，卻未能分辨各人面貌。

她不解：這證詞並不能為他兒子解脫。

翟師爺搖頭一笑：「涉案一共五人，跑堂卻只見四人打鬥，其中一個是死者，那說明被判四人中有一個未曾涉入。」

她急呼：「那是我兒。」

翟師爺不屑：「任你口說無憑，事到臨頭，涉案之人都說自己未曾牽入，事情過去多時，怕是已無對證的可能。」

她頹然：「那我兒的冤屈就不得伸了？」

翟師爺掂起那三張置於一旁的紙條，叫她看：「這是三張歸檔銀票，雖然受款人名字已被墨塗去，但還看得出畫押的取款人是同一人，此人正是當年主審之一。」

她大驚：不是民國了嗎？難道還有貪贓枉法之徒？

翟師爺唾道：「世上千年，人心還是同一顆人心。管他大清民國，換湯不換藥，哪個不貪？只怕那些新式人物貪起來更狠些。」

她無語，只想當時怎麼這麼遲鈍，沒想著用錢去打點。

翟師爺好像看出她的心思：「還好你沒有去賄賂，如你也那麼做的話，今天這個案子就無從翻過來了。」

她被弄昏了頭，太多的關節，太多的暗門，不是她一個孤陋寡聞的女人可以瞭解的，雖然她為此絞盡了心神。

翟師爺道：「那三家不約而同地送了銀子，由此可推想也串了供，把事情責任推到你兒子頭上。看起來是得逞了，但經不得推敲，賄賂這個線頭被人抓在手裡，一拖就拖出一串毛腳蟹，沒事也有三分罪，你心中沒有暗鬼，幹嘛賄賂主審官？」

她鬆了口氣：「那我該怎麼辦？」

翟師爺道：「你看見水裡有魚在游，並不說明你一定能捕到。翻案也是這個道理，你看出其中破綻，並不說明你一定能把案子翻過來。還得天時地利再加人和，找到人願意接這個案子，願意重開審判，願意得罪一大圈人推翻原來的判決才行。」

她全無頭緒。

翟師爺點撥她道：「你去找這個刺頭律師，這傢伙日本回來，敢於跟官家作對，讓他準備狀紙，但先按兵不動。現在審判院的主管馬上要調職了，才沒心思管這檔事。看新來的主管是個怎樣的人物再做計較。」

她一一依計行事。

一天翟師爺衙門辦公回來，進門就說：「你的機會來了。」

她早已請律師寫好狀紙，只等翟師爺說什麼時候可以投進去，一等就等了三四個月，等得心焦氣躁。今天總算盼來了翟師爺的一句話。

翟師爺道：「桃子不熟是不能摘的，熟了呢，也要立即動手，挨到掉下地就摔爛了。你讓律師明天就把狀紙遞進去，一刻也延誤不得。」

她應允，但是又不解為什麼一等就等三四個月，急起來又片刻不待。翟師爺解釋道：「新來的主審和原來的是兩個派別，一個是奉系，一個是直系，這兩個系的頭面人物有時合作，有時暗中鬥法。你在那個時候送進狀紙，少不了官官相護，不接你的狀紙不說，還露了風聲，人家把該藏的藏了，該掖的掖了。你就是一場白忙。」

「現在呢？」

「兩派打起來了，在平津鐵路那兒，直系的被奉系吃掉一個營，接下來有好戲看了。總理衙門裡忙得像沒頭蒼蠅一般，直系聯合了桂系，準備把奉系趕出關外。你這個時候送狀紙進去，時間拿捏得正好。」

果不然，狀紙送進去就被允准了，舊案重審，她的兒子被取保候審。她從獄中接出兒子，備了禮品，帶了去翟師爺處拜謝。翟師爺對年輕人說：「你不知道你娘為你忍恥負重，吃了多少苦頭，你日後不好好孝敬你娘，怕是天地也不容你。」

年輕人唯唯稱是，她在一邊不語，父母是不求回報的，哪怕這孩子不爭氣，哪怕這孩子帶來無盡的麻煩，哪怕這孩子就是個忤逆不孝的敗家子，父母還是願意為他付出，願意為他死而不怨。

翟師爺又道：「不管重審結果如何，你要切記這次的教訓，有一次沒第二次，你娘也不能次次拉拔你出來的。」

年輕人到底還是血氣方剛，一面點頭稱是，一面還要辯白自己無辜：「我本想民國了，新政也多年了，是非曲直總還有個說理處的。」

翟師爺老脾氣又上來了，手指點了年輕人的面門，語帶譏諷道：「你以為？哪個當道的不說自己是『新政』？哪個朝代的監獄裡沒有一大半是屈死鬼？你以為民國了，就萬事太平了？屁！以前怎樣現在還怎樣。你以為你沒作惡，世道一定會給你個公道？屁！不是你娘不棄不捨，不是老夫出謀劃策，不是正好當局狗咬狗，你這二十年大牢跑不了。記住，這天下看來寬闊平整，其實處處是窄門。沒有道義，沒有公理，更沒有你所謂的是非曲直。我們每個人生存在這個世上，憑的僅是僥倖而已，可以倚靠的，除了你的生身父母，一概全無……」

少年被他的一連串「屁」訓得面紅耳赤，偷眼看看母親，她垂手肅立，憔悴的臉上表情似悲似喜，單薄的身子卻像觀世音般地沉穩……

那個癆病鬼翟師爺是對的，少年的頭深深地低了下去。

他當年娶妻，是違逆了家裡的意願。嫌說好的那家人舊式門庭，丟下人人看好的一樁姻緣。娶了讀洋書的女學生。新娶的婦人倒是靚麗俏婉，短髮天足，活潑嫵媚。卻不善持家，對生計全無在心，終日跟了他出門遊山玩水，今日大埠明日省城。探幽獵奇，銀錢糜費去不少。偶爾居家，也並不管油米柴薪，只打扮得妖嬈嬈，兩個關緊了院門，吟詩撫琴，賞花弄月。夫唱婦隨，自得其樂，全不顧旁人的眼色。

這光景，在族人的眼中差不多是敗家之舉了，雖說他家廣有田地商號，但任是天皇老子也經不住如此揮霍。這不：乾勝街上那家當鋪盤給了徐二，說是讀書人做不來這高利盤剝，趁人之危的買賣。旁人看了只會搖頭歎氣；時下大局動盪，百業維艱，當鋪是少有幾樁還能賺錢的營生。就這般三錢不值二錢地盤了出去。

讀書是教人開竅，學得經濟致用。讀了一個迂腐出來，還不如不讀。

畢竟自家族人，礙了幾分面子，不肯輕易作惡語苛評。都知他自幼固執，又是獨子，爹娘也奈何他不得。只把心中不滿，與些冷言碎語一併灑瀉在那婦人頭上；哪見過這般作怪貪玩的女人，有道是妻賢夫少禍，別看他倆整日價快活，苦日子在後頭呢。

他也聽見背後風言流語，卻偏要我行我素，強了頭頸，與妻擺出更恩愛的情景來。錢呢，如水一樣地撒漫出去，新添置了落地自鳴鐘與西式軟床，從上海所費不貸地運來。再雇了泥水工匠，在後院填池砍樹，好好的一方玲瓏江南院落，硬是辟出一片黃土球場，夫婦兩人白衣白褲，一來一往地在場上打網球。婦人玩得香汗淋漓，興致所至，嬌呼連連，引得頑童們頻頻爬上牆頭窺探。他倆更為頻繁地外出，遠至京滬，回來必是箱籠滿載。據伺候的娘姨私下說嘴：全是稀奇精巧物件，光是各式女鞋就有十來雙。

眾人很快就如了意。

婦人懷了胎，即將臨盆之際。他卻有樁極為緊要之事去了一趟杭州，走前特為請了羅宋國醫生來定期診視，並雇好產婆居家照料，一切安頓妥貼，才放心上路。哪知天有不測風雲，婦人胎動甚早，羅宋醫生前來接生，忙活半日，夜來產下一女嬰。眾人鬆口大氣，不覺精神惰慢。卻不防婦人隨即發起高燒，血崩不止。急喚來羅宋醫生，一看也手腳無措，不免亂了章法。等他接了急電趕回，婦人已經昏迷，羅宋人卻已不見了影蹤。差了跑腿的小廝趕去城裡診所，也是鐵將軍把門，說是醫生到北邊出診去了。

他守了二日，婦人不曾醒轉，在清晨微曦之際撒手歸西。他五內俱焚，把自己反鎖於房內，不飲不食，仰天長歎，捶胸頓足，只顧苦焦自己。全然忘了還有個剛出生的女兒，等他探視撫慰。虧得娘姨中有心腸綿軟的，看女嬰孤苦無依，遂煮粥調羹撫養，才不虞凍餓。

他鬱鬱兩年，少言寡歡，足不出戶，自我封閉。屋裡還是照婦人在世時的擺設，並不許人移動分毫。球場是絕不踏上一步的，蓬蓬篙草長了老高，隨風飄搖。先前那麼熱衷的出門旅行，至今絕跡，親友邀他出門踏青一趟，糜費不少口舌，總算肯首，臨出門又百般推卻，教人直呼無奈。

對女兒也不上心，淡淡地，有無皆可。內心多少怨怪著：為這小人兒出生，使他喪失愛妻。女兒也與他頗為陌生，三歲還不會叫爹爹，只粘了撫養她的娘姨一個，見他來抱必定嚎啕不止。如此他更是頹了興頭，索性擱開手，不聞不問，生死由天。

爹娘不免惶急，他三十不到，本是大好年華，人生的路卻像走到盡頭。眾親友俱束手。有個老輩說：這般孤家寡人總不是個辦法，聽說前次說定的女子還未出閣，何不讓人去說項，看看能否重續先前的婚約？

那女孩兒倒是好性子，被人耽擱了。也並未怨天怨地，反倒靜下心神，侍奉爹娘，幫了操持家務。閒來以女紅消遣，生來心靈手巧，繡出的羅帕枕套鞋面，花樣精緻，喜慶吉祥，常被鄉人借去打樣。聽聞他家教人來說項，她父母原是要回絕的：咱女兒已經被你閃得好苦，現在回頭再去做續弦，也太不尊貴了些吧。家裡總還養得起……

她卻想深一層：冥冥之中自有定數，先前那個洋學生，人說是奪了我的姻緣。如今看來，卻是擋了我的煞氣，否則死的也許是我。於是跟爹娘細細商量：女大出閣，天經地義。倒不是家裡養得起養不起的事，還在於名聲。無論新娶或續弦，總歸是要過一份踏實日子。我如心地坦蕩，婦德不虧，他總要賦予一份尊重。

爹娘自然不好阻擋。

及過了門，她行事大方，豁達謙和，上孝敬公婆，下禮待姑姐。就是對娘姨丫鬟，也公平寬厚，很快就得到全家眾口交贊。對他更是上心，飲食冷暖，自是細心周詳。他心境黯淡，常發脾氣。她一一忍受，反而是溫言軟語好生撫慰。他憶及亡妻，她全無嫉妒之意，倒是陪著抹淚。過後婉言提醒他逝者已矣，生者還須振作，爹娘就你一個兒子，不能使老人失望。更何況她嫁了他，不求冊封誥命，不羨富貴聞達，就希望過一份常人日子。至少看她苦心的份上，他也得把往事擱開些吧。

他還年輕，雖遭喪妻之變，哀哀悲鳴，生機卻尚未滅絕。傷情痛楚，也經時日沖淡。在賢慧妻子扶持下，生趣漸漸復萌。更兼新婚燕爾，風生翠袖，花落閒庭。凡男子，總貪戀新鮮，不免鴛鴦交頸，床幃纏綣，榫頭入卯，新舊漸替。婚後二三月餘，女人竟有了孕。

全家額手稱慶。都說娶妻取賢，新奶奶救了他一命。

惟有一事使她棘手。那個前妻留下的小女娃兒。

大約是四五歲的光景，卻羸弱瘦小，看來才二三歲的模樣。滿頭黃毛，孤僻冷淡，斜眼看人。除了撫養她的老娘姨，從不喚人，爺爺奶奶爹爹姑姑都叫不應她。她原不信這小人兒如此鐵石心腸，可無論她怎麼感化、嬌寵、溺愛、懷柔待之，女娃兒一律還以三分白眼。更何況她有了身孕，害喜連連，無暇它顧。只得暫時放開手，以待來日再作計較。

她睡不慣那西洋軟床，說是一夜下來筋骨酸疼。特地從娘家搬了張寧式大床過來，高一丈六尺，闊也丈六，名曰天方地圓，紅木螺鈿鑲嵌，朱金牡丹描畫，白玉作帳鉤，錦緞作屏帷，上置琉璃光明頂，下設紫檀踏腳板。自成一方金碧小天地，儼然人間富貴溫柔鄉。

肚子顯形之後，娘姨們一片聲地說是個男胎。她淡淡應道：「男女一樣，都是夫家骨血。」心中卻多少得意，自古中國人沒不看重子嗣的；不見公婆頻頻叮嚀，要她多歇少動，一應事情擱開，養胎為重。

在春日融融的午後，她倚靠在窗下，面前一碗紅棗蓮心湯，茶几上擱著大瓶園中剪來的芍藥，床上是鋪開了繡好的嬰兒衣物，有綴滿龍鳳吉祥物的肚兜，虎頭帽等。繡架上是一件麒麟送子的小披風，已繡成了一半多，她原想在分娩之前完成的。但今天好像有些心不在焉，繡花針頻頻戳到手上，又一個不小心，針線簍子翻倒在地，各色絲線混纏在一起，費了好多功夫清理出來。

她小心地彎下腰去撿腳邊的一個線團。抬起身來，一眼瞥見那雙晾在床前踏板上的繡花鞋。心裡又是一陣煩惱，這鞋是她平時在睡房裡穿的，今天被一個小廝發現漂在荷花池裡，用竹竿挑了上來，託打雜的娘姨送來她房裡。沒人在意，沒人追究少奶奶睡房裡的繡花鞋怎麼跑到荷花池裡。只有她知道，她的房間除了她的貼身丫鬟，只有她和丈夫才能進去。貼身丫鬟是從小在娘家長大的，再沒信不過的。那麼，還有誰？不見得是貓狗？

想及鞋子，她心中總有一絲煩惱。

她猶猶豫豫地伸出腳來，眼光在腳踝，腳背，腳尖上一路滑過去。幼時娘幫她纏過腳，後來又說民國了，皇帝不坐龍庭了，女人不興纏腳了。所以她的腳就像被時代的大門板夾過一樣，不是小腳，也非天足。大腳趾向內彎曲，擱在另外四個腳趾之上。腳背拱起，像個沒有發酵好的饅頭。她知道丈夫新派，從不在他面前顯露自己的赤腳。平時總穿大幾分的鞋子，前面用絲綿塞住，而在鞋面上繡滿孔雀與牡丹……

難道是……？

她決定不去深想，不去追究，為偶然一件小事，夾進夫婦和睦之中是划不來的。她是個聰明女子，孰輕孰重是一目了然的。

不過兩天，又出了件怪事。她早上醒轉，在床上坐起，伸腳出去穿鞋。床前的踏板上，她的繡花鞋不知所蹤，卻擱了一雙紅色的高跟鞋，前翹後聳，光可鑑人，妖妖豔豔，分明是丈夫前妻的遺物。

這玩笑開得有點過分了。她轉頭看了看還在熟睡的丈夫，睡得叉手叉腳，鬢髮紛亂，鼾聲起伏。她自從嫁過門來第一次有了怨懟之心；我是沒讀過洋書，也不會打你那個什麼球，更不懂你那一套套的時髦玩意兒。那也犯不著用你前妻的物品來羞辱我呀。越想越氣悶，一整天陰了張臉，夜裡闔家吃晚飯時，在公婆面前，也打不起精神來，胡亂喝了幾口湯，就籍口不舒服，回房裡躺下了。

過一會，男人進來，見她背身躺著，遂問：「好些了麼？」見她不答，過來摸額頭。卻被她撥開。詫異道：「怎麼啦？你平日不這樣使性的。」她一聽這話，更是憋屈，索性蒙了頭抽泣起來。

男人生就的少爺脾氣，只有女人哄他的，想要他來哄女人，門都沒有。一見她哭泣，甩了手就走。當晚就在他前妻房間的軟床上睡了。

她一夜未睡安妥，第二天起床，眼是腫的，臉是浮的，應答也不見慣常的俐落了，連神色都是恍恍惚惚的。闔家大小都看出來了，再訪得夫婦倆昨夜鬧了生分，分房睡了。才知道事情大了。爹娘把他叫進房內，苦口婆心地說千萬要忍得住氣惱，妊娠中的婦人喜怒哀樂直接影響到胎兒，看在祖宗和子嗣的份上，也要忍讓幾分。

他勉強從了。夜來夫婦獨對之際，說：「昨晚也是我性急，沒問你一聲，究竟有什麼不舒服。說出來，也好請醫延藥，不致耽擱。」

這幾句不痛不癢的話語，從大少爺嘴裡說出來，好像施了大禮般地。她多乖巧的人兒，當然知道見好就收，千萬不可把男人逼入牆角，以滋出不必要的事端來。

她強作笑顏：「其實也無大病，女人不如男人能忍得，有個頭疼腦熱，反胃噁心，身上就懨懨的，精神也不濟了，只想睡去。你別放在心上。」

男人聽她這麼一說，遂放下心來：「既然這樣，今天你不妨就早點睡吧。」

她撒嬌：「我一個睡不踏實，要你陪我。」

男人一笑，遂允。夫妻倆依次梳洗完畢睡下。

凡夫婦吵架再和好，那滋味真如冬雪消融，春回大地，男歡女愛花開幾度紅。你看那，粉臉含春，翠眉籠煙，沉了魚又落雁，郎君怎麼愛憐不夠。雷霆雨露，潤澤無邊，伏了低又做小，妾心一片屈意承歡。

一夜繾纏，大夢沉沉，不知今夕是何年。欲曙不黯，似醒還倦，不羨人間富貴地，但願長醉溫柔鄉。

她睡得渾身酸軟，真不想爬起身來。但婦德還是占了上風，娘告誡過她：嫁了人，就不能像在家一樣，永遠不能比你老公晏起……她披衣坐起，掩嘴打了個哈欠，坐在床沿上伸腳去勾鞋，下意識裡感覺不對，急睜大了眼往踏板上望去，昨夜脫下的繡花鞋不知去向，只見一雙豔紅色的高跟鞋挑釁地映入眼簾。

傭人們說：「那天清晨上房裡傳出一聲慘叫，二十餘年後，聲猶在耳。」

她真的病了，被嚇出來的。闔家上下雞飛狗跳，請醫延藥，拜佛告神，求符安胎，亂成一團。男人也覺此事蹊蹺，捏了根雞毛撣子，親自審了幾個僕役小廝，都是平日搗蛋的，卻一無所獲。再混球的小廝也不敢和東家玩這種惡作劇，一個個指天罰地，說平日調皮是有的，但借了七八個膽子，也不敢冒犯少奶奶。亂哄哄地鬧了幾日，一絲頭緒也無。倒弄得疑神疑鬼，家宅不寧，膽小些的丫鬟夜裡不敢起來上茅房，嘴碎的娘姨們私下繪聲繪色地講：謝世的少奶奶房裡不太平有段日子了，常常半夜一過，就見到沒人穿的兩隻高跟鞋，從房裡走出來，一前一後，一步一顫，飄飄搖搖，走過穿廊，再進入花廳，從屏風後面繞過去，在書房前略作停留，再朝向現在少奶奶的房那兒迤邐而去……

不安生了半月有餘，有人提議：看樣子得請個法師來捉鬼。他本是不肯，但禁不住眾心惶惶，遂允。請的是個道士，青布寬袖大袍，眉目疏朗，一尺多長的花白騶子，長髮在頭頂挽了個髻，用支桃木笄插著，倒有幾分仙風道骨。進了門就像隻狗般地抽鼻子，從下房嗅到繡房，從繡房嗅到柴房，倒像西洋偵探小書裡的靈鼻神犬似的。末了主人請在花廳裡坐下奉茶，懇請道長詳加指點。道士闔上眼皮，凝神擯息，掐指扳算，捏弄了一陣，再睜開眼來說：「屋裡有過血光之災，冤魂淒苦無依，不願遠去，便時時作祟。若要清理屋子，便得做七日醮天道場，以慰鬼神，方得平安。」

他躊躇再三，道士上門，指點一下風水，販賣二三辟邪法器，這都無可厚非。但在家設醮場，披掛上陣，念咒吹打，裝神弄鬼，搞得烏煙瘴氣。傳出去那些新派朋友會怎麼看他？但經不住家人苦勸：平安要緊。萬般無奈之下只得答應。

果然不出他所料，設醮伊始，諾大宅子裡擠滿了青袍芒鞋的道士，比起戲院子還喧囂百倍。雜人進出，看客盈門。房裡案前，豬頭三牲高供，香煙四方繚繞，廳上廊下，經文咒語齊頌，鑼鼓鐃鈸轟鳴。整日界，大道士披頭散髮裝神弄鬼，晨昏際，小道士砸吧著嘴在廚裡偷吃上供的果品。娘姨們大驚小怪，小廝們上竄下跳，籠裡的鷯哥學會新詞「太上老君法力無邊」，看門狗神經質地吠個不停。

那個紛亂，直教人煩得一佛出世，二佛涅槃。有道是：三界無聲，只緣喧譁全在人間。地獄安寧，小鬼放假齊來玩鬧。

頭昏腦脹地過了一週，道長宣佈：經全體道士奮力作法，冤鬼已經耽不住了，正尋機奪門遁出。所以今日最後一天，全體道士三更撤離，廳門洞開，掩鑼息鼓，以便冤鬼出走。就留下大道士監督，萬一這鬼還要留戀，大道士自會放出法力，把冤鬼驅逐出境。

三更敲過，眾道士散去，暗燈歇火，只在花廳裡留了兩盞汽燈。本來喧鬧的宅子裡靜得如一口萬丈深井，膽小的娘姨丫鬟早早地躲進房去，用被褥蒙了頭。卻有幾個混球小廝，賊大膽地，躲在暗中要看看這個鬼是如何地「豔」，又如何地被大道士揪了頭髮掀出門去。

時近午夜，萬籟俱寂。只聽得穿堂風嗚嗚地響，吹得兩盞汽燈不住地搖晃。那大道士鬚髮飄飄，端坐於蒲團之上。左手執拂塵，右手持桃木劍。雙目若星，口中念念有詞不絕。

眾小廝等了一會，卻不見有鬼出現。再看大道士，人還坐在蒲團上，不再念詞了，頭一點一點呈瞌睡狀。眾小廝輕聲嗤笑：這老道兒乏了，若睡著，倒被鬼給攝了去，連回家的路都找不到。正說笑間，嗖地一陣怪風捲進花廳，只見大道士突然坐挺，頭髮被風吹得往上豎起，眼光也直了。

風聲嗚咽，廳裡的兩盞汽燈不住地搖晃，突然就滅了。眾小廝只覺得背上汗毛直豎。有人低聲嘀咕：來了，來了。只聽到輕微的高跟鞋聲磕擊地面，躡，躡，躡，地由遠及近。

冷冷的月光透進花廳，把窗櫺上繁複花紋投射在空蕩蕩的地面上，搖曳生變，一派鬼幻世界。大道士縮成一團，像個稻草人似的簌簌發抖。小廝們頭髮乍起，屏息斂聲，只聽得腳步聲越來越近，終有人憋不住，一泡滾燙的熱尿淅淅瀝瀝地就撒在褲襠裡了。

白光一閃，一個小女孩，三四歲光景。仰首閉眼，穿長及膝蓋的白色睡衣，兩臂前伸。兩條光裸的小腿下，趿著一雙大出她腳丫子三分之二的紅色高跟鞋，迤迤邐邐，從穿廊踱進花廳，在唬得半癱的道士面前繞了個圈，視而不見狀，再轉個向，並未如先前說的往門外去，卻徑直向少奶奶的上房而去。

小廝們看呆了，久久地回不過神來，末了，一個小廝如夢初醒：哪裡有鬼！那不是我們少爺的……話還未出口，就被一隻手把嘴巴給掩住了。

門口的月光被擋住了，她抬起頭來，只見一個黑色的身影，背光，看不分明。管他是誰，張三李四都無所謂，反正天亮之後一切都要結束了，她也將成為一條飄蕩的影子，偶爾在下半夜的月色中出現。

死囚的牢房朝西，和普通監獄隔開，為的是防止混淆出錯，以前有些窮人家，為了一筆錢，可以冒名代替死囚犯人上刑場的。出過幾次烏龍之後，監獄辟出西頭一排房子，改為囚室，日夜有人巡查。

執行之期大多選在秋天，在栗糧入倉之際，謂之「秋決」。那時大地蕭疏漸起，萬物已呈枯敗之相，這時生命走到盡頭也是順理成章。人活百歲雖久，實與蚍蜉並無二致，長短一生，終要面對了這個最後的去處。

死牢的門是一排粗柞木製成的柵欄，下午的秋陽斜照進來，映出一小方空間，一條葦草編成的墊子是犯人的臥床，角落裡一個木桶，是便溺處。靠近柵欄處有一小方窗臺，擱了一副碗筷，還有一盞燈芯如豆的油燈，秋決犯人的最後一夜，容許油燈晝夜不息，也算是一種迴光返照。

她心靜如水，晚餐是可以選擇的，象徵著最後一次回味人生，普通死囚都選了紅燒肉，她要了一盤清炒綠豆芽，一碟涼拌牛蒡，一小碗米飯。綠豆芽潔白細長，是綠豆被刻意孵化出來的物事，但永遠也不能成長為一株如常的豆苗，展葉，開花，結實，然後把種籽再撒在土壤裡。牛蒡倒是自在的，春季湧動，夏初破土，一季之後長成一朵輕薄的茸球，只等秋來飛揚。那碗米飯倒沒什麼意思，被滋養的又化為糞土，周而復始，其中的意義卻淡薄得很。

那個身影還在那兒，被人窺視引起了她微微的煩躁，普通的獄卒對將死的囚犯也有一份尊重，生命即將結束，如枯葉離枝，如物傷其類，此時安靜是最好的慰藉。她入獄以來一直是個模範犯人，不吵，不哭，更不在判決下來後終夜在號子裡長嚎。一直靜悄悄地等待著，監獄方面的這點好意難道不能續持到最後一刻嗎？

更為殘酷的是，那個影子竟然開口說話：「你，不害怕嗎？」

如一顆石子丟進湖心，凝聚起來的安靜起了漣漪。「害怕」這個詞，如一隻嗡嗡飛撞的蒼蠅，不管怎麼否認，漠然，畢竟是存在的。她唯一能做的是：封閉起內心，努力不使自己最後的時間受到它的干擾。

她不答言，只是微微地搖頭。

那個影子竟然長歎一聲：「可惜了。」

這個獄卒應該是新來的，老獄卒都知道，犯人此刻最不需要的就是同情和歎謂，既不能力挽生死的狂濤，也不能於事有補，言語之風只是吹皺一池春水。真正的慈悲是靜默，一種無邊際的大靜默，消融了所有人世間言語帶來的曲折和誤解。

「我聽過你的故事。」門口的那個影子又說道。

哦，只怕是方圓兩百里都聽說過她的故事，一段時間，茶館酒肆裡紛紛揚揚，人們的筷子挾起一筷豆皮或乾絲送酒，葷菜就是她的那個故事。廟妓，這兩個字格外地刺激著想像力，佛門的清靜與淫蕩，就如雙性的喜歡佛一樣令人遐想。到最後還弄出人命來了，那年高德馨的方丈死於非命，那就更像一瓢滾油潑在烈火之上，愈加蓬勃了。

她是絕對逃不了干係的，佛門森嚴之地住進一個女人，就如水和油混在一個碗裡一樣，撇也撇不清的。從最初的街坊里巷傳言，到茶餘酒後的閒談，再到文人墨客的渲染，一發不可收拾。雖然各種版本流行不一，但一個「廟妓」的詞語就給整個案子定了性。說是廟裡的和尚用信眾捐獻的錢暗地養個絕色女子，白天人前一本正經做法事，晚上就輪流宣淫。先是掖著藏著平安無事，但男女淫穢之事卻如荷葉包裹的死魚，紮得再緊，久而久之總要散發出氣味來的。攪得一方蓮花之地污穢不堪。方丈雖然年高，風流卻不甘人後，日日索取，夜夜盡歡，終於在一個月圓之夜精盡人亡。廟裡和尚懼怕了，報了官才揭開這樁公案。

真相到此已經不重要了，人，都是先入為主的，一個奇僻的字眼進入了腦海，挑撥著神經，再盤踞著生了根；孤女對眾僧，持戒與放蕩，每張嘴都能演繹出各種情節來，添油加醋，故事當然是編得愈離奇愈好，人們聽到後來，再要換個思路都很難了。

在堂審時她拒絕開口，對官府的種種罪名和指控，她置如罔聞，六十八歲的方丈在一個月圓之夜，被人發現臉色青紫，雙手死摳著胸口，倒在寶殿的石階上。而她，只披了一襲薄衫，在殿前徘徊。官差來到之後，方丈已不能言語，只用痙攣的手顫顫巍巍地指了她，隨後斷了氣。在庭上，面對種種指控，她也不為自己辯解，只是低了頭神思恍惚，間或莫名地擺動雙手，審官看見她這副樣子，認定這個女人心魔甚盛，不是妖孽也是蕩婦。為肅正氣象，以儆後人，朱筆一揮，堂上擲下權杖來，法無可循，擬以「秋決」。

她只是怕冷似的縮了一下，那些「故事」，與事情的表象差得不遠，內在的經絡卻離得十萬八千里了。這世界本是繁複萬象，人要怎麼說，她如何阻止得了？她不是連性命都交出來了？在這個時刻還聒噪不休，就算是同情也是殘忍之舉。

那影子見她畏縮，急忙接口道：「我並不相信人說的那個故事，我覺得你是冤枉的。」

這更像是在傷口上撒了把鹽，事到如今，說冤枉不冤枉是一點意義也沒有的。河水已經奔騰到溢口上了，如何叫它回到原來的起點上去？

那個起點已經淹沒在萬頃波濤之下了，連她自己也難以辨認了。最初的記憶大概是三四歲的時候，阿媽帶了她到廟裡給和尚們洗衣服，夜裡就寄宿在伙房邊的柴間裡。她幼時對男人最初的印象就是灰色的長衲和蒲團上的一顆光頭。幼年在鍾磬木魚聲間，香燭繚繞之中，風輕月淡的日子忽忽地過去，直到在一個月圓之夜，她半夜醒來，突然瞥見阿媽的床頭多出一顆腦袋，那剃得精光的頭皮在月光下賊亮。她怔怔地端詳了好久，突然失聲尖叫，驚起寺院上空的一巢棲鴉。很快她的嘴被一隻大手捂住，只能舞手紮腳地掙扎。昏沉之際，只見灰色的長衲一閃，然後是阿媽柔軟的懷抱和低聲的撫慰。

翌日，阿媽說她昨夜做了惡夢，她也願意相信如此。奇怪的是，之後每逢月圓之時她就有尖叫的衝動，無論是醒著還是夢裡，寺院眾僧懼為裂帛似的聲音驚醒。最後，阿媽嚇唬她道你如果再叫總有一天會墜入割舌地獄。警告似乎生效，她極力抑制自己的喉嚨，氣流破腔而出的最後一道關口。月圓之夜和尚們能夠睡個好覺了，如果在和尚在夢中化身為寺院上空的棲鴉，那麼，牠們的鳥眼會看見低矮簡陋的柴間裡飄出來個白衣女子，在月光下廟堂前不停地舞手紮腳，像一隻蛹極力地掙脫繭殼。時而狂暴激烈，時而舒緩輕捷，似有氣流在周身流轉，聲音轉化為動作，動作再變幻出節奏，節奏再凝聚成舞蹈。似癲似狂，似妖似幻，如三界婆娑，如六道輪迴，又如空行母飛天撒花。

在她十四歲那年，阿媽故去，她舉目無親，只得女承母業，在寺廟裡為和尚們濯衣漿洗，裁剪補衲，低眉頷首地以換取一方棲身之地，一口粗茶淡飯。終於在一個風雨之夜，柴間的扉門被推開，一條身影閃了進來，把她壓在身下，她好像預料到冥冥之中的定數，並不怎麼掙扎，等到事畢，那影子起身，束好衫褲，在她枕邊留下一點錢財，倏然而去。

日月如輪，晨昏如梭，棲鴉們已經見慣夜裡從各幢僧房裡閃出一二條黑影，徑直摸向偏院的柴間，總有一盞茶的功夫，黑影又閃身出來，躡手躡腳地順了原路回去。一切都淹沒在黑夜裡，一切都了無痕跡，除了那一點留在枕邊的錢財。但是，她要錢財幹什麼呢？第二天晨課之前，那些錢財又回到大殿旁的功德箱裡。

只有月圓之際是例外，在碩大的月盤升起之後，她就成了一頭母獸，有人挨近就兇暴地呲出牙齒，亂咬，撕擄掙扎，絕不留情。據說曾有一個猴急的僧人被她咬去半爿耳朵，流血不止，從此無人敢再冒險。皓月當空，陰氣如水冉冉地從廟堂升起，子夜時分她來到殿前空地，披髮跣足，白衣起舞。屆時風清月朗，萬物寂然，此刻此時，天地間一切尚為無物，人世上豈有過去未來。有道是：三界蒙昧，不可言傳，只得一線白駒過隙，七情上面，似喜似悲，南無觀音拈花微笑。

二個更次倏忽而過，東方漸明，玉兔西沉，風過樹梢，霧起池沼。一怔忡之間，空地上已無人影，如輕煙，如殘夢，更如隔世恍然。

和尚們私下說，她是天界菩薩下凡，用一條肉身來拯救既貪又嗔且癡的眾生，因為沒有任何凡人承受得了這般的恥辱和苦痛。而月圓之夜是她與上天交接之時，任何人不得驚擾。他們一口咬定，在月光中起舞的只是她的魂魄，而那個破絮般的肉身，被壓在大雄寶殿的鑄鐵香爐之下。

她真的那樣子飛揚過嗎？也許。

一隻鳥兒關在籠中太久，漸漸地忘了翅膀在空氣裡振動是怎麼樣的一種感覺，藍天又是怎麼樣透明的一種顏色？她現在所能做的，只是把腦袋藏在翅膀底下，聽憑時間一分一秒地流逝。心中有個聲音告訴她：快了，快了，很快地就要甩脫肉身的羈絆，那時沒有任何的牢籠能拘得住她。再一次地遨遊，再一次重新開始。

她抬起頭來，對門口那個黑影輕笑了一下。

那個黑影見她有所反應，雙手握住柵門上的木條，急切地湊近來：「我是說真的！方丈是心臟病發作死的，跟你沒關係的。你要相信我……」

關於方丈的傳說都是荒謬的，幾十年的潛心修行，一直到了身如朽木之時才告完臻。外界僅僅由於他是一方主持，名聲在外，把一個道貌岸然的名人拖進醜聞令人有不可抵禦的快感。而且，正是他的死亡才揭開了這個駭人聽聞的奇案，所以，在一再傳播的版本中，年高德劭的方丈成了當然的主角，為了肉欲而付出了性命，再加上一世修行帶來的名聲。

這真是一個死結，色，戒，性，命，都糾纏在一起，使人目眩，欲理還亂。其實，佛經上講過這世界一切皆空，與「空」相對的只有一個「色」字。色字源於性又超然於性，單從筆劃看來，性是人字旁加個生字，人由此而生，由此而活，沒有性，人生也無從談起。

性是不會置人死命的，色卻不然，高官厚祿，華廈美婦，鮮衣怒馬，古來至今不知斷送多少性命。再看字形；一把刀架在雞巴上，那兇險自是不由分說。世人卻全然不覺，一窩峰地沉溺其中。就算修行之人，心旌搖盪一個把持不住，也一樣著了它的道，多年修行毀之一旦，還賠上身家性命。

修行最高的境界是心如槁木，任你五光十色，百般引誘，我自閉目不見。不但眼睛閉上，連聽，聞，觸，語，以及內在的「意」都一起關閉。六感俱無，人與一塊頑石無異，無知無覺，不增不損，與天地同老，到此才真正修成金剛不壞之身。世人能達成這地步少之又少，就是佛界中人，百分之九十九也是不合格的，貪嗔癡俱是人之本性，念經持咒僅能壓制，但無法連根驅除，念起如電又如潮，一念之間，過去的功德修為都崩塌貽盡，如潮水沖走沙堡。

沒人知道方丈為什麼會在深夜來到此地，那恰好是個月圓之夜，在殿前的臺階上方丈看到了一場使他魂飛魄散的舞蹈，太美麗的事物和太醜陋的事物一樣，都有致人死命的巨大力量，方丈年邁之人，在半夜突然看見一個極美的形體在森嚴的殿前飛舞，如同靜寂的池塘扔進一塊大石頭，那種摧心裂膽的震駭是非常人能感知的，相比之下，西方極樂世界如被狂風吹毀的小茅屋，浩瀚的經文如秋葉落進溪流，而個人的修行的階梯，有如恒河沙數，無窮也無盡。

一煞間，多年修持的信念在底部裂開一條大縫，方丈只覺得丹田一顫，元氣盡出。方丈情知大事不好，心裡一緊，腿一軟，仰面倒在殿前的石階上。

她聽到自己問道：「你是誰？又為什麼在這個時候告訴我這些？」聲音輕得連她自己都覺得只是個臆想的問句。

那個黑影顯然聽見了：「我是誰並不重要，重要的是牢房鑰匙在我手裡。」

「那又有什麼關係？」

「我，可以放你逃出生天。」

「哦，如果只是這樣，不必了。」

外面只是個更大的廟，所有該還的債還是要還。她才不願從頭再來一遍，再有幾個時辰，一了百了，塵歸塵，土歸土，一切歸於清靜。

她微笑，搖頭。

靜默良久。那影子道：「我是冒了險來的，總要為你做些什麼，才能安心。也許……」

她禁不住要憐憫他了。他曾作了什麼使他內心不安的事情，又突然悔悟，在這半夜三更，冒了險來到如此蕭殺之地，只是想為她做些什麼，以求解脫？他還是沒悟透，我們在現世所作所遇的，全是一團糾纏的亂麻，牽涉到前世，或前世的前世。很多沒道理的事情，因緣卻在幾輩子之前就埋下了，這世解開若干，下世又解開若干，但有些緣由，卻是解不開的，非要以性命來了結。而現在是到時辰了。

世人看不透這層迷障的，無論是善意、漠然、愚鈍，還是冷酷，都於事無補，唯有慈悲，能穿透一二，如陽光，在一剎那間穿透海洋，照亮海底的嶙峋山谷。

看到她無動於衷，那人急道：「還有一個時辰天就要亮了，屆時一切晚矣，想走也走不脫了。」

她似乎被說動了，款款地起身，來到柵欄旁邊，那人掏出一串鑰匙，心急慌忙地打開牢門，試了總有一盞茶時，那把碩大的銅鎖才被打開。

門軸「嘰呀」一聲，外面一地月光。

她踏入那塊方寸之地，這一世的人生在月光下歷歷在目，而記憶像一具篩子，苦難與屈辱似水般地淋漓而下，最後剩在記憶中的只有舞蹈，一如此情此景。

她明白這是最後一次對人生的留戀了，這也是某種因緣，在陰森的死牢門前最後的舞蹈。在一片靜謐之中，月色如水，心動如水，肢體軟得如柳絮一般，隨風飄揚，雖身著囚衣，卻也美貌異常，衣袂飄動，霓裳起舞。只見此世界水深三千仞，流波中姿體柔緩，似動還靜。那地獄夢徊十八層，幻境裡影隨心動，自由姿放。月光下，宇宙靜默，萬象初生，意璨蓮華，流金斑斕。

舞罷四周環顧，那影子不知何時已遁走，此時夜殘人靜，她如要走脫易如反掌，那人是存心放走她的。心中一念湧起，隨即又平復下去，她對自己搖了搖頭。

安靜地走回牢房，柵欄門外的那把銅鎖還懸掛著，一隻纖手從柵縫之間伸出，只聽見「答」的一聲，銅鎖被合上。

天很快就要亮了。

娘常常對了她歎氣：「你嫁不出去怎麼辦？」

她嘴硬：「哪個要嫁了？那些醃臢男人不去照照鏡子，配得上本姑娘嗎？」

娘就過來作勢要擰她的嘴：「作孽，不嫁人你怎麼著落？我在家的話你可以跟了我吃口老米飯，我死了後，就是你哥容得下你，你嫂子也容不下你。」

她跺腳道：「娘……」

娘卻說：「我說的正經，你嫂子就是那麼想也是應該的，誰家留個不出閣的大姑娘？惹出些閒言蜚語，人家也要過一份日子的。」

她委屈地說：「我不會要他們養的。」

娘說：「又說夢了，你是會算賬還是作田？銅鈿又不會從天上掉下來。依我看，盛記醬菜坊的兒子還蠻般配的，雖然說一隻耳朵大一隻耳朵小，你也不想想自己的那雙大腳。」

她斬釘截鐵地說：「這個人提也不要提，看到伊就討厭。」

娘也沒了好聲氣：「哪你看中誰？王典當的兒子已經下聘蔡家囡了，周綢緞的兒子算是讀過幾天洋書，眼睛生到額骨頭上。木匠阿三的兒子人倒老實，但只會出個死力氣，一輩子出不了頭。儂今年十六，明年十七，一年不如一年。女人嫁人吃飯穿衣是頭等大事，早定下來我也早放心。」

她反而鎮定下來：「娘，儂放心，我不會拖累阿哥的，但也不會嫁給這些阿狗阿貓的。天下之大，我就不相信沒我一口飯吃。」

門被碰上，娘急急地跑到窗前張望，哪裡還見人影。

一個月後，她被人領到上海百樂門媽媽生的面前。

媽媽生三十不到，蘇州人，臉皮白淨卻眼神滄桑，梳了個橫S頭，一身黑底牡丹花旗袍，豐腴的臂膀上套了隻翡翠手鐲，指間挾了根哈德門香煙，不動聲色地打量面前的小姑娘，小姑娘滿臉鄉氣，低了頭不敢看人，但是細腰豐臀，手腳頎長，亭亭玉立。媽媽生用挾著香煙的手指，挑起小姑娘的下巴，看到一副濃眉大眼，一張大嘴，淡黃的面皮稍微有幾顆雀斑。媽媽生微微地搖搖頭，退後一步，叫她走幾步看看，小姑娘雙腿筆直，大腿豐滿，小腿纖細，足弓蹦起。步態如柳，腰帶動胯，胯帶動腿，搖曳生姿，一氣呵成。媽媽生心裡已經是肯了，但還是對介紹人說：「這個女小囡鄉氣太重，也不知道調教得出來調教不出來。留下試試看吧，不成再叫儂帶她回去。」

百樂門是個什麼地方？上海灘的盤絲洞，銷金窟。浸泡其間，男人只會日益枯槁，女人卻如魚入水，日益豐潤；不消兩年，她已經變了個人，一頭蓬鬆的頭髮挽成斜波浪往後梳去，一件無袖的旗袍勒得腰細一握，更襯托了長頸秀肩，胸部倒並不豐滿，閃亮的綢緞下雞頭小乳微凸，旗袍在腰間開叉，兩條著了透明絲襪的大腿若隱若現，穿了高跟鞋在閃亮的打蠟地板上如履平地。她三步四步跳來全不費力，蓮步輕移就顯得風情萬種，恰恰、吉魯巴上手就會，連一般舞女少跳的狐步探戈，她跳來一派輕鬆自如，曳地長裙，金色舞鞋，腰肢軟得像蛇，有一種說不出的柔順和纏綿，手勢和腳尖卻略顯張揚，如風擺揚柳，恣意妄為，大開大闔。人年輕，舞跳得好，直招引得一班浮浪公子，花間文人色迷神醉，難以自禁，天天來百樂門捧場，生意平白地多出三四成。

媽媽生看了眼裡，點頭道：「你倒是個天生作舞女的。不過，你得看著點自己，別一朵花沒開就凋謝了。」

她滿臉懵懂地看了媽媽生，一派天真。

媽媽生點了舞池中說：「我說的是那些男人，一個個口涎橫流，恨不得把你生吞活剝下去。我是見得多了。小姑娘剛剛紅起來，自會有多情種子尋上門來，先是花好桃好，再是要死要活。儂一旦動心，著了他的道，完結。先是人財兩失，再後來心裡也被掏空，上天無路入地無門，投水跳樓吞鴉片的我都見過。閒話講在前頭為好，儂自家當心點。」

她咯咯笑個不停：「哎吆，阿姐，不會的。」

媽媽生正色道：「儂曉得啥？男人是這個世界上最危險的動物，開始一副楚楚可憐相，不是懷才不遇就是公子落難，再就是家有雌老虎，儂心一軟，腳跟腳地就上來了，先是要了儂的身子，再是要儂的鈔票，最後是要儂的命。到了這辰光儂就像落進蛛網的蟲子，掙也掙不出身。所以人家說：舞女都是短命鬼投的胎，這話雖然促刻，但真沒幾個人逃得出這道箍的。」

她只是搖頭：「阿姐儂放心，我最不吃臭男人那一套的。」

媽媽生撇嘴道：「哪個不是這樣說？哪個又不是到最後死來活去？宜興夜壺硬隻嘴巴，到辰光有儂哭的日腳的。」

她只一笑，並不爭論。

她在靜安寺盤下一層石庫門房子，前後廂房帶客堂間。從鄉下叫來個小姑娘服侍，白天要到十二點鐘才起來，吃過中飯做頭髮，再去趟皮鞋店，去裁縫鋪、綢緞莊，再晚點去凱司令喝咖啡吃點心，或去先施公司樓上吃羅宋大菜，總歸有人請客的。八點半，一部黃包車拉到燈火輝煌的百樂門，她從車上跳下來，下巴抬得高高的，背脊骨挺得像把尺，渾身噴香，高跟鞋聲囂張地從打蠟地板上一路響過去。媽媽生正好在門口接著：「救火隊來了，你那個寶貨在裡廂發脾氣呢！等了一個鐘頭了，啥人也不要，茶杯也被伊摜碎兩隻了……」

她眉頭一皺，在鏡中稍微整理一下鬢髮，撩起門簾進入大堂，樂隊正高奏著「好花不常開，好景不常在」。她眼睛一瞄，就看見那個「寶貨」反坐在前排一張椅子上，下巴頦擱在手臂上，手臂擱在椅背上，癡癡地盯住舞池。她故意不跟他打招呼，另外的客人一邀請，就牽了手進了舞池。

背上即刻感到有如探照燈似的灼熱目光，她顯得一點也無動於衷，繼續全身緊貼著客人，像條水蛭似的。聽到背後有腳步聲過來了，她靈巧地兜著圈子，始終把個背脊給那個急不可待的「寶貨」，終於一隻手搭上肩頭，耳邊響起一聲失去控制的埋怨：「你怎麼可以這樣對我？」

她施施然地轉過身來，宛然一笑：「我眼睛瞎了，這麼標青的一個少爺竟然沒有看見。得罪，得罪。不過舞場裡這麼多跳舞小姐，想來儂也不會冷清的。什麼，儂等了我一個鐘頭了？作孽，我只當做舞女的有掛單的，想不到還有大男人心甘情願買了門票進來當壁花的。」

他苦笑：「你這張嘴啊，扎鞋底針一樣，就看了我等儂一晚上的耐心上少講幾句好不好？」

她不依不饒：「我哪敢多講？嘴巴講乾了想吃口茶，要找個茶杯也找不到，統統被人摜碎哉。」

他急道：「我是來向你告別的，明天一早就要走了。」

她輕輕地「哦」了一聲：「屋裡廂孵豆芽孵夠了？腳頭癢了？是去蘇州還是杭州逍遙？」

他周圍環視一圈，壓低了喉嚨道：「我去香港，再轉去重慶。」那意思不言而喻，兩人都不作聲了。過一陣，她說：「我送送你。」出門叫了一輛黃包車，徑直往她靜安寺的住處來。

一進門，她吩咐傭人去買兩碗餛飩，門一關上，他就抱住她：「儂答應過我的，一年多了沒兌現，今朝夜裡我就不走了。」

她一根手指頭杵在他額角上：「答應過儂是不錯，但是我們說好的辰光由我定。」

他道：「對我說來，過了今朝就沒明朝，我也許會生病死在路上，也許被日本人捉去槍斃，也許被亂彈打死，也許飛機轟炸時炸彈正好落在頭上……」

她一把捂住他的嘴：「大吉利是，要出門少講這種喪氣話。」

他乘機抱住她往臥室移去：「今夜再不陪我無論如何是說不過去了。」

她掙脫：「傭人就要回來了，我陪你跳舞吧。」走去打開留聲機，一把女聲軟綿綿地唱道：「薔薇薔薇處處開……」

他心猿意馬地擁了她在客堂間裡走步子，她兩隻臂膀勾牢他的頭頸，全身貼上來，像塊梨膏糖似的粘在身上，溫香軟抱，不由得勾人上火。他不死心地問：「一年多交往下來，你到底對我有感情嗎？」

她頭伏在他肩上，輕輕地說：「有的。」

他聽了又要有所動作，她急忙攔住，補充道：「像阿哥。」

他失望道：「只是作『阿哥』嗎？難道儂從來沒當我是個男人？可以作丈夫，作情人，作男朋友的男人？」

她搖搖頭：「我對那個不感興趣。」

他不能置信地推開她，盯著她的眼睛，那雙桃花眼中一片坦然，波瀾不起，他心中一些東西突然崩坍，狠狠地一跺腳，轉身拉開門走出去。

門口端了鋼精鍋子聽壁腳的傭人躲閃不及，鍋子失手落下，滿地的餛飩、湯水……

抗戰勝利後他又回到上海，沒人再敢叫他「寶貨」，他從小轎車上下來，門口衛兵一個立正，舉手敬禮。辦公室門一開，秘書恭恭敬敬迎上來：「局長，你要的檔案調來了。」

他大衣也沒來得及脫，坐到桌前打開那個蓋有「機密」的信封，抖著手指抽出裡面的文件，第一眼就看到一張六乘四的放大照片，那雙桃花眼還是清澈無邪，像他記憶中的一般無二。他抑制住自己，點了根香煙，把案情讀下去。

此女本為百樂門舞廳之紅舞女，在日偽佔領期間，多次參加對日偽軍的「慰勞」，及為日本天皇祝壽等活動。結識不少日偽上層人物，特別與其中有一位名叫鈴木住子的日本女人交往密切（後查明鈴木為日本特務機關工作），兩人同進同出，形跡可疑。在抗戰勝利之後，此女偕鈴木化妝潛逃，兩人假扮成夫婦，途經華中華北一路浪跡，三月前在旅順口住宿旅店時被抓獲。轉送上海特區，羈押至今。

他掩卷沉吟，半晌叫了秘書進來，吩咐他去租一層石庫門公寓，要如何的樣式，如何地佈置，細細地關照了一番，秘書領命而去。

她被帶進來時顯得迷惑，一個女傭等她落座後端來一隻青花大碗，她看到是一碗雞肉薺菜餛飩，潔白的餛飩漂在清澈的雞湯裡，香氣襲人，上面撒了紫菜絲和切碎的芫荽末子。羈押所的伙食惡劣，還吃不飽。她正肚餓，掂起調匙，狼吞虎嚥地把一碗餛飩吃得精光。女傭又端上龍井茶來，正當她揭起茶碗蓋時，門上響起輕啄聲，她隨即看到門被打開，他一身戎裝筆挺地走進來。

她一愣，及看清是他，「哦」了一聲，手中茶杯一抖，茶水灑了出來。

他在她對面坐了下來，一支手撐了腮，一聲不響地盯了她看：「你還是沒變。」

她轉頭看房間，下意識地尋找鏡子，遍尋不著，只得舉手虛虛地理了一下鬢髮。然後轉過頭來：「怎麼會是你？」

他聳聳肩：「也許是緣分吧。我也沒料到會看到你的名字，我還以為是同名同姓的別人，想不到真的是你。」

她眼睛突然亮了起來：「我也聽說你在那邊做了大官，那麼，我的官司是捏在你手中了？」

他淡然道：「也不能那麼說，也許還說得上幾句話罷了。」

她傾身前來，一把抓住他的手，急切地問道：「鈴木怎麼樣了？她還好嗎？」

他掙脫，就如當年她掙脫他的擁抱一樣，心裡卻不忍，想說些撫慰的話語，但說出來的卻是冷硬的語氣：「那個日本女人？她很可能會被槍斃的。」

她顯然受了驚嚇，眼睛瞪得大大的，嘴唇顫抖，接著她就捂了臉痛哭起來。哭得肩膀一抽一抽地，頃刻間眼淚鼻涕滿手滿臉。

他皺了眉頭，站起身來，走到門口打開門對女傭吩咐了一下，女傭用臉盆端了熱水進來，一塊白色的毛巾搭在盆沿上。他點了一支煙，看她慢慢地安靜下來，看她像一隻貓那樣自己洗臉，看她臉色蒼白地擤著鼻子，一面用哭得紅紅的眼睛看他，分明滿是幽怨。

他不由得心生憐憫，放軟了口氣：「什麼時候了，你還是多想些如何把自己洗脫出來為好。」

她卻搖頭，嘴裡喃喃說些什麼，他湊近身去，聽出說的是「我也不要活了」。

他大惑不解，日本戰敗，偽政權裡人人雞飛狗跳，人人想撇清，人人想洗脫，走門路託人情送房產送金條拜老頭子的都見過，這個說是曲線救國，那個說身在曹營心在漢，親朋好友撇清來往，被抓的漢奸老婆登報離婚，說到底，身家性命還是最重要。就沒見過像她這種不識好歹的，什麼時候了，不想想自己的後路，竟要用性命去殉一個敵方女諜，莫非真昏了頭了？心裡這麼想，再開口時竟帶了勸導的口氣：「儂啊，一向逢場作戲慣了，下了臺還沒醒轉來。該是卸了妝，收收心，洗把臉回家歇息的時候了。」

她只是低了頭啜泣，突然，在他毫無防備之下，她一下就跪在他膝前，抱了他的膝蓋，仰起一張梨花帶雨的俏臉：「我陪你睡覺，你想法把鈴木放出來吧。」

他大為震動，八年了，他一直想要這個女人，以他現在的身分地位，並不是一件難事，但是那樣做也會失掉了感覺和趣味，所以他作了這些鋪墊，一筆賬先打進銀行戶頭，到時取來用時心安理得。卻沒料到她這樣直截截地提出來，交換條件竟是那個日本女諜的性命。

心裡不由得就帶了些厭惡，他掙脫她的摟抱，站起身來，在房間裡走了一圈，再回來站定，問道：「你知道不知道自己在做什麼？」不等她回答，又說：「你在引誘，賄賂國家命官，辦案幹員，傳出去是要罪加一等的。」

她平靜地答道：「我知道，但是我什麼都跑丟了，既沒大黃魚小黃魚，也沒房產股票，只有和你睡覺這條路可走了。」

他恨聲道：「為了一個日本女人？值得嗎？」

她不吭聲。

他蹲下來，用一根手指挑起她的下巴：「看著我，如果不是我管你的案子，是一個不認識的別人，你也會提議和他睡覺嗎？」

她的眼睛裡又湧出淚水，無奈地闔上眼：「我沒別的辦法。」

他真想一巴掌甩過去，強忍下。兩人坐回原來的位子，他感歎道：「認識你也有十來年了，從來沒弄懂過你。好的壞的，你好像從來沒上心過，只把我當舞客，當過客，現在又把我當嫖客。你究竟有沒有對任何人有過真情？」

她說：「我真的把你當阿哥的……」

他不要聽這個，一揮手：「我問你是否對一個男人動過情？」

她顯得惶惑，期期艾艾不肯說，他死死地逼住了她，才吐出：「我從小對男人沒感覺，和他們困覺是逼得沒辦法……」

他好像當胸挨了一拳，這十來年他對了一根木頭單相思！這一拳又好像擊碎了他胸中一道隱蔽的塊壘；在這根木頭前倒下的男人不止他一個。這個女人花容玉貌，嗲嗎嬌憨，一顰一笑牽人魂魄，舉手投足撩人心旌，原來卻是塊幻為美人的頑石。

他又疑惑：「那你和那個日本女人是怎麼回事？」

她躊躇著，不知要如何回答他，末了她有點神思恍惚地說：「她是我看到第一個穿軍裝的女人，她是第一個到舞廳裡來尋我並與我跳舞的女人，她是第一個與我在一張床上過夜的女人，她是第一個摸透我裡裡外外的女人……」

他的思維還是慢了半拍：「那又如何？」

她臉上浮起一個微笑：「她也是第一個使我動心的人……」

他突然意識到了她話裡的意思，不由得漲紅了臉：「真他媽的有這種事？沒想到你這麼不要臉……」

她接住他兇狠的目光，只是輕輕地說：「你不會懂得的……」說罷轉頭望向窗外，再也不肯開口。

他只得叫人把她帶回羈押所。

一個禮拜之後，秘密處決日諜鈴木住子的命令就簽發下來了。

他從小過繼給遠房伯父當嗣兒，伯父無子無女，以父母的私心說來，繼產有望。

伯父卻並非守產之人，學堂畢業後，做過兩三年事，嫌索縛，就一直閒賦，靠東山鄉下百把畝地，城裡廿幾間房收租過日。伯娘常年守在鄉下照管，他自己在城裡名為尋覓發展，卻日日堂會赴宴，交際應酬，族裡人說起，大都不屑；不務正業，花天酒地。

從小伯父就帶他吃遍大小酒宴，大到官場迎送，生意應酬，富貴人家的婚宴，小到牌友家三更半夜弄的夜宵。伯父舌頭之刁是出了名的，一碗雞絲魚翅羹，他能辨出是菲律賓羅宋島捕獲的鯊魚還是東洋三島進口的，配的雞絲是浦東雞還是安徽的，甚至連調味用鎮江醋還是山西紅醋也大有講究。清蒸鰣魚是在長江哪個水域捕的，捕上來有幾個時辰了，他一嚐便知。陽澄湖的大閘蟹和澱山湖的毛蟹又有什麼不同。朋友圈裡設席請客，如果沒有伯父到場品鑑，再精彩再熱鬧也少了內髓，好像一件價值連城的古董，缺了鑑賞名家的一枚圖章。伯父還在夜報上寫些豆腐乾文章，談吃談喝擺山海經，被他帶上一筆，請客主人臉上增色不少。

那些有錢的酒肉朋友家裡養了廚子，多少有些來歷，或在督軍行轅裡掌過小灶，或是管理過某個大買辦的廚房。手上都有一二件絕活，是別處吃不到的。有些人家卻是主婦姨太太心靈手巧，一道家常素菜都做得碧綠生青，伯父常說食材易求，廚心難得。魚翅不是天天吃的，青菜豆腐卻一日也少不了。女人不會下廚，或者洗手作羹湯做了出來卻是豬食，生得再漂亮也是花瓶一隻。

有個湖南人他叫做聶叔叔的，祖上是做官人家，屋裡排場好大，妻妾成群，家住西區偌大一幢花園洋房，伯父說那裡半條街都是他家的房產，所以朋友間謔名為「聶半街」。聶家廚子是個癟嘴的老頭，據說跟譚家菜有些根系，一道紅燒魚唇吃得眾客拍案叫絕。伯父吃完一抹嘴巴，輕輕放下調羹，伸頭在主人耳邊低語一二，聶半街面上紅一陣白一陣，當場叫出廚子，問伊是用哪種火腿吊湯？廚子嚅囁答道正好家裡浙腿用畢，偷懶取了雲腿代替，不想立被高人指出，下次不敢。於是伯父在圈內名聲更亮，那些好名之徒，雇了新廚子一定請伯父去吃上三天，謂之驗明正身，伯父一旦點了頭，廚子的飯碗就此敲定。

還有個廣東朋友，任職交易所小出納，伯父常去他家的石庫門房子打麻將，鏖戰至半夜，他家娘子會盛出用雞爪、瘦肉、紅花、茯苓煲的湯，湯色清亮，不帶一絲雜質，喝到嘴裡微苦返甘，同時放在桌上還有白灼河蝦、生煸苦瓜，最後是一碗滾燙的魚生粥，細嫩的魚肉拆了細骨，放在碗底，一大勺滾粥淋上去，拌幾絲嫩薑，一撮精鹽。伯父總要來個兩三碗，喝得滿面紅光，走的時候把贏來的錢硬塞在廣東朋友的手心裡：「弟妹好功夫，叫伊有空好好收拾一桌，我來叼光就是了。」

他小小年紀，消受不了苦瓜的苦味。

伯父道：「人間五味，酸甜苦辣鹹，味味都是絕味，說起來最為難弄就是這個『苦』味，好多廚子，紅案白案，湯水菜式，點心甜食，都拿得起。就是這個苦味侍弄不好，太生會澀苦，太過會焦苦，做得好的苦味是苦中帶清，清而滌膩，吃完之後嗞一口口水都是微甜的。能把『苦』味做好，才稱得是上品。」

伯父也不盡吃人家的，隔三差五，他會在熟識的飯店裡包一桌，請食友嚐新。一禮拜前就撰寫功能表，列出都是些極精極巧的菜式，飯店老闆和採辦都忙得腳跟打後腦勺，上天入地去辦那些苛求的食材和輔料。野鴨是要雌雄同巢的，配盤的京白大蔥是要冬至前入窖的，內填的米必須是湖州的新米，猴頭菇得是出自長白山的。老闆跑得心甘情願，伯父在他店裡請客，不但提升飯店的檔次，還可偷學一二道新菜式。不過伯父要求極嚴，一道菜式沒照他吩咐，出了瑕疵，他馬上拂袖而去，下次再不回頭。

為了做出一桌別出心裁的菜，伯父是不惜工本的，動輒一餐百千巨金。他本無進賬，花費又多，沒錢就上律師樓，拍出一份田契或房契，換得半年三月的逍遙靡費日子，鄉下伯娘是管不了他的，他親生父母也只有在背後嘀咕；偌大的家當，水桶漏了似地滴答不停，到兒子手裡不知還剩多少？

伯父靈醒著呢，鄉下人怎麼說他都聽見，照樣我行我素，曰：「人生如寄，多憂何為？錢財如水流，今日到東明朝淌西，趁可滋潤時就滋潤。苦旱的日腳在後頭呢。」

屆時炮聲隆隆，聽說仗已經打到長江邊了，這塊地盤雖然還是日日笙歌，閒人們照樣早上皮包水，下午水包皮，言談中隱隱也有些不安。房產可以不再置，股票可以不再炒，兩件事卻不可一日不作，吃飯和搓麻將。

也正因為時局不寧，伯父在麻將臺上宣佈他舉辦最後一次聚宴，隨即收山，回鄉務農去了。消息一出，城裡眾首躦擁，人人想擠進被請名單，連當地夜報也發了一條簡訊，謂之「美食界聞人離埠，隆重舉行告別宴」。最後確定十二人入圍，高官顯宦因面目可憎，語言無味，所以一律面壁，倒是下崗的交易所出納和他娘子位列賓客名單。因借聶家府邸的大餐間宴客，聶半街也算擠進，忝陪末座，但不得過問廚事。

客人一進門，大紅描金的菜單就遞到手上。只得四品菜式，用工整隸書謄寫：山魂，水魄，人間，春秋。客人從未見過如此菜式，交頭接耳，猜測不已。只見伯父微笑不語，一派從容，眾人揣著興奮與期盼之情，打躬作揖之後，一個個在桌旁坐定。

先上來一個帶蓋的大盅，由兩名強壯男僕抬上，盅身由銅製，具三足，飾有繁複之花紋，古色古香。眾人讚歎之餘，又紛紛猜測「山魂」是何種佳餚？伯父一揮手，男僕撤去盅蓋，一股異香撲鼻，眾人看著由男僕盛好端放在面前的碗內，羹湯濃郁，色澤清亮，如琥珀，如軟玉，用調羹勺起入口嚐之，竟是口感糯滑，鮮美異常。對眾人七嘴八舌之詢問，伯父只笑不語，看到眾人碗中羹湯都已食盡，涓滴不存。遂示意男僕撤下碗盤，關照廚房，「水魄」可上矣。

男僕把賓客面前的碟子全換了，有個客人平日收集古玩，等候間看著眼前十二枚蛋青色的盤子眼熟，翻轉盤底一看，赫然一個「鈞」字篆文，嚇得他腿一軟，差點失手落地。正在此時「水魄」上來，鮮紅的康熙五彩明窯燒製的大條盤裡，盛了一條碩大的清蒸蘇眉，銀白色，魚身淋了油醬和碧綠蔥絲，魚鰓還在微微地甕動。客人中不乏老饕，吃遍南北名肴，驚呼從未見過如此巨大的蘇眉，而且是活的烹製。看官須知蘇眉乃南洋深海之魚，水冷肌滑，肉質緊密。漁民一年也釣不到幾條尋常大小的蘇眉，價格本來不菲，更何況如此一條巨無霸。伯父說為了蒸這條大魚，聶家的爐灶被他拆了重起，蒸鍋籠鑊都是定製的。見魚在大菜台中央擱好，伯父遂吩咐：「『人間』和『春秋』齊上吧，不礙事的。」男僕叫應廚房，端出一大盤清炒芥菜，笑曰此為「人間」，又捧出一大缽玫瑰梗米蒸飯，謂之「春秋」。

伯父也不解釋，舉箸讓客：「趁熱，請。」眾人早已按捺不住，主人一讓，十幾雙象牙鑲銀筷子齊出，清蒸蘇眉魚的火候剛好，魚骨邊帶一絲血色，多一分太過，少一分不足，入口魚肉細潔，口感新鮮，滋味鮮美。配上脆，糯，鮮，嫩，清香帶微苦的芥菜，眾賓客食指大動，玫瑰梗米蒸飯上了一屜又一屜，直吃得風捲殘雲，眾人還意猶未盡。直到男僕上來小心地撤去盤碗，奉上龍井香茗。眾人才重新落座敘話。

客人中有位國學宿儒，拈鬚笑言：「尊翁匠心獨運，一羹，一魚，一蔬，一飯，顯得海內八大菜系無顏色，我等口福不淺。只是還有未明之處討教；『水魄』不言而喻，如此稀珍之物，當得起『水魄』兩字，芥菜清甜微苦，味中有味，也可謂『人間』。稻米本是民之主食，千年一脈，『春秋』兩字不謬。只是『山魂』不解，連何物烹製也無從細究，只覺口舌留香。還望尊翁點撥一二。」

伯父笑語：「『山魂』食材尋常之極，唯牛筋與山藥耳，只是得煲製良久才得。至於何以取名『山魂』，貴客不妨暫且存謎，日後當解。」

不過再無解釋的機會，政權一夜易幟，氣象森嚴，常聚在一起吃飯作樂的朋友作鳥獸散。伯父鄉下有田產，被派了個地主成分，押送還鄉。他在城裡好歹讀完學堂，找了份職業，留下來娶妻生子，普通日子也過得去。

父親偶來探望，說起伯父，歎道人生無常，伊那麼一個拆天拆地的人，如今也成涸轍之魚，掙扎不動。跟農人一樣做田，蓑衣破帽，披星戴月，只是個嘴饞毛病未改，常挪家中餘糧沽酒，採蘆根熬湯當茶，幾隻田雞剝皮生炒，下塘摸黃鱔紅燜，田埂旁掘來薺菜包餛飩，一人自得其樂，也不管旁人斜眼。他是知道伯父性情的，說伊一生浪蕩慣了，老來辛苦，也只剩一件肚腹之樂，夠難為伊了。父親不說話，只是搖頭，末了說政府如要殺雞儆猴的話，你伯父就是那隻雞了。

倏忽幾年，副食供應遽然緊張，他上班處近河，河邊偶有農人攜少量禽蛋鮮菜偷偷售賣，他習慣下了班去兜一圈，間或買些食品補充家中饌肴，一日撞見聶半街，已成耄耋老翁，拎了個草編提包也在買菜，見他倒還認得，唏噓一陣，問他可知伯父近況？他說久未通信。聶半街附耳說是有人傳來消息，不大好。再問，聶半街語言閃爍，不肯道盡其詳，匆匆作別而去。

他內心觸動，當年伯父待他如己出，如今城鄉之隔，竟然絕於問候。於是請假，半日火車，再車舟輾轉，來到久違之村舍。先拜見父母，述聚二三，父親把他引到僻靜處，告訴他說伯父在坡上挖筍，被隊裡人抓住，打壞了腰，已經躺了月半了。他詫異：「山坡野地，挖筍犯了哪條？」父親說：「你離鄉既久，不明就裡，如今山川土地全部歸公，動一草一木也是不許，何況挖筍？我早就說過，伊是為嘴傷身，今日畢竟驗證。」

不顧父親阻攔，趁夜去伯父處探望，高一腳低一腳走進低矮的偏房，以前存放農具。門微開，一燈如豆，房內如雜貨鋪堆滿破爛，潮霉之味沖鼻。他走近床前，低聲喚道：「爹爹我來看你。」臥者一驚，啊呀一聲，就想坐起，只礙腰傷。他連忙扶住，燈光底下看去，人就如一枚風乾的棗子，頭髮稀疏，原本紅潤臉膛，現在皺紋縱橫，鼻翼邊爬上好大一塊老人斑，伸出的手如樹皮般粗礪。眼神倒是坦然，吩咐伯婆泡茶，伯婆嘀咕：「哪來茶葉？」他連忙攔住，心中悽惶。伯父見客亢奮，詢問城裡瑣碎一切。他細細敘來，老人聽得津津有味，又問道熟悉之飯館酒肆，聽他答曰現在只賣尋常飯菜，粗劣不堪，僅能填腹而已。伯父黯然，大呼作孽：當年也執全國飲食牛首，南北饌飴，齊聚一堂，何等風光，何以今日淪落如此？他安慰道：「我還記得你臨別一餐，風靡了全城。」伯父眼睛一亮，說：「你還記得？那餐花費了我六畝好田，食材還在其次，光租借那些魏晉鼎器宋元官窯盤盞就所費不貲。也好，君子之澤，五世而斬，何況我一介遊手之徒？財物總會散去，不是政府收走就是被我揮霍貽盡，倒是盛宴難再，這樣總算有個想頭，也成就半段佳話……」

他不敢久坐，掏出一張十元紙幣，塞在枕頭之下，伯父也不推辭，只叫伯婆後院摘些瓜菜送客。他急忙阻攔，伯父說：「前些日子廣東朋友和娘子來訪我，捎來些苦瓜蔬菜種子，臉盆木桶裡種了，長勢不錯，你帶些回去嚐嚐。」他剛想說不喜苦瓜，隨即明白伯父一生要強，總喜饋贈與人而羞於受饋於人。今日，幾枚苦瓜是伊最後能拿出手之物了。於是跟了伯婆來後院摘取，放入蒲包，月光下伯婆執意相送，欲語還休，他站定在田埂邊靜聽伯婆敘述：家中已有月餘不見葷腥，天天是鹽水煮苦瓜，人都吃得臉色發綠。老頭子的饞名你是知道的，躺床上更甚，總念叨個雞蛋，一直說水潽蛋有多嫩，蛋炒飯有多香，就是白煮蛋，開水煮成半熟，剝開頂端，撒一撮細鹽，用調羹挖來吃有多美味。常歎已久不知其味了。他聽得熱淚盈眶，別了伯婆，回父母家中，翻箱倒櫃找出十來個雞蛋，第二天一早悄悄送去。

回到家中，把捎回的苦瓜煮來做菜，家主婆和小孩不肯下箸，嫌味苦難嚥。饑饉年頭不敢浪費吃食，他硬了頭皮獨吃，吃得呲牙裂嘴，過後卻覺滿嘴津液，喝茶抽煙都有異樣清涼的感覺。這才知道廣東人把苦瓜叫作「涼瓜」，並非沒有道理，此物真有平燥生津之效。因此留了意，尋來菜譜，照章細細烹作，計有清炒、乾煸、魚香、涼拌、燉湯多種口味。家人還是不喜，他樂得一人獨享，想起伯父說過，苦味做得出色，才是上品。吃多之後又悟出一條：人之口味多少見性見品，甜味使人輕佻，酸味使人狹小，辣子吃多使人暴躁，鮮味又使人貪戀放不下。只有苦味，盡在不言中，人世履歷不到，憑怎的也品不出其中況味。

只是城裡苦瓜難覓，菜場鮮有進貨。此城人心浮躁，多嚮往繁華風流，吃食也多以軟綿甜膩，味淡油滑，適口充腸。少有人自願吃「苦」，所以城裡既尋不著苦瓜，一般民眾也悟不得苦中之妙。

三年之後，時局稍有鬆動，其實醞釀更大風暴，至少此時民間微微復甦，人臉少些菜色，走動也不是監管太緊。伯父卻在此際故去，是去吃親戚的婚宴，在飯桌上一頭栽倒，再也未醒轉來。他在大殮上遇見伯父的廣東朋友和娘子，都已白首。世事滄桑，相對唏噓不已。之後互相安慰；伯父既經繁華，現在又脫離磨難，福禍相抵，人生也算是收放自如了。

娘子溫潤，平日言語不多，此時卻直言道：「我看他是個有福之人。」她先生不以為然：「伊雖生在富足殷實人家，鑲金攜玉，但下半生苦頭也吃足。五五分為允。」

娘子道：「生不由己，死更不由己，難得的是個『豁達』。老伯在世酸甜苦辣味味嘗盡，也沒怨天尤人，末了還坐在酒席上，無疾而終，也不正是他所求的嗎？」

倒也是。沒人知道更大的浩劫就要來到。

鏡

她出嫁時，家道已經衰落，嫁妝單薄得不像話。

好在夫家殷實，公婆都是忠厚之人，看上這個媳婦的文靜安穩，並不以門第財產懸殊為意。丈夫是家門獨子，從小錦衣玉食，卻幸未養成紈絝，只是不很耐讀正書，而喜雜子百家，琴棋書畫古玩均涉，不精通卻自得，好在家中不虞生計，且由他逍遙度日。

新婚燕爾，夜間調笑，晨來慵懶晏起，婦人擺開妝盒，梳頭均面，身後丈夫趿了雙鞋，捧了杯茶，閒閒地看新嫁婦晨妝，實為男人賞心悅目之事。忽而，他起身，疾步來到婦人身後，取過妝盒上倚著的鏡子，拿了手上仔細觀看。

婦人轉頭說：「一面老鏡子，有何好看。快還來，整均臉面後還要去你父母處奉茶，別讓人說了我沒規矩。」

他像是沒聽見似的，只是把那面鏡子翻來覆去地看，半晌問道：「這銅鏡從哪來的？」

她嬌嗔道：「看你說話；哪來的？總不成是偷搶而來的。這鏡子原本是我祖母的東西，據她說還是她祖母的祖母的嫁妝。從小時候就玩慣的，好在摔不破，比現在市面上玻璃鏡子結實。只是時日一久照起人來就不甚清晰。出嫁前，父親讓人送出去磨了磨。」

男人挑起眉頭說：「就隨便叫了人送出去？你可知這是哪個年代的東西？」

她不以為意：「老舊東西罷了，誰還去追究是何年代。」

男人搖頭：「真是婦人之見。此鏡依我看，是東漢至中唐年間之物。你看那背面的鬼面紋銘，兩隻眼睛是綠松石嵌成，周遭又有一圈盤龍守護，是古人用來辟邪之物。外面已不多見。」

她笑答：「本就是一婦人嘛，再精緻的鏡子，也只是用來梳妝而已，就算楊玉環趙飛燕用過又如何？我為的是祖母的舊物，寄個念心而已。」

男人涎了臉道：「我去買枚法蘭西國的玻璃鏡子，亮亮堂堂，也不用磨，換了你這枚如何？」

她說：「我人笨手拙，凡是好東西到我手就摔壞。還有，何必讓人說我剛過門就胡亂開銷？本分點儉省點總是不會錯的。」

男人臉上訕訕地，也就擱過不提。

日本投降，百廢待舉，家公是做棉紗生意的，見慣市場起落，看準了戰後日用品匱乏，貨幣不穩，於是大量囤積棉紗，以期大發一筆。丈夫也跟了家公去到鄉下偏遠處收購棉紗。一出門就是月餘，回家筋疲力盡，但到底是年輕，晚來與小別的嬌妻溫存一番。親熱頭上不免摟了婦人問道：「出門多日，可曾有想我？」

婦人嬌羞：「白天家裡事也多，忙個不停，何曾得閒來想你？倒是晚間有時做夢你突然回來。及三天前卻做個怪夢，唬得我要死。倒是沒名堂地擔起心來。」

男人涎了臉，饒有興致地問道：「可是夢見我在外面娶小老婆了？」

她捶了男人一拳，咬牙道：「想得好！你不是說去了荒嶺野地裡嘛，娶個狐狸精回來還差不多。」

男人嬉皮笑臉：「那你擔心什麼？」

她不肯說，只推諉不是好的兆頭，不說也罷。

經不住男人催逼，她說在夢中梳妝，突見鏡中是一片荒僻野地，月慘星白，家公和丈夫在荒野中驚慌而逃，高一腳，低一腳，一群牛頭馬面，擁著一個鄉下帳房先生般的人物，在後面追趕。丈夫年輕，腿腳靈活，遠遁逃避。而家公老邁，身上又負了兩個大包，步履艱難。身後的牛頭馬面越追越近，家公腳下一絆跌倒，牛頭馬面一湧而上。丈夫本已跑出好遠，看見父親被縛，又想轉頭來救，無奈不敵七手八腳，也被捉去……

男人聽了，並不以為意：「俗話說：財在險中求，做生意本是水裡來火裡去，一路上的磕磕絆絆免不了的，遇稽查，遇散兵，遇盜賊，遇黑道，什麼未經過？我不是好好地回來了嘛？汗毛都不曾少一根。女人家大驚小怪，平白擔個閒心。來，還是再讓我親親……」

三月之後，上面發起「新生活運動」，未幾就演成「打老虎」，經濟警察到處盤查倉庫棧房，一旦被查出有囤積居奇行為，不由分說一律捉將官去。她的家公也在其列，貨物被充公不說，人在牢裡關了半年多，苦頭吃盡，還有傳言說凡是奸商一律當街槍斃。家人如熱鍋上的螞蟻，上下奔走，送財禮求人情，最後人被放出來時，連驚帶怕，站都站不穩了，請醫延藥，折騰了年把，還是撒手而去，浮財被充公，醫藥費又花去許多，家道一下子垮了半邊下來。

好在家裡還有幾處房子出租，男人也經人介紹，進報館做些抄錄謄寫的事情，報酬少得可憐，但總算與家中有些補貼，日子還將就過去。

一日她梳妝，男人看書閒坐，突然想起問道：「哎，我問你，可記得你曾說起做過一個夢？」

她茫然：「什麼夢？」

男人道：「就是上次出門辦貨回來，關於父親被牛頭馬面捉去的那個夢，你說給我聽的那個。」

她心裡一緊，推諉道：「都忘了，哪有人把做個夢記牢的？」

男人提醒她：「就是你做夢在鏡子裡看到我和父親在荒野裡逃命的那個。」

她不得已：「亂夢而已，還提它幹嘛？」

男人若有所思：「並非你所說那麼簡單，後來之事合了夢中情景……」

她說：「只是湊巧罷了。」

男人搖頭：「湊巧把我爹命都丟了？古人是很看重夢兆的，夢，就是某種預兆，只是懂得釋夢的人少，常常要等到事情發生之後，回想起夢境，才恍然大悟。哎，我問你，你說是從那面鏡子裡看見那些事的？」

她默默地點了點頭。

男人起身走到梳粧枱前，打開鏡匣，取出銅鏡，拿在手上反覆端詳。

她忐忑不安地看著他。

男人說：「都說古物有靈性，特別是貼身之物，浸淫了人的精氣元神，天長日久就通了靈。鏡子是用來觀照的，眼對眼，面映面，氣息相通，晨昏嬗遞，人的魂就不知不覺地犀了入去。曾有人家的古鏡，能預報生死，家裡子侄在外打仗陣亡了，報信的還未抵家，鏡子卻先有血跡顯出來……」

女人低呼一聲：「嚇死人了……」

男人摟住女人的肩膀：「我不是要嚇唬你，如今世道詭譎，時日不靖，爹爹又不在了，家裡這艘小舟雖還撐得下去，但一個疏忽，就會翻覆。我歷事不多，見識尚淺，如你夢見什麼奇怪事情，不妨說與我，也是作個警醒的意思。」

女人頷首答應。

時光倏忽，太平日子還沒過幾天，突然戰事吃緊，突然金融糜爛，突然潰逃成潮，突然改朝換代。大事連連，妝臺上的銅鏡卻未顯示異象，婦人也未發過亂夢。他雖如一般小市民地惶惶然，棘棘然，先經三反五反，再是鎮壓反革命，小百姓幾時見過這個陣仗？驚嚇之餘，暗自安慰，畢竟大禍還未臨到自己頭上。再接下來是公私合營，曾經是金玉滿堂的人家，諾大的財產轉眼過手成空。說來他家也虧了當年家道敗落，只是把手頭幾幢收租房屋上交，竟逃過一關。他在報館做事多年，資歷文筆都算老成，上頭竟然叫他負責了版面編輯，受寵若驚之餘，心也定不少，看來做人惟謹慎，新世界也是能把他接納下來的。

一日，下班回家，在飯桌上看婦人食不知味，幾次欲言還止。他追問其故，婦人說昨晚又做了一異夢，為之心神不定，一整日都躊躇著，是否要說與他聽？此時的男人已與十多年前判若兩人，平時一襲藍布中山裝，胸袋上插了兩支鋼筆，臉上一副白框眼鏡，腳下一雙黑布鞋，出門時還要戴頂藍布八角人民帽，一絲兒也不見當年公子哥兒的瀟灑通達的派頭。聽得婦人之語，他先起身關門，再上鎖，婦人剛要言說夢中所見，男人卻緊張地擺手，示意她噤聲。

及洗罷頭臉手腳，吹燈上床，才低聲詢問婦人夢見甚麼？婦人說：「如前次，也是夢見臨鏡梳妝，忽見鏡面洞開如深淵，不慎跌落，飄蕩良久才達洞窟底部，見到很多熟人，親戚朋友，你我也在內，奇怪的是眾人都無手無腳，成蛇蟲狀在地上爬行，或糾纏一團，或互相噬尾，混沌一片。洞窟逼窄，眾人都感氣悶，無奈伸展餘地有限，只得將就適應，又聽得一陣絲竹之音，宛如仙樂，卻是從更黑暗，更深邃之處而來，眾人被樂曲迷惑，不自禁地搖擺起舞，並且身不自主地向黑暗中滑去，一時間陣勢洶湧，你原在我身邊的，人潮過來，一下不見影蹤，遍尋不得，心中不免大駭，於是便醒轉過來……」

男人聽罷，良久作聲不得，女人怯怯地：「我是否說錯什麼？」男人沉思道：「古人謂之蛇者，人心之曲也，洞窟之蛇，更是暗不見天日之象，但眾蛇隨樂起舞是什麼意思，竟令人百思不解。現今世道不安，日日風波，處處陷阱，你我都得小心才是。」

最近他回家都很晚，說是報社裡大鳴大放，支部書記號召了眾員工向人民政府和共產黨提意見，每天晚上都要開會，他所在的編輯部才十七八個人，每人都發言十來遍了，搜腸刮肚，能想到的都說了，人人講得口乾舌燥，但支部書記說還不夠，所以會議還是無休無止地開下去。

女人隨口說了一句：「叫開會黨得了，真不曉得有點啥名堂好開出來？」

男人道：「支部書記在旁邊壓著，叫大家踴躍發言，要知無不言，言無不盡，有則改之，無則戒勉。心裡有什麼話，要像石頭裡榨油一樣，點點滴滴都要擠出來。不這樣就是對共產黨沒有誠意。」

女人說：「聽起來總是有點奇怪，哪有人追著趕著，硬要別人給他提意見的？」

男人「噓」了一聲：「在外面別亂講，隔牆有耳，叫人家聽了彙報上去會是麻煩無窮的。」

女人無奈道：「真是啥個世道，當年是那麼浪蕩不拘的一個人，現在變得連掉個樹葉都怕打破頭。」

但是樹葉掉下來真的要打破頭的，男人小心了再小心，輪到他發言總是顧左右而言他，就輕避重，說一句，嘸兩句，實在沒話說了，就來「今天天氣……哈哈哈」。第一次右派的帽子沒給他戴上，慶幸之後還心有餘悸。誰知事情還沒完，他們編輯部十七個人，但報社有二百多號人，必須完成上面給下來的指標——揪出十多個右派分子，領導排來排去，除掉排版印刷發行車隊會計總務維修食堂勤雜，能再湊出一二個名額來的也只有編輯部了，經過反覆幾輪篩選，他不幸雀屏中選，被增補為右派分子。具體的右派言論並不是個問題，發動同事們回想檢舉一下就有了，像他這種舊社會過來的人，身家本就不清不白，平日言談間流露出來的些微牢騷，不自覺的今昔對比，以及對往日奢靡生活細節追憶，輕輕易易地整理出來十幾條，再由支部書記在大會上綱上線一列，連他自己也覺得這頂右派帽子戴得不冤枉。

辦公室是沒得坐了，他與其他右派分子被送到安徽桐城去勞動改造，留下女人獨守空巢。臨行前一夜，夫婦悲從中來，相對而泣。女人說：「這一去不知還有個回轉的日子嗎?家裡剩下我和兩個小的，夠悽惶的。」

男人強忍悲傷：「第一批的右派都送到青海去了，那是寸草不生的戈壁灘。桐城雖遠，但和青海比起來算是好的，至少還是南方，乘火車也就是兩天的工夫……」

女人唏噓：「不管怎麼說，好好的一個家就散了，我們家又沒做過什麼惡事，怎麼壞運道就偏偏臨到我們頭上？」

男人搖頭道：「這是沒辦法的事，書記說全國一共抓了三百多萬右派，真正的惡人又有幾個？大多數只是逞了口舌之快，叫提意見就提意見，沒想到人家是誘你開口，再來個後發制人……」

女人突然顫抖起來，男人急忙攙住：「你也不必過於傷感，畢竟還沒到最壞的地步。」

女人還是震驚不已，男人端了開水，女人喝了之後稍平靜一些，蒼白了臉幽幽地說：「你一說，我想起做過的那個夢……」

男人也呆住了，張大了口：「你說的是……？」

「夢中見到蛇的那個。」

男人發了一陣子怔，喃喃自語：「真是的，我怎麼沒想到?蛇者，人心之曲也，洞窟之蛇，幽暗之最也。捕蛇人千方百計引蛇出洞，巧言令色，好話說盡，手段使盡，但最後還是要謀了這張蛇皮。異象早已顯示，我怎麼會瞎了眼似的不聞不見，被人捏了脖子捉將去……？」

女人回過神來：「別怪你自己了，又不是神仙，算不到的。」

男人歎出一口長氣：「怪誰？誰也怪不得，命該如此⋯⋯」

桐城歷史上出文人，現在雖然破敗不堪，但民間對讀書人還是有一份照顧，來桐城的右派分子沒有派去服苦役，一般是分配去縣裡的文化館，或去中學教書。他被分到桐城西北一個叫做龍眠鄉的鎮上做文書，是個閒差，平日為鎮上的頭頭執筆寫個報告，收發抄錄文件，寫寫會議通知書，多出大把時間，也可隨處走走看看，名曰瞭解情況，調查研究。

一日閒逛，來到鎮西頭一戶人家，口渴難忍，遂進門討要水喝，人家讓他在堂屋坐定，燒水泡茶。他瞥見桌上的梳妝匣裡擱了一面銅鏡，跟他老婆的那枚相似，徵得主人同意，拿在手上摩挲把玩。

主人是個長鬚老頭，雖是農家裝束，但骨格清癯，眼神澄明，待客得體，見他把玩銅鏡，遂說此物是祖上傳下來的，是老年間之物。

他當然知道手中的鏡子是年代久遠的古物，但看起來主人對此並不是很在意，隨意地置放在人來人往的堂屋桌上，全不在乎小孩子拿去玩耍，也不防心術不正之人的順手牽羊。還有，古鏡的保養也不好，鏡背的紋飾磨損，鏡面昏朦，照起臉容來只是模模糊糊的一團，五官不清。他委婉地跟主人說道：「依我看來，這鏡應該是晚唐年代之物，至少有千把年了，有些價值，如小孩子拿去玩壞了可惜。還有，鏡面也要磨一磨了，只是現在好的匠人難找。」

老頭一笑，搖頭道：「無所謂啦，即使是家傳古物，也不定跟你一輩子，世上的瓦罐都總有一天會打碎，在哪個井臺上碎，都有定數。至於鏡面，還是讓它昏朦朦地好，小時候聽老人說過，鏡子照人太清晰了不好，照得太久也不好，說是家裡曾有個老姑娘，照了銅鏡就亂說胡話，好事情從來不兌現，壞事情一說一個準。於是傳下話來，要過太平日子就不能去磨鏡子，也是個『難得糊塗』的意思。」

他如醍醐灌頂，怔住了半晌說不出話來。

夜

醫學院才畢業，他就參加了下鄉巡迴醫療隊，被派到一個離城很遠的小鎮上搞計劃生育。

在鄉間，計劃生育是椿不怎麼待人見的事情，鄉民碰上穿白大褂的如見到鬼似地繞了走。連負責接待的生產隊幹部都是疲疲塌塌的，礙於上頭指令，不得已地安排他們工作與生活。醫療隊住宿在鎮上糧站的幾間偏房裡，房舍是清朝晚間的建築，有些年頭了，又疏於修理，破敗是難免的。日間可看見陽光從瓦隙中漏進來，晚上風吹過，瓦片如雙簧管似的嗡嗡作響。下起雨來，床尾必得放隻臉盆，一夜聽得水珠落盤的叮咚之聲。簷間有什麼活物築了窩，日裡也在橫七豎八的樑木間追逐，平白地撒下一縷灰來落在飯碗裡，夜間更熱鬧了，暗中蝙蝠振翅飛過，耗子們尖叫著互相廝打，「嘰」地一聲從半空中摔落下來。或是叫春的貓兒在屋頂上嚎個不停，間或一聲嘶叫，蹬下一塊瓦片來，落在地上「啪」地一聲脆響。

他只能蒙了頭，充耳不聞。鎮子偏遠，沿街房屋都是七倒八歪。那年頭，大劫剛過，人能顧上個溫飽已是不易，絕無餘錢來整修房舍。好在當年老屋建築精良，柱實簷粗，山牆堅固，雖千瘡百孔，但屹立百年風雨。

再嘈雜也得睡，明日還要早起，小組的幾個醫科畢業生，分頭去十來里外的鄉間作結紮手術，在這偏僻小鎮裡，連輛腳踏車也沒，就是有，也沒辦法從田埂上騎過去，坡地水塘，晴天高低不平，雨天一地泥漿。只有靠了兩隻腳，走上兩個時辰，一步一步丈量過去。

他吃驚於那地方的閉塞，以及鄉人對生育的固執，村民住的是破房子，沒有電，吃的是粗糧。自己織布。而維持最低的生活卻要付出極大的勞力，男人三十幾歲，蒼老得看來像五十多，女人就更辛苦了，忙裡忙外，懷孕了直到分娩之際還在田裡勞作。鄉民們從來不避孕，孩子一個接一個生，大小蘿蔔頭光了屁股滿地的跑，粗生也粗養。由於地處偏僻，這些孩子都得不到最起碼的教育和醫療；鎮上的小學老師自己也就高小畢業，黑板上白字連篇，鎮上的衛生員基本上是文盲，除了塗碘酒之外，連個體溫計都看不懂。

如一塊田地被反覆耕種，土壤因此變得貧瘠。本來就艱難的日子，不斷出生的人口使得貧困鄉民們的生活更為負重。從這個角度看去，計劃生育對國對家都是必要的，如果為時不晚的話。

但鄉人並不合作，動員了半天，生產隊交上來的育齡婦女資料混亂，張冠李戴，弄來結紮的全是五六十歲的老太婆，青年婦女都藏了起來。計劃生育是當今國策，鎮裡緣於上頭的壓力，要完成指標，派來民兵，由婦女主任帶了，日本鬼子似的，端了槍挨家挨戶搜人。不幸被搜到了的村婦，死拉硬拽地送去結紮。結紮完畢，一大家子像死了爹娘老子似的哭天搶地。

他常忙到很晚回宿處，鄉人的頑抗，幹部的拖遝，設備的簡陋，再加上來回路途的難走，回到糧站已是筋疲力盡，去伙房打點熱水，就著冷飯吃罷。拖過被褥蒙頭就睡。有時乏透了，連衣物也不脫，就一頭倒下，睡死過去。

這天民兵押來一個村婦，說是二十八歲，已經生了五個，又懷上了。他看那婦人看來像四十幾的樣子，隆起的肚腹，已是四五個月的光景，臉色灰黃，鼻翼旁一大塊，一大塊的妊娠斑，一臉的木然。旁邊陪著的婦女主任說：「這家人已欠了隊上半年的口糧了，還要生！」他為難地跟主任解釋：現在打胎怕是有些晚了。主任說這是沒辦法的事，指標還是得完成，再說，隊裡也沒再多餘的口糧餵養這家人。

這個手術做得他心神俱疲，院門外哭聲震天，村婦的男人蹲在門口，像截木樁似的悶頭抽煙，而婆婆帶了五個半大不小的蘿蔔頭，想衝進來搶人。民兵橫了槍堵在門口，不讓他們進來。於是一家子堵了門大哭小叫。村婦臉色慘白，咬著嘴唇一聲不吭，叉了腿，躺在簡易手術床上像塊死肉。而那個胎兒，死死地粘在母親身上不肯下來。到最後，那個血淋淋的胎兒終於被取下來時，小小的身子竟然還微微地顫動。他大為震駭，在四年醫學院的課堂和實習中，從來沒想過未出娘胎的胎兒也是一條鮮活的生命。等在一邊的婦女主任從他手裡接過胎兒：「我家的老母豬剛下過小豬崽，帶回家去讓牠好好地補補。」

他筋疲力盡，去上茅房，手還是不停地顫抖，一泡尿全灑在褲腿上。回來的路上，平時一個小時不到的路途，他差不多走了兩個小時，腿軟筋酸，停停歇歇。最後一絲霞光退去之後，天色由藍變紫，頃刻大地一片黯黑。走近鎮子，一眼望過去對岸鎮上的燈差不多全熄了，這裡人睡得早，吃過夜飯就關門上床，到八九點時，街上已是空無一人，聲息全無。偶爾有棲息在樹上的老鴉被驚起，呱呱大叫幾聲，引起鎮民養的狗一陣狂吠，然後又戛然而止。

糧站宿舍座落在河邊的一所院子裡，他又餓又累，拖了腳步，走上石橋，心想不知廚房裡還有沒有熱水，管灶的老梁頭不但做的飯像豬食，而且還好酒貪杯，喝多了就醉得像攤泥，打雷都喚不醒。而他今晚實在是需要熱水洗個澡，勞累不說，身上的汗味，尿臊味，血腥味連自己也能聞到。

他在橋上站住歇腳，河上水氣迷濛。抬頭正好看見一輪碩大的月輪從鎮上的屋脊升起，黯紅，像剖開的半個西瓜，汁水淋漓而下。橋下的河水無聲地流過，極靜的夜，偶爾什麼地方傳來一聲嬰兒的啼哭聲。

天地俱寂，他不免神思恍惚。

就在他下了橋，準備拐上去糧站那條街時，橋對過的街角上有人混濁地咳嗽一聲，他一伶仃地站住，抬眼望去，石階上坐了個老頭，披了件蓑衣，一頂舊氈帽，低低地壓在臉上，身形佝僂，手持一杆長長的煙桿，煙鍋裡的火星一亮一黯。一縷灰白色的煙霧在暗影中如蛇潛行。

他只瞥了一眼，並未多想。人老了睡不著，起來抽煙散步也是有的。他急於趕回宿處，卻聽見背後傳來含糊不清的叫喚聲：「哎，醫生，轉來啊。醫生……」

他站定，略一思索，有時鄉民在街上碰到醫療隊人員，伸手討要些常用藥品也是有的。他轉身走回街角，離老人兩步之外問道：「老人家，你叫我嗎？」

老人並未抬頭，自顧自地咕噥道：「作孽啊。作孽……」

他不由皺起眉頭，這老頭有些不正常，半夜三更的不睡覺，在街上拖了人胡言亂語，正當他要轉身離去之際，聽得老頭清晰地說：「那個孩子，作孽啊。」

消息這麼快就傳到鎮上來了？他心裡一驚，隨即正色道：「老人家，計劃生育是國家政策……」

老頭的頭搖得如撥浪鼓一般：「人命關天。前一陣子國家不是還號召大家多生孩子嘛。」

他說：「老人家，你說的是幾十年前的事情了。另外，照醫學觀點來看，沒出生之前的胎兒並不能說是有生命的。」

老頭說：「誰說胎兒是沒生命的？從稟受父精母血，天精地氣之際，他就是一條活生生的小命了。你不知人走到投胎那一步，經歷多少輪迴，好容易托生為人，你卻活活地絕了他的路。」

什麼年代了，還說這些投胎輪迴的鬼話！這老頭還是舊腦筋，不知這些年他怎麼活過來的？碰上鎮裡的幹部，少不得要拖了去做個反面典型。不過，他是來工作的，並不想捲入當地鄉民的是非糾紛。於是換了個話題：「老人家，你貴姓？以前是做哪個營生的？」

老頭悶了頭咕噥了半天，他才聽出「姓林」與「郎中」兩詞，笑著說：「以前叫郎中，現在叫醫生，看來我們是同行啊。」

老頭道：「醫生？是啊，俗話說：醫生不醫死。郎中，醫生都是救人的，學醫時師傅耳提面命的第一樁就是這件事。可惜我並沒聽進去，錢懵了眼啊。當年診所就開在這兒，白天做的是正經營生，掛牌行醫，專治紅赤白痢，婦人經血不期，安胎調養。入夜，有病家摸上門，一進來就跪下磕頭，說家裡的閨女被人引誘，出了事，見不得婆家了，正在尋死覓活地鬧呢。看著做父母的人，頭在地上碰得嘭嘭響，這把年紀眼淚一把鼻涕一把的，我這人心軟耳朵皮也軟，擱不住就給人開個偏方：鳳尾草、車前草煎湯，三副藥下去一般也就管事了。也有死不肯下來的，用點紅花，再配點麝香，沒有不成的。」

他若有所思：「林老伯，中醫中藥是我們的文化遺產，也許哪天你可以給我們醫療小組上上課，傳授一下民間中草藥的效用……」

老頭臉色一緊，趕緊擺手，說：「那是虎狼之藥，別再害人了。別害人了。」

他反駁道：「中藥如果有效，病人就不用動手術了，減輕痛苦。怎麼會是害人呢？」

老頭搖頭：「你不懂，小後生是不懂這個要緊的。」

他笑了，他是年輕不錯，但好歹也是正經醫學院畢業的，四年全科都學下來了。這個鄉村郎中竟然在他面前大言不慚地說他不懂。

老頭突然抬起頭來，兩道目光如蛇信子似地，盯在他臉上：「你懂嗎？你懂什麼叫白駒過隙，魂魄如何修成肉身嗎？你懂三千世界，八十一次輪迴嗎？你懂什麼是因由緣起，緣起不滅嗎？你懂得什麼叫冤冤相報，毫釐不爽嗎？別看你讀了幾天新書，但真是什麼都不懂。」

他感到受了侮辱，口氣也生硬起來：「老伯，你這是宣揚迷信。」

老頭卻沒被他嚇住：「後生仔，像你這樣睜了眼說瞎話的，才叫迷信呢！眼見不為真，心見才是真啊。」

他感到一天的疲累全都泛了上來，這麼晚了，為什麼在這兒跟一個老頭兒糾纏不清呢！他要趕回糧站去，趁老梁頭還沒睡下，讓他燒鍋熱水，泡泡腳，擦個身子，如果能洗個熱水澡那更舒服了。至於這個老頭，他如果不好好管住自己的嘴巴，到處亂說轉世輪迴，因果緣由的話，早晚會吃到苦頭的。雖然文革已經過去，但中國的事情說得準嗎？下一次運動來時，給老頭安個裝神弄鬼的帽子還是有他受的。

於是板了臉對老頭說：「林老伯，計劃生育現在是國家政策，是大方針，全國都在抓。鎮上、大隊都很支持。你年紀大了，說話不注意，我也不跟你計較。但是這些迷信的話被別人聽去不好。現在已經很晚了，夜裡涼，還是早點回去休息吧。」

老頭低頭不語，他正想走開，突然老頭抬頭說了一句：「起風了……」

說也奇怪，剛才還是無風靜謐的月夜，突然平地起了一陣怪風，陰冷冷地，在小巷裡，青石板路上貼地而過，在橋頭打了個旋，然後一拐彎，鑽進橋底。

當他再回頭時，老頭已經無影無蹤了。

他滿心疑惑地回到糧站，好在老梁頭還未睡，就著一碟豬油渣喝他的夜酒。見了一定要他陪了喝一杯，而他只想洗一下吃點東西趕快去睡。老梁頭說水還燒在灶上，最少也得一個時辰才好，何不喝點酒打發時間？

他只得坐下，陪了老梁頭東拉西扯，老梁頭見他心神不定，詭笑著問他是否想家主婆了？他說剛畢業才工作，連女朋友都沒有，哪來的家主婆？老梁頭感歎道現在提倡晚婚，他在這個年紀時，已經有三個小把戲了，媳婦又懷了，實在養不起，找了江湖郎中做掉了。

他隨口說：「我碰見你們鎮上以前的郎中了，就在鎮頭的石橋下。」

老梁頭頓時瞪大了眼：「什麼時候？」

「就剛才，回來的路上。」

老梁頭杯裡的酒都灑了出來：「不可能，不可能。」

「我跟他說了很久，他還跟我嘮叨了轉世輪迴一大堆亂七八糟的事情。」

老梁頭臉色煞白：「你見了鬼了。」

老梁頭說以前他們鎮上是有這麼個林姓郎中，他的診所就開在石橋下面的轉彎處。專治婦人病症，周圍二三十里地人都來看病，生意不俗，鎮上很多房產都是他買下的，包括現在這個糧站的房子都是他家的。郎中前後娶了三房老婆，但都生不出小孩來，過繼了一個遠房侄子作嗣子。養到九歲時又發傷寒死掉了。都說他為人打胎太多，陰騭有了虧損，所以老天罰他無後。解放之後，二房三房老婆先後離他而去，大房老婆死在五六年，剩他孤家寡人一個，日子過得艱澀，身子垮了，人的精神頭也散了，看不得診，也下不得地。整天階耷了個頭踞坐在診所門口抽煙，診所呢是早就關閉了，鎮上建了衛生院，政府怎能讓個江湖郎中給貧下中農看病？一有閒人跟他搭訕，就瞎七搭八地拖了人家訴說：當年他是如何地迷了心竅，做下傷天害理，謀財害命的事情。為此政府還去調查，查下來並無此等事情。於是鄉民們都說他腦筋壞了，沒事找事。一群小孩子跟在後面扔石子起鬨。江湖郎中，斷子絕孫。他只是苦笑，逼急了，也神色黲人，黑了臉嘀咕道：「世道壞了，不修德積福，你們也保不準像我一樣。為此在鎮上沒少挨批鬥。」

林郎中死在文革期間，至今也有六七年了。他平日整天階地坐在石橋下的轉彎角上，低了頭抽他的煙桿，自言自語。人走過也不抬頭，到很晚才進屋。一天有鄉民清晨起早去縣城，看見郎中還坐在街角，覺得奇怪，走過去一撥拉，人就倒了。

他只覺得背上冷汗津津，半晌作不得聲。

末了才定下神來，說：「也許是別的人吧。他說是住那間房子裡的。再說，我是學醫的，親手解剖過屍體，哪來的鬼？」

這話自己聽來也是中氣不足。

老梁頭道：「信不信由你。那間轉角的房子，自從郎中死了就荒在那裡，有人搬進去過，住不了幾個月就逃出來，說鬧鬼。後陣子又做過商店，守夜的店員半夜聽到有人在樓板上走來走去，一聲聲地歎氣，活龍活現地，說得人都不敢去買東西，商店關門，房子荒了幾年了，哪有人住那裡！」

昏燭殘酒，兩人都沉默不語。

水燒好了，他卻全然沒了洗澡的興致，草草擦了個身子，就睡了。

累極，卻翻來覆去睡不著，樑上的老鼠熱鬧得很，唧唧地吵個不停。迷糊間聽來又像嬰兒的哭聲。

他一夜無眠。

翌日他早起，為了在下鄉之前再去那房子看一看。他是受過教育的人，告訴自己這世界上是沒有鬼的。只是老梁頭喝醉了說的鬼話。

在晨色中，街角那間房屋一如老梁頭說的那般衰敗，臺階碎裂，泥灰剝落，木門朽壞，輕輕一推，唧呀一聲隨手而開。他深吸口氣，壯了膽子踏進門去，屋內光線迷濛，屋樑結滿蛛網。門後掛了一件佈滿灰塵的蓑衣，鄉人常在雨天穿的那種。他恍惚地盯了這件蓑衣看，昨夜那老頭好像就是穿了這件蓑衣蜷縮在屋簷下。突然，那件蓑衣在眼前蠕動起來，他頭腦一片空白，心跳如簧，腳卻釘在地上一步也挪不動。

一隻碩大的老鼠從蓑衣裡鑽出來，沿了門板而下，鑽進黑暗的屋子深處不見了。

遺

事隔三十年，那道陰影還沒移去。

她一直告訴自己：這事與你無關，你盡了力了，要怪只能怪那個時代，只能怪他自己時運不濟，只能說人各自有命，一個浪頭沖來，有人溺水，有人逃出生天。你並沒撒手，但是，再耽下去你也沒命……

但還是不能釋懷。有時一閉眼，眼前就浮起低矮的小屋，兩扇永遠關不緊的破木門，四壁漏風。板床上凌亂的被褥，桌上的一燈如豆。屋角的那座灶爐好久沒生火了，他就靠一個上海帶來的煤油爐子，一隻鋼精鍋來煮點麵條，包穀麵糊，勉強度日。有時她送來過幾個雞蛋，一把青菜，被他視為珍饌。而以她的綿薄之力，再也不能提供更多的東西。

別搞錯，他們之間並沒有男女之情，甚至也不算是走得很近，唯一把他們聯繫在一起的，兩人都是七一屆初中畢業生，來自上海，和另外三個上海知青在頭璜公社插了五年隊。其中一位男生是某個演藝界知名人士的兒子，常年躲在上海裝病，另一個女生是個資產階級的嬌小姐，不大肯下田幹活。常年出工的只有三個人，她、他，還有一個是被人叫做「少根筋」的十三點女孩。

他戴副白色邊框的眼鏡，理個偏分頭，木訥、微胖、嘴饞，無甚麼突出，也就是成千上萬知青中的一個，稍微重一點的農活就幹不了，常被隊長分配去看看場，跟車買些化肥之類的輕活。強勞力出工一天計十個工分，他們學生都只計七個。

她聽說他父母雙亡，家裡已經沒人了，過年節時他不回上海，跟了隊裡的小青年抽乾河塘抓魚，分了幾十斤大小不一的雜魚，用鹽醃了。她探親回來時，他送了兩條巴掌長的鹹魚過來，還留下吃了頓飯，把她從上海帶來的香腸臘肉吃個底朝天，抹抹嘴巴碗也不洗就出門走人。

他像所有的上海人，小聰明是有的，寄信時把郵票正反面都刷上漿糊，收信人只要放在水裡一漂，郵票上的郵戳就會脫落，可以多次重複使用。坐火車只買張月臺票，混一站是一站，南京合肥馬鞍山全去過。用硬肥皂刻了全國糧票的版，蓋在毛邊紙上可以亂真，拿到集市上跟鄉下人換雞蛋，竟然沒有穿幫。不過這行當做了一次就不敢了，那時偽造票證抓住要判刑的，那塊雕工精細的肥皂被扔進茅坑裡。

在知青堆裡他也不合群，資產階級囫圇說看到他那副呆相饞相就討厭，知名人士兒子和他住在一起，用一種勉為其難的態度對待他，為的是差使他跑跑腿，在裝病返滬時為他打掩護。少根筋說他不但嘴饞，還手腳不乾淨，好容易養大的母雞不見了，而在他住處床底下發現幾根雞毛。

她對他沒有特殊感覺，大家都是年紀輕輕就離鄉背井，在這塊貧瘠的土地上混日子，都不容易。她是家中的長女，底下一串蘿蔔頭弟弟，知道男孩子消耗多，嘴更饞，反正少根筋的雞也養不長，早晚會被人偷去吃掉，張三吃李四吃都一樣。

他們之間很少交談，僅僅是他去集市會幫她捎帶點小商品，在冬季之前她會應他之請，過去幫他拆洗縫補被褥。某次在枕頭底下翻出幾本書，封面是用人民畫報的彩色蠟光紙重新包裝過的，裡面發黃的紙頁殘缺不全，她翻了一下，什麼彼得、安娜之類的人名就搞得她頭疼。他見她把書拿在手上翻看，就來搶。她唬了他一下：「你在看黃色小說？」

他一笑：「你懂什麼！這是世界名著。」

她自覺文化程度不高，說是初中生，其實只上完了小學，會個加減乘除，寫寫家信。在那個年代夠了。但她內心對知識還有一份崇敬，世界名著當然在一個不可企望的高度，能夠讀世界名著的人也令人刮目相待。

插隊的日子是枯燥而漫長的，外面再天翻地覆，這兒的日子還是老牛破車般地閉塞，上海顯得越來越遙遠，她有時覺得自己會終老在這塊土地上，像所見滿臉溝壑的農民一樣被埋在地下，一輩子就匆匆過去了。

七六年底她沒回去，七七年國慶期間，家裡來信說母親病了，叫她回上海一趟。在走訪親友同學之際，每個人都在說知青返滬，誰通了門路調回來了，誰又申請病退，誰根本不回鄉下了，關了門在家復習功課，準備考大學……

這不關她事，她家裡既沒門路，也不符合病退的條件，至於上大學，她這輩子就別想了，她知道自己不是那塊料。雖然這麼說，但心裡還是有點動的，如果真的能回上海，就是能在里弄生產組有個位置也是好的，至少每個月有十幾塊錢固定收入，也不用風裡來雨裡去的辛苦了。還有，她今年二十三歲了，再在鄉下待下去，最後肯定是嫁個農民，一輩子和土地牲畜打交道。

回到鄉下之後，見了他，說了些上海的情況，看他走路一瘸一瘸的，說是下塘抓魚，腳底被蘆根紮了進去。她問上藥了沒？他手一揮：「我們這些人賤皮賤肉的，過幾天就好，上什麼藥！」

知名人士的兒子也回來了，一反過去的懶散，變得積極無比，割稻搶收，開水灌田，還自告奮勇幫農民修屋頂。在一個中午，大家吃過中飯回來，赫然發現知名兒子雙目緊閉地躺在地下，兩手各抓一把用來蓋屋頂的稻草，口吐白沫。生產隊長慌了神，大隊書記也來了，用床板抬去縣醫院，診療的結論是X度的腦震盪。

知名兒子就這樣辦了病退回城去了，資產階級囡囡乾脆人都不見，少根筋不知從哪兒聽來的；人家申請了去香港，連上海戶口都不要了。

日子沒什麼改變，本來常出工的也就他們三人，但是他常常請假，說是腳傷未好。這樣分配給三個人的活就得她們兩人來做，少根筋沒少抱怨；肯定是想學知名兒子的樣子搞病退，你又沒人家那個天分，裝病也裝得戲劇性十足。

她倒是看過他腳上的傷口，在右腳掌外側，創口倒已經結了痂，但是腳背腫得發亮，用手一按就是一個凹陷，鞋也不能穿。她叫他去看醫生，他苦笑了一下：「赤腳醫生看過，開了些金霉素眼藥膏外敷。」

在鄉下也只能這個樣子，正規的縣醫院離這兒百十里路，不到心臟病腦震盪癌症末期是不會送過去的。赤腳醫生肯給你開點藥已經不錯了，藥是用隊裡的辦公費買的，幾塊錢的藥費要用上一年半載的，你一個知青，常給隊裡礙手礙腳，不給你白眼就是很客氣了。

鄉下的農民祖祖輩輩就是這樣過來的，生了病受了傷第一是硬挺，實在挺不過了再胡亂找個跟醫藥有關的人求藥，直要等到病入膏肓了才往縣裡送，送到那兒人也就剩了一口氣。你知青是來受教育的，憑什麼跟當地老鄉不同？

過了兩個月那腫還沒有消退，反而漸漸地延伸到腳踝處，小腿上。他已經很久沒下地了，平時拖了一隻痛腳在屋子周圍撿些柴草做飯，後來連這也幹不了，好在知名兒子留下一隻煤油爐，託人去鎮上買點煤油，煮些麵糊對付著過日子。她空閒時會過去看看他，有什麼可幫忙的就順手做了。這種時候他坐在床邊，或躺在床上，一聲不響地看她忙活，直到她幹完，說還有事嗎？沒事我走了。他點點頭，說：「走了，走了。」

少根筋說你欠了他了？天天累死累活，有個空閒的時辰還要管這個廢人。她說人家受了傷，你沒看見？少根筋撇撇嘴：「誰叫他嘴饞，自找的。」

聽說對知青有了新規定：凡是在原居住地有單位願意接收的，公社裡一律放行。少根筋坐不住了，連夜打起鋪蓋回上海找門路。她家裡也來信說母親的身體越來越不行，想早點退休，順帶乘這機會把她的工作安排好。她接信之後一陣雀躍，回上海的曙光已在地平線上冒頭，一同插隊的五個人已經走了兩個，少根筋已經表示過，就是回上海吃老米飯也要比這兒好。那麼，他有沒有想過回城的事呢？他在上海總有些親戚熟人可以給他想想辦法的吧？

在一個下雨的黃昏，她推開了那扇破門，屋裡暗暗地沒點燈，臭氣薰天，她叫了兩聲不見回答就摸了進去，走到床前卻踢翻了一個臉盆，立刻瀰漫起隔夜陳尿的臭味。她在黑暗中點亮了油燈，床上一團揉得亂七八糟的被褥，正在她疑惑時，被褥動了起來，冒出了張慘白的臉，嚇了她一大跳。他撐身坐起，從枕頭下摸出眼鏡戴上：「你怎麼來了？」她說來看看，你怎麼不把臉盆端出去？放在地下被我踢翻了。他說讓它去，反正我也不下床。沉默一陣之後，她問道：「你的腳怎樣了？」他不作聲，只是微微搖頭。她撩起被褥，只聞見一股惡臭撲面而來，屏住氣看去，只見右腿比左腿粗了很多，像發起的麵團，在油燈微弱的光線下顏色發灰。他俯身把被褥拉上：「唉，看什麼看，味道不好。」她說你這樣不行，你要去看醫生。他翻了一下白眼：「腳長在我自己身上，我也知道要看醫生。錢呢？」她躊躇道：「也許可以先向隊裡借點？」他幽幽地說買煤油買吃食已經欠了隊裡二十多塊錢了，昨天會計才來過，問什麼時候還錢，隊裡要軋賬。她說你上海就沒有親戚朋友了嘛？他說有個堂叔，不過自從他下鄉後從沒來往。她說是親戚就不能見死不救啊！他冷笑了一下，說正是堂叔在文革初期去告密，說他父母早年參加過三青團，逼得父母自殺的。我死也不會去求他的。

她說不出話來，只是說你這樣不行，你這樣不行。

他煩了：「你沒事的話幫我去弄點熱水來，他媽的幾天來只喝生水。還有，隊裡分的茶葉你還有嗎？借我一點，明年收了茶之後還你。」

她提了空熱水瓶出門，走在窄窄的田埂上，心想他這個人也太固執，那年頭告密的事多了去，現在堂叔說不定也後悔。犯不著記一輩子仇。又想他這樣下去怎麼辦？會死嗎？心裡突然一驚；隔壁生產隊有個女知青，不知給誰搞大了肚子，八個月瞞不住了，赤腳醫生給墮了胎，之後得了產褥熱，拖了一星期，送到縣醫院還是死了。周圍方圓傳了好一陣。她搖搖頭，對自己說他不一樣，只是腳上割了個傷口，沒聽說過這點小傷會死人的。但是幾個月了哎，越拖越糟……

回家燒了壺熱水，灌滿熱水瓶，就往回走。走到一半又想起茶葉，返回找出三兩光景隊裡發的大葉子青茶。再來到他住處時看到他已經穿好衣服，扒在桌邊喝一碗顏色發綠的麵糊，喝完擱下碗，用她帶來的茶葉泡了一缸濃茶，點上一支煙，猛吸一口，吐出一團濃霧。

她被嗆得連連咳嗽，說：「少抽點煙，去看看病。」他不理會她的嘮叨，拿起桌上的煙盒，湊到燈光下數數裡面還剩幾支，數完說：「還有兩天的快活日子。」那煙是馬鞍山出的紅纓槍，九分錢一包，聞起來和ＤＤＴ的味道有幾分相似。

她想幫他把用過的碗涮涮，他說：「慢著，我還沒吃完呢。」把空碗拿在手上，碗沿碗底舔了一遍，才讓她把碗拿走。

她一邊涮碗一邊說：「有新政策了。」他沒發問，一抬頭，煙霧籠罩著他的頭部，在昏暗的燈下有如鬼魅。她平白地背上起了一陣雞皮疙瘩，想起小時候跟了祖母去廟裡，走散了，一個人穿過陰森森的殿堂，旁邊巨大的泥塑木胎面容猙獰，大殿的高聳的樑柱間青煙繚繞，她小小的人兒被噤住了，既不敢再邁步，也不敢在此地停留，末了她大聲嚎哭引來了人，被送到祖母身邊，一把摟住：「阿囡，丟了魂啊。」

她現在就有那種「丟了魂」的感覺。

她努力抑制住想要逃出門去的衝動，很快地講起知青中傳播的各種返城小道消息。他只是不接口，默默地聽著，兩眼放出光來。末了，她說：「你不為自己想想辦法？」

眼睛裡的光暗了下去，他狠命地抽口煙：「我？我有什麼辦法？」

「你在上海總有個把同學朋友、熟人。託他們找找關係，如果有個街道工廠，或者是里弄生產組要你，你就可以向隊裡提出申請。」

「誰會來管你？每個家庭都有一兩個插隊落戶的子女，自己都顧不上了，會來幫你？別做夢了。」

「至少你可以申請病退！你的腳……」

他手上的煙頭短得要捏不住了，他還是用兩個指尖捏了，送到唇邊，貪婪地深吸一口，才把煙頭丟在地上踩滅，低了頭道：「就是病退了我也回不了上海，我家已經沒人了。來插隊落戶時，戶口也被註銷了。」

「病退被批准了就可以重新上戶口。」

「可是他們不會分間房給你。我家那間房被房管處收了回去。」

這倒是個問題，上海居住從來成問題，很多人家三代同堂擠在十個平方米的住室，一幢石庫門房子，本來是一家人住的，現在都變了七十二家房客，連樓梯底下的儲物間都住了人，常有為多占一點地方吵得不可開交的。房管處手裡的房源極其緊張，斷不肯為一個返城的知青分一間房的。

「那你準備怎麼辦？」

「不準備怎麼辦。」

他話頭一轉，說起上次在她那兒吃的香腸有多美味，放在飯鍋裡蒸，連米飯都帶了香腸的味道，而臘肉，切成片弄點蒜苗一炒，放些辣椒，不知有多下飯。還有上海鴻運齋的叉燒，噴香滴油，杜六房的醬汁肉，切成小孩巴掌大的一方，鮮紅透亮，香糯鮮美，入口就化，他父親常叫他去買，大師傅會在肉上面澆一勺湯汁，他在回來的路上總是偷呡一小口，再一小口……

她不無悲哀地想，好容易出現了一個逃生的機會，他卻坐在那裡大談什麼醬汁肉。這不是畫餅充饑嗎？這種窮鄉僻壤絕沒有叉燒和醬汁肉的，這兒農民的吃食不會比豬食好到哪兒去，就如他剛才喝的那碗東西。人家說上海人最會審時度勢，門檻最精，鼻子最靈，哪兒有風吹草動就一窩蜂地一擁而上。知名兒子和資產階級囡囡都是人精，沒說的，連少根筋都懂得跑回上海去鑽營。面前的這個人怎麼啦？

心裡另一個聲音說：你又怎麼了？他回不回上海管你什麼事？他既不是你親戚，也不是你朋友，甚至不是你同學，你們只是在一個生產隊插隊而已。你自己的事還沒有一筆著落呢，少管這種閒事。

我管了嗎？我只是告訴他現在有這個機會，他也得為自己想想。他這麼個人，父母都不在了，為人又不乖巧，沒人在乎他，到時候連個肯幫忙的親戚朋友都找不出來。還有他那條腿，這樣拖下去不是個辦法，會變跛子的，上海醫藥條件好多了，該去好好地治一下。我只是出於好心，提醒他一下罷了。

出門時心裡七上八落的，好像有把草塞在那兒，難受得很。

少根筋像陣風似的回來了，帶了上海出產的蛋糕點心水果糖，關照她：「不許吃，我要辦事送人的。」接下來幾天少根筋提了禮品在支書隊長會計家裡連軸轉，弄得全村的小孩都跟在她身後討糖。晚上很晚才回來，說起鄉下人門檻賊精，禮也收下了，鎮上也請吃過好幾次了，可是支書嘴裡還沒鬆口，一直說研究研究。研究個屁啊，我就知道他居心不良，在飯店裡從桌下伸過手來摸我大腿。臭鄉下人，老色鬼。唉，不說了。你的門路通得怎樣了？

她母親前天來信說是已經向單位提出退休申請，由她來頂班，一等批准了就會把手續證明寄過來。所以她的心是比較定的，想到不久就可以脫離這兒，回到上海的親人身邊，一切的環境都是熟悉的，早上起來，睡眼朦朧地去街角上買回兩根油條，全家人圍桌就醬菜喝稀飯，晚上肚子餓了，可以端只鋼精鍋子去轉彎角上買二兩生煎包子作宵夜，禮拜天在公用水龍頭下洗衣服，小姐妹淘裡嚼不完的舌頭：誰軋了男朋友，被人看見在靜安公園蕩馬路。誰相了十幾次親，終於定下來了。誰甩了誰，攀高枝去了。誰又未婚先孕了，闖大禍了。洗完衣服下午可以去看場電影，聽說上海放好多外國電影，而這裡的鄉下還在放《智取威虎山》，幾百次了，每一句臺詞都能背出來了。看完電影小菜場彎一趟，買點小菜回家燒晚飯。那是普通得不能再普通的生活，可是對離家五年半的遊子是種致命的誘惑。

走吧，走吧，此時不走，更待何時？這塊窮山惡水沒有半點值得留戀的地方，知名兒子走了，資產階級囡囡走了，少根筋上竄下跳要走，自己也早晚要走的。剩下一個他，木頭人，難道他真的要老死在這塊鳥不拉屎的土地上？

心裡一驚，怎麼這個「死」又出來了？二十二、三歲的人，離那個字還遠得很哪。可是，他拖了條病腿，又沒錢治。上海沒個援手，此地農民和知青關係不好，巴不得這些上海小赤佬早點滾蛋，才不會來管你死活呢。我們都走了，他怎麼辦？

又去了那間破屋，他的情況更壞了，人瘦下去一圈，嘴唇上的皮都開裂了。現在不但右腿浮腫如故，連左腿也開始出現水腫。他已經走不出屋子了，站起來都很困難，有時連麵糊都煮不了，只能吃生的麵條，喝些水缸底混濁的剩水。

她去找隊裡，支書說我們有什麼辦法？她說送他上醫院啊。支書說隊裡窮得叮噹響，他還欠著錢呢。她說那你們也不能不管啊。支書說上海如果肯接收他，我馬上給他開證明。她軟磨硬泡，說到最後支書答應每天派個人去看看，給他提點水，把尿盆子端出來。

家裡來了電報，說母親的退休已經批准了，要她連夜趕回辦理手續。走之前她用自己的錢在村裡買了十幾個雞蛋，一些蔬菜，放在他床頭。中午送瓶熱水過去，又去鎮上買了十盒火柴和兩斤煤油，灌在一個農藥瓶子裡，放在他床邊伸手可及的地方。他看著她做這些事，悶悶地不作一聲，直到她要出門時，說了一句：「我怎麼還你這個錢？」

她在門口立住，本想說算了，但又怕傷著他自尊心，遂說：「等你好起來之後再說吧。」他面無表情地點點頭。

回到上海一個禮拜，把體檢，招工手續都辦了，又去派出所辦了戶口遷回證明。回鄉下的前一天，她去買了些香腸和臘肉，經過煙酒櫃檯時，停了下來，彎腰看櫃檯裡的上海牌香煙標價五角九分一包，差不多是下鄉知青一個月的收入，牡丹牌是四角九，大前門是三角五，飛馬牌是兩角八，她摸摸口袋，還剩六毛一分錢，買了兩包飛馬牌。

回村進屋，看到少根筋的行李已經打好了包，放在光裸的床板上，她問道：「證明辦下來了？」少根筋好像哭過，兩眼紅著，說：「這個地方我一天都不想耽下去，真希望這些人都死絕了才好。」夜裡兩人擠在一張床上，少根筋翻來覆去的，罵了半夜支書和隊長，她聽著，心裡知道少根筋必然是被人占了便宜，不禁一股寒意湧上，心想還好家裡給她找了這條出路，否則要脫離這片苦海，不知要付出什麼樣的代價了。

第二天跑公社辦戶口遷移，又去生產大隊結賬，她一年差不多出全勤，會計東扣西扣，算下來工分折合十一塊兩毛三分錢。回到住處，少根筋已經走了，給她留了張條子：越早走越好。政策常常變來變去的。胡亂吃了點東西，她提了香腸和臘肉，去他的屋子，躺在床頭的他眼睛凹了下去，頭髮好長，亂七八糟地粘在一起。說了聲：「來了？」她點點頭，又問：「辦了差不多了吧？」她又點點頭，把用塑膠紙包著的香腸臘肉放在靠床的桌上。他盯了一眼，說：「現在胃口不知怎的沒以前好。」她問道你的腿怎麼樣了？他說還是老樣子。她想說什麼又止住了，從口袋裡取出那兩包飛馬牌香煙放在床邊：「給你的。」

他馬上用顫抖的手指拆開包裝，取出一支放在鼻子下聞了聞，手忙腳亂地找火柴，她幫他點上。他深呼了一口，久久地憋住，最後吐出淡白色的殘煙，把燃著的煙湊近眼前仔細地看商標：「太奢侈了，太奢侈了，飛馬牌！你其實幫我買大聯珠就不錯了，一毛一分錢一包，比這裡的紅纓槍味道好多了。」她鼻子一酸，趕緊忍住，說：「上海人現在都抽帶過濾嘴的外國煙了。」

十天後就得去上海廠裡報到的，她掏了兩塊錢，請隊裡的拖拉機手把他送去縣裡醫院，排了三個時辰的隊，來了個很年輕的醫生，粗略地看一眼那兩條腫得如瓦罐粗的腿，說沒辦法，只能等自然消腫，好說歹說，結果給弄了些草藥洗洗。回來的路上他一言不發，她盡量用了樂觀的語氣說話，結果被他一句「沒用的」生生地截斷。剩下的日子裡，她盡力幫他做些洗刷縫補。在第八天上她還跑去公社，找書記，找知青辦公室主任，要公社給他安排個照顧，人家不耐煩地說你都要走了，別來煩我們。她說他一個人留在這兒生病，我走了也不放心。人家譏笑道：「那你發揚雷鋒精神，招了做女婿，一塊回上海去。」她被噎得目瞪口呆，滿臉通紅地說不出話來。在回來的路上發狠道，結婚就結婚，我就不信辦不回上海。但又轉輾想到家裡已經有個病人了，自己又剛回上海，萬事還沒著落呢，家裡不用說，肯定反對，心裡那股氣就泄了。

明早頭班車去合肥，再趕去上海的火車，她在推開那扇門時就有個預感，最後一次了。扶著門框的手就有些發抖，進了門裝出樂觀的語氣：「你得加油啊，養好了傷回上海。」看到他的目光，就說不下去了。倒是他開口問道：「要走了？」她點頭。再問：「明天？」又點頭。床上躺著的人不作聲，末了說：「那就一路走好。我大概是不能送了。」她趕緊說當然不要你送，你寬心養傷，爭取早日回上海。他只是搖頭，雙目閉著，良久，眼角滲出一滴淚水。很快地轉過頭去。再轉回來時已經平靜了，說：「我昨天又吃了一塊你帶來的臘肉，自己告訴自己節約點，但忍不住，我這個人就是嘴饞，沒辦法。」

她差不多要哭出來了，這個人可真是渾，什麼時辰了，還說這些芝麻綠豆的事。人家說溺水的人是連根稻草都要死死抓住的，他就真的沒有一點自救的願望嗎？

從那張臉上看不出這種願望，只有木訥，傍晚的斜陽從小窗照進來，映在他臉上，有一種認命的平靜。臨別的話語是零碎的，東拉西扯，斷斷續續的，即將來臨的空虛把所有的語意都碾壓得粉碎。就在她臨出門之際，他說還有一件事要請你幫忙。

她停在門邊，心想如果萬一他像公社的人那樣提出結婚的要求，她該怎麼辦？

他說：「請轉告少根筋，她的雞是我偷吃了，非常對不起……我大概沒辦法補還她了。」

她衝出門，在深濃的暮色中，她淚流滿面地回到自己的住處。

回上海之後馬上就上了班，在第一個月發工資時，她買了一斤肉鬆，寄去鄉下。沒有回信。第二個月她寄去六包飛馬牌香煙，也是沒有回音。心裡不禁有點怨怪，剛回上海，百事待舉，時間一久也把鄉間之事放置腦後了。

過去了大半年，一個星期天，她在後天井洗衣服，弟弟引了個男人來找她，面熟陌生，依稀記起好像是下鄉時鄰隊的一個男生，見過面沒說過話。那人自我介紹是最後上調的一批知青，說現在知青都走光了。他從提包裡取出用臘光紙包著的一本書：「就你們隊的那個人運氣不好，一個月前去了，敗血症。」

她神思恍然地翻開那本紙頁發黃的書，書名是《罪與罰》。書頁中夾了一張紙條，是寫在拆開的飛馬牌香煙殼背面的，歪歪扭扭地寫了她的名字，底下三個字：謝謝你。

手一鬆，書掉在地下，她捧了臉，潸然淚下。

她出門前把家裡收拾好，衣服洗出來了，一個禮拜的換洗有了，燉了一鍋骨頭蘿蔔湯，炒了一大碗鹹菜毛豆，既可喝粥亦可下飯，在老公的香煙錢中，她特意多留出兩塊錢，讓老公偶爾添個葷菜，大兒子正在發育頭上，人精瘦，胃口卻奇大，餓死鬼似的吃個不夠。她在家一直是捏緊了幾張工資過日子，她一走，老公大手大腳慣了，一旦袋袋裡多了幾個銅板，香煙馬上從大連珠換到飛馬牌，再叫上兩個狐朋狗友回來，半斤高粱一沽，熟食店裡切兩斤豬頭肉，再多鈔票也會被伊用光的。兩塊錢，是她可以容忍的範圍。

她手不緊行嗎？兩人工資加起來才七十一塊六毛三分，拿到手先要寄十塊錢給他在山東的父母。她自己的母親守寡十多年，跟了兒子媳婦住，吃口白飯而已，零用錢是沒有的，女兒偷偷塞個幾塊錢，做娘的還抹半天眼淚，把鈔票折了又折，藏在老棉襖的夾層裡。

還有家裡三個蘿蔔頭，十四、十一、八歲，吃起飯來像三隻無底洞一樣。最小的一頓也可吃三大碗，再加兩隻她工廠食堂帶回的白饅頭，大的兩個就不要說了。她曉得家裡飯菜沒有多少油水，那怎麼辦？糧油伙食水電衣裝鞋襪肥皂草紙學費書費雜費哪一樣不要錢？五隻手指頭擻六隻跳蚤，顧了這頭顧不了那頭。還有，老公的香煙老酒都是少不得的，雖然抽的是一毛三分的大連珠，酒是八角二分一斤散裝的白酒。可是天天消費，一個月下來還是一大筆賬，她不捏緊些怎麼辦？天上又不會落銅鈿下來。

她可不是沒見過錢的人，做出納的，進來出去，一個廠的財務都在她手上，月底發起工資來，上萬塊鈔票不是一張張地從她手裡數出去？心裡一本賬煞清，從來沒軋錯過。財務科長最信任的就是她了，所以這次安排她出差到南京，收筆兩千塊錢的賬。其實她並不願意去，家裡老小五張嘴巴，一日三頓要管好。還有，她天生要乾淨，每次出差回來看到家裡像狗窠似的一團糟，心中總是無名火起。可是，出差一天有一圓七角五分的補貼，幾天下來就是七八塊錢，算是肥差。老大一直吵著要雙高幫回力球鞋，做娘的就辛苦跑一趟吧。

坐的當然是慢車，下午一點半上車，到南京是第二天早晨。她帶了兩隻茶葉蛋，一塊烘山芋作晚餐，乘務員過來賣茶葉，五分錢一包，散發著一股濃烈的茉莉花香，她很想買一包，用搪瓷杯泡了熱水捂手，想來想去結果還是算了。

到了蘇州，站臺上有叫賣蜜汁豆腐乾的，一角八分一盒。她記得小時候吃過的，那粘答答的糖汁，那有彈性的質感，吃完之後口舌間的餘味，使她情不自禁地伸手去懷裡掏錢，手還沒有掏出來就被自己否定了，這次買了豆腐乾，下一站到無錫還有著名的無錫肉骨頭呢，到了鎮江還有肴肉呢，小籠包呢，吃溜了嘴那還了得？不買，什麼都不買。

和她並排坐的是個山東老大媽，頭上紮塊藍布頭巾，黑色老棉襖、紮腿褲，膝上放了一個帶提把的藤籃，悶了頭在籃裡掏啊掏，最後從提籃裡掏出一把帶殼的花生請四周的旅客吃。看她客氣推卻，老大媽抓了一把花生硬塞在她手裡，笑咪咪地瞅著她。

老大媽一個人坐火車寂寞，本想是拉拉家常的，可是周圍的旅客誰也聽不懂她那口山東土音，她一面剝著花生，一面極力想聽懂老大媽說些什麼，花生吃完，她大致弄懂老大媽是去舟山群島看當兵的兒子，兒子服役的軍艦卻出了港，什麼時候回來也不知道，老大媽住了三天的鄉村小店，聽不懂那兒人剪了舌頭的話，也吃不慣那兒的伙食，就打道回程了。

她哼哼哈哈地表示同情，但語言不通，也無法再交談下去。窗外的天已經暗了下來，餐車裡傳來蒸米飯的香氣，很多人起身往那兒走去。她解開手絹包的食物，先吃一個茶葉蛋，再吃烘山芋，烘山芋冷了，吃得胃裡像擱了塊絲瓜筋。她拿出一個搪瓷缸子，問列車員討了杯開水，喝完才舒服點。

火車在黑夜裡晃晃悠悠地走一陣停一陣，車廂裡的人都在東倒西歪地睡覺，她也睡一陣醒一陣，抬頭看見窗外黑咕隆東的村莊，沉在天邊的月亮，恍然才記起人在旅途，離那個逼窄的家越來越遠，不知怎的，突然有了一股淡淡的，溫暖的憂傷。

到南京後，她去那個單位聯繫，人家告訴她明天可以來拿錢。她在一家小旅店登記了住下來，雙人房是四塊錢，四人房是一塊二毛五，通鋪是六角錢。她猶豫了一下，要了通鋪。廠裡已經給了她津貼了，她能為廠裡節約一塊錢就是一塊錢，不就是一夜嗎？對付一下就過去了。

南京有中山陵、雨花臺和宣武湖等名勝，但她在一個陌生的城市裡不敢走遠，只是在附近逛了逛，市容比她想像的蕭條，店裡沒什麼貨物，她想買串當地名產鴨胗肝帶回去給老公下酒，問了營業員，得到的是一聲不耐煩的：「沒貨。」掃了興頭，在小麵攤上吃了一碗素蓋交面，就回到旅舍來。

同鋪的有一對母女，來自東北，脫了鞋盤腿坐在鋪上，用很長的煙桿抽旱煙，往地下吐痰。還有一個面孔黝黑的中年婦女，操蘇北口音，眼光像紮鞋底的針一樣，不住地往她身上瞟。帶了一個七八歲的小女孩，那小女孩一副畏縮的神情，好像很怕那中年婦女。那女人對她倒熱情，讓她用打來的熱水洗臉洗腳，不斷地跟她拉家常，家住哪？來做啥？住多久？晚上睡覺時，她睡在東北母女和蘇北女人中間，被褥的骯髒是她沒有想到的，長久不洗頭的頭油味，人身上不洗澡的隔宿氣，穿橡膠鞋的腳丫子味，胃裡打嗝泛出來的大蒜味，還有種種她辨別不出來的怪味道，直薰得她頭昏腦漲。她連衣服也不敢脫，只想今夜胡亂對付過去，睡著了就聞不到了。

昨夜在火車上沒睡好，人躺下沒多久就睡了過去，到半夜卻醒轉來。那對東北母女大聲地打鼾，那小女孩還磨牙，外面走廊裡有人拖了沉重的行李走過。沒來由的，她突然覺得渾身發癢，越來越癢，而且癢得蹊蹺，癢得渾身如有麥芒在刺，癢得她輾轉不安，癢得她欲哭無淚。

跳蚤！

該死，她怎麼沒想到這個？在這種南來北往的小店，是跳蚤和蝨子最好的滋生地，被褥十天半月都不洗一次，牆縫裡、枕頭裡、棉絮裡、床板裡到處都是下卵的好地方。這些小蟲子白天棲息，晚上被人的體溫一捂，成群結隊地跑出來作怪肆虐了。

她把手伸進衣服內，搔個不停，搔這兒那兒癢，搔那兒這裡癢。但是為什麼別人都睡得好好的沒事，只有她被折騰得翻來覆去？連腳底心也發癢。難道這些跳蚤專門挑了她這個細皮嫩肉的上海女人來咬？還是她自己神經過敏，越搔越癢，越癢越搔？

她是最要乾淨的人，家裡雖小雖簡陋，但收拾得乾乾淨淨，老公和三個孩子的內衣每隔一天就要換洗，她的床是不容許人家隨便坐的，如果哪個鄰居上門不識相坐在她床上，下次就別想再進門。每隔一個禮拜總要大清洗一次，抹地擦窗洗被單，平時沒事都要拿塊抹布東擦一下，西抹一下……

這下可好，她出一次差竟然惹上一身跳蚤和蝨子，這些蟲子如果帶回家去後患無窮，藥水浸，開水燙都效果不大，冬伏夏出，時機一到，藏在縫隙角落裡的蟲卵孵化出來，滿屋滿床，滿頭滿身。

她的雞皮疙瘩都起來了，明天第一件事是要洗個澡。

天濛濛亮她就起來了，反正也睡不著，那個蘇北女人也醒了，她在櫃檯上問服務員哪兒有澡堂時，蘇北女人一面刷牙一面聽著。她收拾行李時，那蘇北女人還跟她打招呼：「大妹子，要走啦？不多玩兩天？」

她按照服務員給她的地址找到澡堂，卻被告知要下午一點鐘才開門營業，她的車票是下午五點返回上海。沒辦法，她只能先去協作單位拿錢。人家讓她在財務科等著時，身上又癢了起來，要人命似的，又不能在大庭廣眾下伸手亂搔，她只能把背脊抵住椅背，暗暗地蹭過來蹭過去。她可以想像一隊跳蚤在她背上列隊而過，再分兵幾路，一路向她的頭髮進軍，一路向她的腰間大腿肚腹處迂迴進攻，還有一路是遊兵散勇，渾身亂爬，東咬一口，西叮一下，直把她折騰得坐立不安，心神不定。人家財務科長拿來一疊鈔票，在她面前點清，叫她再核對一遍，她點了三次竟然是三個不同數目。一抬頭，那財務科長竟然眼不錯珠地盯住她脖項發呆，她懷疑是否有蝨子從領口爬了出來？直羞得臉紅耳赤，把錢款往手提包裡一塞就跑了出來。

中飯也顧不得吃了，等在澡堂門前排隊，在長長的隊伍中，她恍惚看到那個蘇北女人帶了小女孩也排在隊伍中，大概是早上聽了服務員的話也來洗澡的吧。正在這時，澡堂開門了，她不及多想，隨了人群湧進霧氣蒸騰的浴室。

她急急忙忙地卸下所有的衣物，把外套和手提包交給服務員，服務員用根長長的叉子，叉到高處掛起來，她把內衣一起帶進浴室，洗完澡再把這些內衣洗了，決不能把跳蚤蝨子帶回家去。

浴室裡擁擠不堪，在霧氣中白花花的人體擠成一團，年老的、年輕的、胖的、瘦的、剛發育的年輕女孩解開長長的辮子在水龍頭下沖洗，乳房下垂的中年婦女大聲呼叫自家的孩子，幾個老年婦女安靜地坐在水池邊，用臉盆裝了熱水往身上淋，小孩子們則光了身子到處亂竄，在濕滑的地上摔倒，哇哇大哭。她好容易才搶到一個水龍頭，先洗頭，打了兩遍肥皂，再洗身體，狠命地搓，搓得發紅，搓得差點破皮，再把水溫調得很熱，站在水龍頭下長時間地沖洗，足足洗了一個鐘頭，完了再用臉盆裝了開水，把內衣褲浸進去，打上肥皂，動手搓了起來，直到一切忙完，才稍微寬心了些。

正當她精赤條條地從浴室出來之際，正好看到那個蘇北女人牽了小女孩出門，那小女孩回頭看了她一眼，眼神裡有一種驚惶和羞愧，蘇北女人用勁一拉：「磨蹭什麼。還不趕快走。」

那條棉門簾放下，她突然打了個激靈。

昏了頭了，她怎麼忘記了手提包？裡面有她剛拿回來的兩千塊錢，都是五塊十塊一張的票子，用橡皮筋紮著，放在一個印有協作單位廠名的信封裡。提包裡還有她的換洗衣物，還有她的錢包，錢包裡有她的回程車票，工作證，有十來塊鈔票和全國糧票，有……

她抬頭看去，那個提包已經不在那兒。

她不及多想，隨手抓過一條大毛巾往身上一裹，就掀開門簾趕了出去，外面是賣浴票的櫃檯，她撥開人群，急問：「有沒有看見一個女人，帶了個小孩，七八歲光景？」

賣浴票的年輕女孩一臉不耐煩：「誰跟誰了？什麼女人小孩！我又不是替你管人的。你看看你自己像話嗎？一邊去，下一個。」

她六神無主地呆立在那兒，耳邊聽到年輕女孩輕蔑地吐出一句：「神經病。」

她突然就推開浴室的大門跑到街上，一眼看見對街蘇北女人拉著小女孩正拐過街角。

她無視街上路人的驚愕，也不管剛洗完澡的身子一下子暴露在冷空氣中，更顧不上腳底的路面高低不平，污水橫流，拔腿就追，在自行車和卡車的縫隙中躲閃，急跑，再躲閃，再急跑，一隻手緊緊地按住身上裹的毛巾。

兩千塊錢是個怎麼樣的概念呢？不要問她！兩千塊錢對於她來說是個無窮數，她全家幾年收入的總和，一家老小的性命也抵不上。兩千塊是她一輩子不可能存得起來的數目，是她賣空家當也賠不起的一筆鉅款。兩千塊還是無數雙高幫回力球鞋，是可以喝上一輩子的骨頭蘿蔔湯，是吃不完的豬頭肉，是老公嘴裡的煙酒，三個兒子的衣裝伙食，是她七十老母眼巴巴盼著的零花錢。兩千塊錢還是組織的信任，是她天大的責任，是她在廠裡做人的底線。

看到了，看到了，那個女人手裡拎著的不正是她的提包嗎？一眼就認得出的；提攀上用綠色塑膠線繞了一遍，黑色人造革上印了幾個白字——上海第一百貨。沒錯。

那女人回頭一望，見她追來，一愣，竟撇下小女孩跑了起來。

她沒注意到身後跟來了一群人，她只想那個提包還在，至少在她目能所及的地方，在十幾米遠的地方，被一個腳步趺趺撞撞的女人挾在腋下，那是她的提包，裡面有兩千塊錢，那是她的命。

裹在身上的毛巾已經被風吹散，像一扇碩大的翅膀在風中展開，她一隻手下意識地緊緊地攥住一角，不使毛巾完全被風颼走，她的腳步並不因此慢下來，掠過目瞪口呆的路人，掠過那個一臉驚慌的小女孩，向蘇北女人急奔而去。

蘇北女人看看跑不了，乾脆就地蹲下，把提包抱在懷裡，一副豁出去任你發落的姿態。她伸手去蘇北女人懷裡奪包，那女人死死地攥住，一點也沒有放手的意思。

人群圍上來，南京人哪見過這檔大戲，很快就裡三層外三層，大家踮起腳，脖子伸得像鵝一樣，還有人往裡擠，路上的卡車也停了下來，司機從窗裡伸出頭來，居高臨下地看這場好戲。

在推來攘去的人群間，毛巾被擠落了，她彎下身，看見自己的右腳豁開好大一個口子，血正汩汩地流出來，她腿一軟，隨即一屁股坐到地下，她開始驚慌，開始意識到自己在大街上赤身裸體，是無數隻好奇的眼睛觀看的中心，一股深刻的荒謬感伴隨著巨大羞恥心冉然而起，她試著去揀那塊毛巾，早就在地上被無數雙腳踩來踩去，不可再復得了。

她死死地抱緊自己赤裸的身體，蜷縮在眾人的腳下，裝著兩千塊錢的提包還在那兒，在一個同樣被沒有面目的人群困住的農婦手裡，她恍恍惚惚地知道錢是安全了，只是人軟得撐不住，如果不是背後有人扶住，她想自己一定會昏過去。

人群中有人高叫：「警察來了。」

她已記不清是怎樣被人扶了起來，也記不清是誰把一件棉大衣披在她身上，她只是意識到被人扶上一輛運貨三輪車，後面跟了一群閒人，一個員警騎了自行車在前面開道，而自行車的把手上就掛了她那只纏了綠色塑膠線的手提包，她沒看見那個蘇北女人，她已經不重要了。重要的是她想趕上今晚的火車，重要的是她要把這一切忘掉。

還有，最重要的是不要把蝨子帶回她那個乾淨的家去。

痛

門一開，一個陌生男人走了進來。

她下意識地往後縮了一下，想把自己在床帳子裡藏起來，但是，她大老遠地跑來，不是正為了見這個人嗎？

男人矮個子，穿了件藍布中山裝，褲腿挽起，光腳穿一雙泥星點點的解放鞋。跟當地農民不同的唯一之處，是鼻樑上架了一副斷了腿，纏了橡皮膏的白框眼鏡。他返身仔細地掩上房門，在八仙桌旁的一張凳子上蹲了，從上衣口袋裡掏出一包煙絲和裁成一條條的報紙，捲起莫合煙來。

她急忙從桌上拆開的大前門煙盒裡抽出一支，遞了上去。

男人接過，放在鼻子底下聞了聞，小心地放在耳朵上架好，點燃了自己捲好的莫合煙。一股灰白嗆人的濃煙噴出，她喉頭一緊，嘶啞地咳了幾聲，想吐，趕緊喝了半碗水，才把胃裡的翻騰壓下去。

房裡昏暗，男人的臉在煙霧中不甚清晰，那雙藏在白框眼鏡後的目光看著地下，用本地話詢問道：「多久了？」

她恍惚地回答：「哦，昨天下午到的。」

那男人抬頭：「我是問你『多久了』？」

她意識到自己的慌亂和心不在焉，趕緊收斂一下心神，答道：「總有兩個多月了，也許三個月了？我不知道……」

「那為啥耽擱到現在才來？」

「我也不知道……」

她願意拖這麼久嘛？事情剛來時，她還心懷僥倖，希望只是從皖北回到上海之後，身體的一時不適。一個多月後沉不住氣了。跟他一說，第一個反應竟是：不可能吧，我是做足了預防措施的。她在情急之下，也聽出這話裡竟有推諉的意思。一下愣住了，一個小女子，在這種事情上著了道，連分辨的話也講不出，只會嚶嚶地哭泣。最後要她再等等，讓他去想辦法，這一想就是個把月，間中還去青島遊玩了一圈，在輪船上遇見個女軍人，邀了人家來上海，每天陪進陪出地不見人影。晚上十一點多，她到他家樓下堵住了他，要討個確切的說法，等來竟是一張極不耐煩的臉孔，欠多還少似的：「有什麼好多說的呢，去人流啊。」

這可不是傷風感冒，去地段醫院掛個號就擺平的事。那個年代未婚先孕，醫院是不給做人流的，要做得有單位的介紹信。她剛從鄉下回城，還沒有分配單位，暫時在街道居委會掛著。這個馬蜂窩一經捅穿，樓上阿婆樓下嬸娘的嘴還攔得住嘛？在那種颳風落雨般的譏諷嘲笑話語之下，她還能有臉在此地混下去？屋裡爺娘到現在還不曉得，曉得了真會要了他們的命。

他輕描淡寫地說：「那只有到皖北去找找路子，託熟人想辦法了。」

他中學的同學的哥哥在鳳陽插過隊，和大隊的赤腳醫生關係不錯，送了三十斤全國糧票，打了招呼。她在一個風雨交晦的黃昏在北站上了火車，向西北而去。他說了：「送呢就不來送了。」要避嫌疑，畢竟是分配工作的緊要當口，話再說回來他也幫不上別的忙。

一路風雨，她乘了二十幾個小時的火車，到了鳳陽又轉乘長途汽車，最後在鄉間泥濘小道上跋涉了三個多小時，問了五六次路，終於摸進他同學哥哥的房東家，又冷又累，話都講不出來了。人家指給她一間偏廈，房裡一架舊式大床，掛了發黃的舊蚊帳。地下一條長凳，方桌上供了一張老太婆的像，炭筆畫成，裝在一個黑色的框內，畫像前供了一碗米，一碗濁水，還有一盞如豆的油燈。夜裡，她和衣躺在發硬的土布被褥中，聽得後院秋蟲有氣無力的鳴叫，想到上海這二個月的情形，心裡就一跳一跳地痛，知青返城後，他的態度就有了微妙的變化，雖然還跟她相交來往，抽空了也抓緊時間做男女間那件事。但以往的體貼沒了，柔情沒了，心思也沒了，草草地敷衍了事。就像是去菜場晚了，隨便抓了一把在籃裡似的。出事之後，他倒是還有心情出去遊玩，帶了人回來，說人家老頭子是軍分區的副司令，對分配工作有幫助的，結結實實地堵了她的嘴。

畢竟在人流這件事上他是出了力的，心裡馬上有個聲音嘲笑道：出力？為誰出力？他大概最怕的是事情抖了開來，對分配不利吧。

真的那麼要緊嘛？不管分配到哪個廠哪個店，大家一律是三十六塊錢。怕是借了這個緣頭，陪了女軍人逛老城隍廟吧。

輾轉難眠，起起伏伏，一夜沒好睡，以致她面對了赤腳醫生神思恍惚，前言不搭後語。

男人說：「太晚了怕不好弄下來，你知道，此地比不得上海，沒設備也沒條件的，主要是靠土法上馬。」

她點點頭，表示知道。

男人又說：「阿黃跟我玩得不錯，既然他開口相託，我也就應承下了。不過話要講在前頭的……」

她第一次臨到這種事情，心中一點沒底，只是木然地點頭。

男人說：「沒有麻藥，會有點痛的……」

她驚問：「痛得很厲害嗎？」

「我可以給你吃兩片安定。」

「吃了呢？」

「吃了你會想睡覺，那樣就會好過一點。」

她稍微得了些安慰：「那好吧。」

「還有件事……」

她又緊張起來：「什麼事？」

男人道：「會出血，有人只有很少的一點。有人就會大出血。」

「那怎麼樣呢？」

男人把短得捏不住的煙蒂扔在地下，站起身來用腳尖碾熄，看了她一眼，用輕視又憐憫的口氣道：「你這個上海婆娘連這點也不懂？當初幹什麼來著的。如果血止不住，會死人的。」

她沉默不語。

男人走到門邊：「天暗了看不清，我明天一早過來。」

真的會大出血嗎？她的體質一向羸弱，過得了這一關嗎？

如果真的死在這裡，會怎麼樣？大概就是用草席捲了，隨便哪塊野地裡一埋就是了。消息傳回上海，他會有什麼反應？傷心悔恨？或者，一個包袱卸下，鬆掉一口大氣？還有，臨走前她告訴家裡：鄉下還有些回城的手續沒完備，是去補辦的。爺娘突然聽到女兒沒了，還不哭死了。她該怎麼辦？

二十二歲，如花盛開的年紀，剛剛回到夢寐相思的上海，好日子才開始。突然這個生死的抉擇就放在面前，沒人可商量，沒人可依靠，甚至沒人送一杯熱水。一切都要她自己決定，要她自己處理。生死後果，也只有她一個人去承擔。

一瞬間她想逃回上海，抱緊了爺娘大哭一場，把事情所有的來龍去脈攤在他們面前，雖然指責，斥罵是免不了的，但總是自己的孩子，爺娘會照顧她，會竭盡所有來幫她，會把她置於他們的呵護下，就像小時候生了白喉，高燒發到四十度，躺在兒童醫院裡昏昏沉沉，但一睜眼就看見爺娘陪護在床前，就是在病痛磨難中也有一份心安。

可是未婚先孕和白喉是兩回事，爺娘不但要付出心力辰光，連面子都一塊賠了進去。文化革命十年，爺娘老了不止二十歲，胃潰瘍糖尿病都上了身，他們還經得住再一次的折騰嗎？不行……

那只有一條路好走了，在一個陌生的地方，由一個陌生的男人給她做刮宮手術，做完就可以回到上海，把一切忘掉。她知道刮宮會痛，人家說過：那痛起來像把刀片在手心裡劃，你還不能把手掌蜷縮起來。但赤腳醫生不是說過了，可以吃藥的嘛？迷迷糊糊地一覺醒來，一切都結束了，就是太對不起還沒出生的孩子。

也不知道這個小不點是男是女，不知道在手術中他或她會感到痛嗎？人家說三個月大的孩子已經有感覺了，如果他真的感到疼痛又喊不出來叫不出來，那會是什麼樣的一種情形？想到這兒神經都繃緊了，毛髮都豎了起來。寶貝對不起了，真的對不起了。我們犯的錯誤不應該讓你來承受，但實在是沒有辦法的事，你在這個世界是不被容許的……

男人站在門口，還是昨日那件藍布中山裝，提了個人造革提包，他掩上門，轉過身來說：「把褲子脫了，去床上躺著。」

她咬著下唇，羞愧已極，在一個陌生男人面前脫去衣服，裸露出女人身體最隱秘，最敏感的部位，由這個陌生男人審視，撥弄，刺戳，掏刮，真是比死還要難過的事。看她遲疑，男人催促道：「別磨蹭了，我是抽空來的，下午還要去牛頭鄉開會，十幾里路的……」

她爬上床去，在被褥下把褲子脫了，閉著眼睛平躺著。男人把提包擱在桌上，掏出一個小藥瓶，倒出兩小粒藥片：「安定，先吃了。」她默默地接過，用水送下，又復躺回床上。

在咫尺之遠處，她瞥見男人挽起袖子，正把提包裡的東西往外掏，擱在長凳上，計有一塊舊毛巾、一團發灰的棉絮、一二株尺把長的金屬杆子、一瓶酒精、一瓶紫藥水。男人的手掌骨結粗大，手背上的皮膚上有一條兩寸長的創口，剛結了痂，周圍有殘存的紫藥水。他的手不知洗過沒有，可以看見指甲裡的污垢。

她的意識開始模糊，但並沒有睡去，她可以感到那個男人掀開被褥，一陣羞恥感並著涼意襲來，她的身體抽搐了一下，本能地把腿蜷縮起來。男人粗魯地抓住她的膝蓋，用力把她的腿打開。她輕微地掙扎了一下，倏然想起來此地的目的，又頹然地放棄了，只是目光散亂地盯住房樑上佈滿灰塵的蛛網，再上面有一片屋瓦碎了，一束灰色的光線從頂上漏了下來。照亮了一隻被蛛網粘住的蛾子，偶爾掙扎著拍動翅膀，間隔卻越來越長，動作也越來越微弱。突然，毫無防備地，一個冰冷的物體一下子進入她的體內，左衝右突，攪得五臟六腑翻騰起來，使得她想嘔吐、喊叫。男人的聲音從床後頭傳來：「放鬆點，你這麼扭著麻花我怎麼弄？」

她試著讓自己放鬆下來，羞恥感已經遠去，她儘量張開大腿，讓那根進入身體的杆子沒有阻礙地深入她的內部。兩隻手卻緊緊地摳住床上的褥子，頭往後仰去，頸部僵直，抵著灌著稻糠的粗布枕頭。她可以感到男人把第一次進入體內的杆子抽出，換了一株杆子，帶著一股新的涼意，重新在她體內探弄。

第一記疼痛來得如閃電般地猝不及防，具體的疼痛點好像並不是下腹部傳來的，而是靠近心房下面的橫隔膜那兒，正如平日所說的「痛徹心肺」，五臟六腑像是被鋼筋尖樁一下貫通般地。她整個人縮了起來，額上汗水一下子湧出來。不容她換口氣，第二波疼痛很快接踵而至，她後仰著頭，眼神空洞，大汗淋漓，渾身上下所有的神經感知都集中到下腹處，可以感到一具尖利的器具，像一條滿口利牙的蛇一樣，從下面伸入體內，在腹腔，在兩髖之間，在尾椎骨到肚臍眼的方寸之地，不斷地抓撕、剜割、攪動、牽拉，一而再，再而三。可以感覺到體內的器官被叼起、撕扯、切割、剝離，再被硬生生地拽出體外。那種續持疼痛之感一刻不間斷地顫動著，器具在體內探撥搜尋時帶來鈍痛，像打鼓似的延綿一片。當器具在體內咬住了什麼，不斷地左右擺動，牽引，那時尖銳的疼痛如急雨襲來，無止無息，滌蕩一切，裹挾一切，毀滅一切。

她覺得自己快要死了，就像房樑上那隻被蛛網粘住的蛾子，這樣排山倒海的疼痛無論如何是熬不過去的。強烈的疼痛像一座大山，把她壓在底下喘不過氣來，又像一口深井，她無論怎樣撲騰也攀不上來。她的心臟狂跳，呼吸急促，汗如急雨，肌肉不住地抽搐。她的意識漸漸地模糊，眼皮底下強光和黑暗交替而來，屋裡的傢俱什物開始漂浮，昏迷中，瞥見桌上鏡框裡的老婦人正俯身凝視著她，臉上的皺紋縱橫交錯，眼神木然，一張癟嘴嗡動地說著意義不明的話語，平和卻催眠，嘴角上口水淋漓而下，滴在她的臉上。昏眩的深處卻還存在最後一絲意識，知道這是一個已經死去的鬼魂，從冥界浮上來的誘惑。掙扎著揮手驅趕，「當」一聲，卻把擱在桌沿上的搪瓷水碗，打翻在地。

如世紀般地長久，終於，床後那個男人吁出一口長氣，直起腰來，用毛巾托了些東西，擱在床邊的桌上，開始在一個瓦盆裡洗手。她極力睜開眼睛，看到他正注視著她，於是用低啞的聲音問道：「完了？」

「完了。」男人點點頭。

疼痛並未離去，尖銳的疼痛變成擴張的鈍痛，她只要身體一動，噬人的疼痛就如守候在一邊的野獸撲將上來，她抬頭向下看去，被單已經蓋上，心中稍微安定了一點。

她的目光轉回來，桌上擱著的毛巾包裹著的東西，小小的一團，有淡淡的血跡滲開來，她不敢看，知道這是剛從她身體裡剝離下來的胎兒，她的孩子，活生生的孩子，在一個灰濛濛的早晨，在一所遠離上海的農舍裡，被切成一塊塊的，支離破碎地躺在一塊骯髒的毛巾裡。

男人洗完手，從桌上取了一根煙叼在嘴角：「是個男孩。」

她心裡有什麼東西在這一瞬間崩塌，所有的疼痛一下子回來，以千百倍的強度撞了回來，一把扼住她的咽喉。她想要叫喊，想要長嚎，萬念俱灰，她情願跟了幻覺中的老婦人而去。但是她實在太虛弱了，什麼也做不到，惟有發出一聲斷續的哽咽。

男人默默地收拾完東西，在出門時說了一句：「讓房東去供銷社買點紅糖，沖開水喝。好好地躺兩天。」

她掙扎地半抬起身，腹部痛得一抽搐，強忍住。問道：「等一下，大哥，你會把他怎麼樣？」

男人看看她，又看一眼手上毛巾包裹的胚胎：「扔豬圈裡囉，豬會啃了他。」

她驚詫之極：「什麼？」

「鄉里都是這麼做的，死孩子的魂才不會回來纏你。」

她翻著白眼說不出話來，只覺得六輪地獄的門洞開，她筆直地向下墜去，剛穿過剐肉刀山，面前卻是苦海無邊。也許，有朝一日身上的傷口會愈痊，但心裡的那種噬疼呢？她永遠逃不過去，一輩子，兩輩子，無窮無盡……

她不顧傷口牽動的劇痛，以及一陣陣湧上來的暈眩，伸出手去，可憐巴巴地哀求道：「大哥，求你了，把他埋了。好不好？」

男人為難道：「沒時間囉，我還得去開會。」

她在床沿上磕下頭來：「求求你了。無論如何求求你了。」

男人道：「要不，我把他留在這裡，你自己想辦法？」

她實在不能再硬求了，悲苦地點了點頭，兩行清淚潸然而下。

男人攜了提包走出門去，門板砰然一響，留下她，和切碎的胚胎，以及一房間濃重的血腥氣。

黃昏時，她蓬頭散髮地挪起身，忍著撕裂般地劇痛，兩隻腳慢慢地挪動著，蹩出後門，穿過菜園，爬上一個土丘，在一株小小的皂角樹下，用手刨了個淺淺的坑，把毛巾包著的胚胎埋下。然後，兩眼發黑地摸回來，一頭紮在床上。

長夜如死。

兩天後，她坐在人家自行車的後座，顛簸地穿過鄉村土路，搭上長途汽車，坐慢車到從蕪湖到蚌埠，再轉車到南京，搭上九七八號京滬線，一臉慘白地回到上海。

遇

他一抬頭，那道目光就避開去。

九點三刻，星巴克第一波顧客潮已經退去，櫃檯上排了二三人的隊，店堂裡坐了七成客人，在桔色的燈光下，學生們專注地盯在打開的電腦螢幕上，情侶依偎在一起，從一個杯子裡喝飲料。做卡普契努的機器嘶嘶作響，一股濃郁的鮮奶和咖啡香味瀰漫在半明半暗的空間裡。店堂裡播放著藍調爵士，旋律慵懶而憂鬱，窗外的街道上飄蕩著淡藍色的霧氣。

他坐在靠裡面的沙發上，筆記電腦擱在茶几上還沒插上電源，手邊有一份當天的報紙，第一版是當地出生的軍人在伊拉克戰場上陣亡的消息，國際市場上石油每桶衝上九十元大關，他瞄了一眼很快地翻了過去。另一條新聞是關於某種新合成的基因工程，他花了幾分鐘瀏覽一遍，然後把報紙對折起來，放在公眾書報筐裡，拿出手提電腦。

茶几上的插座在另一端，插上電源之後退回沙發落座之前，那道目光又掃過來了，像具探照燈般地罩住，幾秒鐘的停留，又不動聲色地移開去。

是誰？鄰居？熟人？在某個場合見過一面的點頭之交嗎？記憶中搜索了一遍，他不記得這道目光。

那人坐在窗前，逆光，看不清五官輪廓，感覺是四十多歲的中年人，深色頭髮，體型削瘦，應該是亞洲人，但不一定是華裔。

他在這個城市裡只有很少的交往，生了那場大病之後，對生命和生存有了另一種看法，朋友來往只限於電話和短信，不聚會，也不接受任何邀宴。每天散步三英里，從家門口走到星巴克，買一杯不含咖啡因的摩卡，他現在所需要的是孤獨和安靜，心無波瀾地觀察四周的人物景色，更多的是內視自己的內心，體會生命在時間中靜靜地流動，偶有所感，寫下一篇小文章。

隱士般的日子，沒什麼不好。古人說：小隱於野，中隱於市，大隱於朝，現代人也只有中隱一途。咖啡館是扇窗口，他在這兒讀報、上網、寫作、喝咖啡、看人與被人看，目光淡淡地掃過去，附著又被撣落，再不露聲色地收回。如路過鄰居家，從伸出籬笆的枝頭摘下一枚果子，放在唇間品味似有似無的一股香味。

但你不可端了筐子去採收，坐在公共場合也不可毫無顧忌地對人打量個不休。分寸是我們社會平衡的一個準則，多了少了都會使人不舒服。

咖啡館雖然是個公共場所，隱私權是靠互相尊重來維持的，任何人不得以語言、動作，包括目光來打擾別人，一個人的自在和閒適，會在另一個人探究而執著的目光下溶化掉，如太陽底下的一罐霜淇淋。

但你不能讓太陽換個位置，你也不能叫人別看你。你可以走開，你可以回視，你可以置之不理。最好是置之不理，任外面急風暴雨，室內自有祥和靜穆。

他按下電腦的啟動鍵。

網上瀏覽新聞，一目十行看了也不記得說了些什麼。打開文檔，昨天寫的一篇文章需要潤色，但竟然讀不懂自己所寫的文字。情緒不安如暴雨打得屋頂啪啪作響，室內金魚缸的水面波濤粼粼。那束固執的目光穿透螢幕，在字行裡跳躍、攪拌、挖掘，沒人能在探照燈光下閱讀、寫作，就是閉上眼睛假寐也辦不到，眼皮在強光的照耀下不住地痙攣。

他告訴自己，別抬頭，別去和這樣一個陌生人對視，你是來尋求輕鬆的，別給自己找不自在。我們不能左右世界，但我們可以把世界摒棄在外。放鬆自己，眼觀鼻，鼻觀心，深呼吸，慢吐氣，把不相干的事物從意識中排除出去。

一二三四五六七……

突然一聲尖叫，一個女顧客失手把一杯滾燙的咖啡打翻在地，湯水四濺，櫃檯裡的夥計趕緊跑出來收拾。店堂裡的客人被驚動了，挨近的站起身來，坐得遠一些的轉頭觀望。他沒法不受干擾，剛一抬頭，就看見那道目光穿過紛亂的光和影，鎖在他臉上。

豈有此理，如此地鍥而不捨，步步進逼，一點餘地不留。平靜的心境不再，這個早晨要報銷了，現在要麼關上電腦，端起杯子走路，要麼，瞪回去，以其人之道，還其人之身。

坐直了身子，翹起一條腿擱在另一條腿上，一隻手在膝蓋上輕輕地打著拍子，就這樣，眼光直直地正視過去，不帶表情，不攻擊，也不退縮，只是靜靜地，長久地注視著，如不會眨眼的蛇一樣。

那人竟然淺淺地一笑，好像說你終於上場了，其實你無路可逃，就算你今天拔腳出門，明天，後天，下個禮拜，我還會坐在這兒盯住你，除非，你不再踏足這家咖啡館。

眼光是有熱量的，或像冰一樣，或像炭一樣，投射之際帶有如子彈出膛的呼嘯聲。眼光是可以傳導資訊的，或冷漠，或溫情，或苛求，或迷惑，或者，乾脆穿過所注視的形體，帶去一個當你無物的鄙視信號。

他調整好眼光的含量，他不想激起更大的衝突，但也不想示弱。他給自己投射出去的資訊定為「靜」和「冷」，不是冷靜，而先是靜然後是冷。聖雄甘地曾用此種眼光逼退大英帝國。

國家的政治行動是國民性的集中表現，反過來說，國民的行為也是國家形象的縮影，不說集中表現，省得有人感到不舒服。

十點鐘的陽光一下子穿過薄霧，映進落地大玻璃窗，勾勒出坐在窗邊人的輪廓，削瘦，顴骨緊繃在暗黃色的皮膚下，太陽穴微微下陷，鬢角的髮跡開始花白，光線透過薄薄的耳廓，殷紅如血染。

迎面而來的目光固執又曖昧，如隱蔽的阻擊手待而不發，如飛蛾在窗上不停地拍擊，不知為何竟想起中學的地理老師，獨臂，空袖子掖在中山裝口袋裡，文革將臨，課堂上紀律鬆懈潰敗，學生嬉鬧無度，聲浪淹過講課聲。分貝如拋物線般上揚，突然靜止，講臺上那個單薄的身影目光如炬。

又想起文革中半夜門拍得暴響，衝進一群外地紅衛兵，不識來龍去脈，只緣樓下車庫鄰居兒子帶領，一句話不說翻箱倒櫃，大肆破壞。身著睡衣褲被從被窩裡拖起，睡眼朦朧及驚慌不已，一抬頭，鄰居之子仇視的目光緊纏在臉上。

時隔十多年，他踏進美國領事館，在一方視窗上遞進簽證申請，一雙精心修飾過的手拾起細細審閱，那幾分鐘如世紀般地漫長。最後，視窗上方投下一道目光，端詳中帶著審視，他幾乎要在這道目光下崩潰，突然上方浮現一個微笑，然後遞出一本加蓋簽證章的護照。

之後，他遇見太多的目光，教授詰難的目光，老闆在辭退他時閃礫的目光，離婚時交叉碰撞而又閃開的怨恨目光，孩子受到責備時固執反抗的目光，朋友辭世時不甘離去的目光，坐在街邊小公園裡亞裔老人呆絀遲緩的目光……

目光是無聲的語言，不交待細節，只直奔主題，命中靶心。

那人站起身來，穿過店堂，向他走來，咖啡還留在靠窗的桌上。

走近桌前，那人站住，這是一個身材很高的男人，居高臨下地俯視著他，微微有些駝背。他在椅子上挪動一下，感覺很不舒服，有如一頭兀鷹在頭頂上空盤旋監視的感覺。

一股壓力逼著他不得不開口：「我們認識嗎？」

這個問題與其說是詢問不如說是防禦：我可沒有興趣在咖啡館裡跟人閒談，也不想清靜受到無謂的打擾，如果你認錯人了，那就請走開，別糾纏。

那人卻一本正經地點頭，說：「我想不到你住得這麼近。」

他真正感到惶惑了，這人用如此肯定的語氣跟他講話，他又重新搜尋一遍記憶，不！他不認識這個人。

那人不等邀請，在他對面一把椅子上坐下，說：「我見過你，兩年前。」

他感到一股戰慄從後脊樑竄起，兩年前，他在生死邊緣徘徊，躺在醫院裡等待肝臟捐獻者。極目所見只有綠白二色……但是記憶中的醫生和各種技術人員中也沒這個人的印象。

那人的瞳仁裡有一股遙遠的悲哀，固執地鎖住他。

他的肝部突然痛了一下，如針刺，他不禁用手捂住，同時好像明白了什麼，只是腦子一團混亂，那根在紛亂中的線頭抽不出來。

「你是……？」

那雙眼睛在猶豫，他在這短短幾秒鐘之間好似等待一個霹雷打下來。

那人終於說話，聲音低沉，像來自是另外一個世界：「是我兄弟，他的一部分活在你身上。你知道，我們是孿生，從小有感應，他只比我晚出生了三十秒鐘……在你推進手術室之前，有人指給我看，說你是受捐者。我記住了你眼角下的那顆痣。」

他說不出話來，只是定定地看著面前的陌生人。

「我本來不想過來，只是想遠遠地，看著我弟弟的一部分存活在一個陌生人身上。但是一念之間，我突然想走過來說聲哈羅，就這樣，希望你不要在意。」

他點頭又搖頭，那人再也沒說話，兩人就靜靜地對視了幾秒鐘，那人站起身來，微一頷首，走出店門而去。

他再也沒踏進過這家咖啡館。

梅

就像撞進一個夢境，如幻如影。一切都起於那不經意地一瞥。

牡丹說海斯街新開了一家義大利餐館，吃過的同事說不錯，午餐就約在那裡吧。對他來說，中午來杯咖啡，一個三明治，讀幾頁書來得更為合意。既然牡丹發了話，不好掃她的興頭。牡丹對生活中的一切都充滿新鮮感，開車四十英里去聖荷西吃正宗上海小籠湯包，北上聖塔路莎減價Outlet買個名牌包，不但興致勃勃還樂此不疲。相比之下，自己真的老了，心態的問題。

停車位難找，所以提前半小時出發，到海斯街才十一點三刻，太早坐進餐館既無聊又招人白眼，還有，遲到永遠是牡丹的風格。

海斯街近年改頭換面，一家接一家雅皮商店開出來，服裝店、沐浴用品店、畫廊、水晶飾品店、美容兼修指甲鋪子、律師辦公室，更多的是酒吧和餐館、烤肉店、墨西哥飯館、乳酪店兼賣三明治，那家義大利餐館就開在轉角上。

還有二十分鐘得消磨過去，唯一能做的是瀏覽櫥窗，但看了也是白看，那一瓶瓶的沐浴乳和超級市場賣的有什麼兩樣？除了價錢翻個倍。水晶飾品，絕妙的招攬灰塵之物。畫廊裡那些抽象派的畫極有可能是猩猩的大作。美容院的女人一轉頭，烏黑的眼眶，綠中帶紫的頭髮，還穿了個鼻環！嚇煞人有份。

牡丹常說他不懂風情，他認了。女人嘴裡所謂的「風情」包括潮流在內，潮流和風情都是活潑的動態之詞，都是要在後面拔腳追趕的。他既沒這個心勁也沒這個腳力，一過四十，人的需求就變了，數來數去就那幾樁事：吃飯、穿衣、上班、冥想、睡覺，這個「睡覺」是靜態的，與床上運動無關。

牡丹不但吃飯穿衣的標準和他不同，對「睡覺」的概念更是南轅北轍，誰叫她生就這麼飛揚的個性呢？誰叫她比他小了十三歲呢？誰叫他們陰差陽錯地訂婚了呢？男人除了像頭牛似的被牽了鼻子走，還有別的活法嗎？

也不盡如此，現在沒有的不是說從來沒有，只是人生的路越走越窄，窄得不容你轉身，兩邊後面都有人擁著，你只能腳不著地向前而去。

有時很想停下來回望一下，十來年怎麼就這樣快地飄了過去？

還有那個似有似無的影子……

眼前是個黑洞洞的店鋪，仔細看進去，迎面是張沉香色的案桌，上置一座唐三彩，兩張官帽倚列在旁邊。這是家中國古董傢俱鋪子，近來美國人突然對明清傢俱起了興趣，城裡有好幾家古董鋪應運而起，管它是真的還是仿的，唬弄住洋人的錢包就是。看來除了標新立異，復古也可算是潮流的一個分支。

抬腿走了進去，兜一圈就是，出來時間正好，去餐館叫杯飲料，牡丹也就來了。

自己也想不到，近年來竟然留意起古舊物品來了，以前是對這些陳年隔宿之物見而生厭的。也許接觸了太多的實用卻冷硬的家什，如ＩＫＥＡ的組裝傢俱。又對那些手工製作而帶有個人印記的器物親近起來。但他明白，滄海之水，只取一瓢飲之。古物，古物，有如深淵，無盡無底，載舟覆舟，他只是隨便看看而已。

門洞狹小，店堂卻深廣，不知那些笨重的寧式大床是怎麼搬進去的？還有大紅描金的櫃子，足有七八個，雕工繁瑣，漆色如新，銅掛鎖澄亮，一眼看去就是仿製的假古董，不知誰會去上這個大頭當。店堂擺放的滿滿的，用大理石做臺面的方桌、條案、太師椅、紅木洗臉架、鑲螺細的屏風、坐佛、唐三彩陶俑、鄉下婦人的梳妝盒、早古鄉試時帶飯的食盒，應有盡有。歷史被濃縮了，真真假假混在一起。民俗和雅意並列，琳琅滿目任人摘取。靠牆的一個檀木花架上，一株蝴蝶蘭仰首挺立，幾串豔紫色花骨朵垂掛下來。嬌嫩與沉厚，年代悠遠與轉眼即縱，也算是相得宜彰。

陰影中一個年輕女子站起，他表示只是隨意看看。那女子也就退回一屋子的寂靜中去。他在頷首靜默的佛像前停留一會，佛前的宣德爐香火凋零，泥胎不僅過江，更遠度重洋來待價而沽。佛身如此，佛心如何？那些箱籠衣櫃，條桌圈椅，磚刻唐俑全都似曾相識，三藩市每家古董店的貨品像是一個模子裡倒出來的，古得相像，古得可疑，古得個性全無。他抬腕看錶，已過正午，赴約去也。人在彼處他鄉，東方之韻潤我心，西方之味填我腹，心靈早已石化，皮囊卻得頓頓照料。

就在他準備踏出店門之時，眼光撩到門背後靠牆之處一件物品，他一下子定住腳步。

那是一張舊案桌，四尺見長，二尺半見寬，款式普通樸實，木色褐中泛白，似有些年代，但也可視作疏於保養，光照過度之疵。桌面已經開裂塌陷，如要復原得花很大一筆工本費，這張桌子並不適於出售，怎麼會陳列在店堂裡？

似曾相識，疑惑中他走近幾步，桌面斑斑點點，似有墨蹟透過紙背而染。手指輕觸桌面，一股戰慄之感從指尖傳來，說不清道不明。又彎身去細看，並無奇特之處，普通的黃楊木料，年代屆於明清之間，從款式來看，應是書房中之物，並非寬大正經書桌，而是置放文案，寫個便條之類的桌子，手指觸到桌面右下角，似刻有銘文，湊近看去，蠶豆大的隸書體凜然入目「三生石上因緣在，一腔心事托梅花」，不禁渾身起了一陣寒顫，人自是呆了。

他見過這張桌子嗎？答案很快來了：沒有。上海沒有，三藩市更別提了。上海家裡用的是紅木八仙桌，這兒用的是木屑板上貼了木紋面料的輕便餐桌。那麼文革前去老家安慶那一次呢？祠堂，拜祖，彼時是否見過這張桌子？有？還是沒有？幼年的記憶不可復得了。

但這張桌子分明和他有關，高山斷層，流水潺潺，源頭卻不可追尋。

他招手叫來那個女子，詢問這張桌子的來由。那女子彎身細看了一陣，道：「貨品未標價，我也不甚明瞭，明日店主值店，先生請再移步光顧吧。」

他只得蹩出店門，拐進隔壁的義大利飯店，赫然見到牡丹已經在座，滿臉慍色，急抬腕，錶針已過一點。

翌日復去海斯街，夜來難以成寐，先是想著中午與牡丹的齟齬，牡丹是個好女人，模樣亮麗，冰雪聰明，人見都說他好福氣。哪知再聰明的女人，小性兒一上來，一樣蠻不講理，糾纏不休。一頓午餐，弄得跟覷見女王遲到了似的，就能得出結論男人的心思不在了。不依不饒，尋根究底，他無論如何解釋也沒用，哪有人為了一張破桌子把和未婚妻的約會都忘了？莫不是那個售貨女子作的崇？直到跟去店裡，親眼見到那個面目平淡，全無魅力的店員才勉強作罷。

但是牡丹還是不相信他為了一張破桌子如此神魂顛倒，他自己也難以解釋，再好的桌子也只不過是件器物，而他一向認為人生在世，僅求經驗，無求器物，器物只會以重量使你下墜。人世幾十載，如白駒過隙，惟一二好去處，樂得輕身而往，何必受重物拖累呢？

那張桌子似曾相識，如牽如掛。搜遍腦海，當年文革將至，他八歲，父親攜他回安慶，客輪逆水而上，走走停停，竟耗去整二日。傍晚及抵祖厝，眼也睜不開了，只記得被父親拽著，腳步飄搖地行過甬道狹巷，高牆危立，青石板路面滑不溜腳，薄暗中父親扣響黑漆大門上的門環，如空谷墜石。門縫裡出現老婦人面目模糊的臉，藍色頭巾下皮色如晦，溝壑成行。他進門時被高高的門檻絆了一下，差點跌倒。門裡一方天井，青苔蒼蒼，幾盆杜鵑，一缸游魚。雖有興趣細數浮萍之下的魚，但實在旅途困頓，被送入房中，黑夜如墨，夢深如井。

清晨即醒，不見父親身影，翻身爬起尋找。赤腳踏上青磚地面冰涼入骨，門軒沉重，「嘰呀」一聲大響，竟未驚散一屋子的殘夢。薄明乍暗，不辨路徑，尋父心切，只顧向前摸去，跨過一道一道門檻，甬道依然漆黑一團，板壁後的房間窸窣有聲，鬼祟詭譎，似有人在門後窺視，心中更是駭怕。鼓膽再前行，天井上透出一方光亮，抬頭望去，樑柱錯落間蛛網重重，似有鬼怪盤踞，急回首，置身於一大廳，中置一碩大的方桌，桌上列有老式座鐘、花瓶及昏濛濛的鏡子。兩旁各置一把太師椅。桌後板壁上懸掛兩畫幅，畫中人正襟危坐，身著大花團錦補服，女的髮髻緊抿，垂飾琳琅，男的銅盆官帽，頂戴鮮紅。眼神似開似闔，似醒似冥。他緊盯著，如被蛇催眠的兔子般，定身不敢移動分毫。直到桌上的座鐘一聲鐺響，他才回過魂來，「哇」地一聲哭將出來。

一陣手忙腳亂，從各個廂房裡浮現出各色各樣的面孔，說著聽不懂的方言安慰他。父親也出現了，帶點氣惱地責怪他不懂事。小小的人兒就生了逆反的心理，對這幢古宅和一切有關的人事起了十分的厭惡之情。愚鈍又狡譎的鄉下人，陰冷壓抑的建築格局，面目模糊的祖宗肖像，數不清的輩分，連帶那滿房滿谷笨重的傢俱。

只不過沒有時間來回想這一切，剛進中學，文化革命洶湧而來，鄉間傳來消息是祖厝被沒收了，族人風流雲散。依稀記得偶有鄉下來人，總如驚弓之鳥，在天黑無人之時踮腳掩進門來，與父親在廚房竊竊私語，母親則捅開煤爐做些簡單的吃食。他被趕進臥室，嚴囑不許出來，半睡半醒間聽得前門被小心地帶上，輕微的腳步聲漸漸遠去。父母在隔壁壓低了聲音說話，語調既焦慮又驚慌。再後來，運動越演越烈，家被抄了，父母都被批鬥隔離了。既然沉到水底，水面上風浪再大也就無關了，老宅的湮沒更不必掛心，何況本來就沒什麼好感的。

這麼多年過去了，下鄉，回城，上學，出國，結婚，妻子亡故，再議婚嫁。人生總有意外，就像打開巧克力盒子，永遠不知什麼會呈現在你眼前。以前完整的，現在破碎了，以前沉於水下的，大潮沖刷過後又呈現出來。年齡變了，心境也變，心境變了，觀感也變。

走進店門之前，他站定幾秒，告誡自己不要衝動，那只是張老舊桌子，器物也。就算他想購為己有，也不必形於行色，白地讓店主瞧出端睨，提高了價錢。要說有與無，一線之差，擁與賞，幾是了無差別的。

店堂昏暗如晦，一瞬間，祖厝廳堂間的回憶如塵埃般浮起，也是滿房滿谷的八仙桌、太師椅、條案、老式雕花大床，一樣地逼窄，一樣地嘈擠，一樣的蒙塵漫漫。

時空錯亂……

一人影從店堂後部飄然而至，回過神來定睛看去，來人長身玉立，板刷髮型，戴副金絲邊眼鏡，神情疏朗，身穿中式暗花褂子，下著西褲，翻毛麂皮鞋。開口詢問道：「有什麼事我可為你服務嗎？」

此人想必是店主無疑，於是直截了當：「我昨日看了一張桌子，有幾個問題。店員不知道，說店主今日會來，閣下就是店主吧？」

那人略一頷首，並未作答，只是作了個手勢，指向門後。

一定是昨日女店員告知有顧客對這張桌子感興趣，所以店主的神情那麼淡然篤定。他這樣想道，再次告訴自己不要抱有志在必得的念頭，一切隨緣吧。

走近，手一搭上桌面，渾身如蟻爬湧，那股不可名狀的震慄又一次襲來。手撫過去，線條流暢，木紋觸手溫潤，有如老人肌膚，木莖更如突起之筋脈，似有嗒嗒跳動。更為詭異的是，他一靠近桌子，有俯身在上寫字作畫的衝動，多少年沒碰宣紙毛筆了？

背後有道目光，轉身，店主的眼光卻藏在鏡片後面，不甚明瞭。

突然有股厭煩，直想轉身離去，為甚麼？自己也不知道：貓捉老鼠？被狠狠敲一記的恐懼？不可知後面巨大的黑洞？一段突然復活的記憶？

耳中聽到自己發問：「多少錢？」

店主淡然淺笑：「先生買來作甚？」

豈有此理，你報個價就是，管我買來作甚？用來讀書寫字、裝飾、堆物招塵、投資保值、抵稅，甚至劈來作柴火。付了錢就是我的事，沒見如此做生意的。

店主見他面有不快之色，遂說：「沒別的意思，這張桌子之橫檔已朽壞，從倉庫挪到店裡，正尋人抬去修理。只是現在好的榫工難尋，擱了些時日而已。」

聽到如此說，氣消了點，退後一步，重新端詳桌子。

「朽壞之處在桌面下，憑肉眼是看不出的，雖能站立，但不能擱重物，也不能倚桌寫字做事。這點必得讓客人知道。」

「修理費需多少？」

店主答曰：「也許超過桌子本身價值，也許付了大價錢，還是不盡人意。一句話，好的榫工難尋。」

見他面露猶豫之色，店主道：「先生如還有興趣，不妨小坐，待我略微介紹這桌子的來歷。」說著向店後部做了個請的姿勢。

他跟著店主來到店堂後部的一張明代書桌旁坐下，硬木的太師椅遠沒沙發舒服，但提醒你挺直腰背，端正坐姿，人是坐直了才能全神貫注的。

桌上一架手提電腦，半部線裝書，幾方硯石，一個籤筒。

店主見他把玩著籤筒，遂說：「鄉間之物，現在倒也不好尋了，不是有筒無籤，就是後來配上去的。青雲榜上說：筒，籤必得原配，籤語才會準確。」

還有這個緣故？

「先生知道中國人的陰陽之說，求籤也為同理，籤為陽，筒為陰，原配的籤筒陰陽和調，籤語順暢。民間風水界如此認為，相信與否是看各人的想法了。」

他脫口而出：「我不相信。」

店主只是笑笑，並不答腔。

他自己覺得唐突，遂改口道：「也許先生對這方面有研究，能否請你為我求一籤，看看是否準確？」

「不。」店主斷然拒絕：「你已說了不相信，再怎麼求也不會準了。」

他頹然，今天怎麼了？諸事不順，為了一張莫名其妙的桌子，放下手頭的工作，老遠跑來。卻被告知桌子難以修復。隨口要求個籤，也遭拒絕。看來正如牡丹說的，哪根神經絆住了。也許應該忘掉這檔事，就此起身離去。

店主卻好整以暇地把一枚杯子放在他面前，從紫砂茶壺裡傾出清亮的茶水：「先生請喝茶。」

他頷首稱謝，端起茶杯啜了一口，茶水淡而純，店堂內飄著若有若無的沉香味道，兩人對坐無言，一杯茶喝完，店主又為他酎上。

「其實，幾天前我就知道先生會來。」店主突然說道。

他也笑笑不答，看店主怎樣自圓其說。

「先生可是姓彭？」

他手一抖，茶水灑了出來。

「府上可是安徽安慶？」

他一直對外說自己是上海人，沒人知道他祖籍是安慶。連牡丹也不知道。

面前這個素不相識的人一張口就道出了他的姓氏籍貫，還說幾天前就得知他會前來。要知道，牡丹是臨時起意要去那家義大利餐館吃飯的，沒有那個意頭他就不會走進這家鋪子，全是偶然。難道說此人會讀心？還是會五鬼搬運？

店主也看出他的疑惑，一笑說道：「先生不必存疑，在下稍懂五行卜卦，前幾天無意中算了一卦，卦象說桌子的主人近日會來。所以我把桌子從倉庫裡取來，擱在店裡以候先生。」

他鎮定一下自己，開口道：「事出突然，還望閣下進一步解釋。」

店主道：「說是無意中算卦，其實也不儘然，這張桌子在我倉庫裡一放十年，始終是我一塊心病，曾為此多次占卦，不求出售，只願物歸原主。卦象始終呈『坎』，也就是說時辰未到。前幾日卦象突然變了，得一『震』卦，我由此得知桌子主人近日會出現，果不然先生今日蒞臨……」

「且慢。」他打斷店主的話：「你這話並不合情理，第一，我昨日來時對這張桌子也是臨時起意，並無一定購買的意思。如果我今日另有事纏身，不來了呢？你的卜卦不是不準了嗎？第二，我只是詢問一二，並沒承諾購買，但閣下已口口聲聲稱我為桌子主人。這又如何解釋。第三，我的姓氏籍貫和這張桌子有必定的關係嗎？為何姓彭的安徽人就得買這桌子？姓張的北京人就買不得呢？」

店主端起茶杯，向他示意請喝茶，自己啜了一口，慢條斯理道：「我知道先生不信卦象，不信者不予。我試著用別的方法解釋，敢問先生是從事什麼專業的？」

他心想：你的卜卦不是萬能的嗎？何必又問我的專業。嘴上很勉強地答道：「原子物理。」

店主沉吟了一下：「在下寡聞少學，這科學方面更是淺顯，如有不盡之處，還望先生不吝指教。」

他沒做聲，只是稍微點頭。

「請問先生，原子在運動中會不會消失？」

他搖頭：「不會，只是改變了形式。」

「那麼人的身體，人的行為，人的意識、資訊，感應在運動中，或死亡之後會不會消失呢？」

「人死了，一切都不存在了。正謂『人死如燈滅』。」

「為什麼？難道人的存在脫離了原子世界的規律嗎？」

「精神和物質是兩回事。」

店主微笑了一下：「中國人更相信『天人合一』，人是宇宙的一部分，他的意識、感應和資訊也如最基本的原子，不會消失，只是改變了形式。常人看起來是無跡可尋，卜卦應該說是在無跡可尋中尋找出某種蛛絲馬跡的一種方法。」

他疲倦地歎了口氣，說這些陳詞濫調有什麼用？於是抬腕看了看手錶。

「先生稍安勿躁，在下馬上就要講到正題。人和物看起來無關，但其實不然，有一種互相浸融的關係，特別是相處久了，自然帶有人的某些資訊。如畫家須用熟悉順手的筆硯才能得心應手，如作家在某個環境中才能順利寫作，這環境就是『物』，沙特寫出《存在與虛無》的咖啡館，至今還有人去憑弔，希望能感受沙特寫作時的氣氛……」

「但是，你就是坐在那咖啡桌一輩子，也不可能寫出另一部《存在與虛無》來的。」

「咖啡桌處在公眾場所，難免混雜了別人的氣息。」

「那這張桌子又有什麼不同？」他語帶譏諷地問道。

「你祖父的祖父在這張桌子上畫了十萬朵梅花。」

他感到一陣暈眩，梅花？他一直忌諱提到這個字，事情已經過去七八年了，他還是不能面對。面前這個人說什麼？誰在這張桌子上畫梅花？而且畫了十萬朵梅花？

梅是他亡妻的名字。

人在一起時就以為這麼天長地久地過下去了，死亡是一個遙遠，抽象的名詞。但就是有一天它突然擠進你的生活，梅那麼一個活潑的女子，三十六歲得了乳癌，眼看著像窗臺上的花似的蔫了下去，然後是走到盡頭，那真是個POINT NO RETURN。生活一下子變得空空蕩蕩，心也如此。

直到碰見牡丹，才從恍惚中回到現實世界上來，人卻常會走神，突然覺得眼前這一切說不定哪天就突然消失了。梅是個淡靜的女人，牡丹卻張揚拔扈，也虧得她強烈的個性，像一座錨似的定住了他千瘡百孔的心境。

牡丹也並不是百分之百地罩得住，在滿眼陽光中他會突然盯住一處陰影，一個身姿像梅的女子飄然而過。或者在下雨的黃昏沒來由地一陣傷心，接下來情緒低落好幾天。和牡丹的訂婚也沒有重新鼓舞起他的樂觀心情。人生，不就是一個補缺麼？缺什麼補什麼，沒老婆可以給你補個老婆，但抽空後的心怎麼補？

一股奇異的香味漫起，睜眼看去，店堂裡光線迷濛，店主正在佛前跪拜，然後緩緩站起，轉過身來。三支印度線香冒起嫋嫋青煙，佛像在朦朧中似笑還斂，那朵紫色的蝴蝶蘭從這個角度看去正被佛手輕輕掂起。

一切靜然無聲，從櫥窗向外看去，海斯街上的車流無聲地滑行。時空變得怪異，像一卷無意中倒著播放的老電影，淅瀝瀝地展開。他如中幻術，神魂游離，視而不見，聽而不聞，記憶卻靈動如一條蛇在地底潛行，很多事情人物似明似暗，模糊混沌，又明確地向他傳遞著一種資訊，如一環一環的家族鏈節穿越時空而來，每一環鏈節都鏤刻著那個時代的印記，難解又曖昧，但牽涉著他最原世的根源。他恍然覺得置身在一條船上，在大江上順流而下，背景是烽火連天的兩岸，江水穿越平原，古鎮黑瓦白牆，小巷蜿蜒，半樹杏花在天井中飄零凋落，黃昏時一個年輕的女子帶上黑漆大門，一聲鈍響在小巷中久久回蕩。然後是深宅大院的一間廂房裡，他身著一襲長袍，蓬首跣足，神不守舍地在青磚地面上踱步，走到窗前，憑欄推窗，外面一片霏雨濛濛，遠處空巷寂然。他聽得自己長歎一聲，轉回身來，房中一張條案，上展尺四白宣，提筆卻難以落下，眼睛只盯著桌角一行隸書，「三生石上因緣在，一腔心事托梅花」。

都說紅顏薄命，但花瓣飄零，瓣瓣落於心田。生命真的會輪迴嗎？否則怎麼解釋因緣兩字？當年的安慶祖厝之行，記憶原已淡薄，在一瞬間重顯清晰。看來他雖然萍跡天涯，卻也逃不過因緣的牽涉。

店主的臉又重新清晰起來，只見他捧出一個木盒，擱在桌面上，並不打開。只是起身為他酎上茶水。復又坐下：「也許先生願聽我簡述一下整件事的緣由吧？」

他疲倦地點頭，心想灰塵起處，不知什麼陳年舊賬會翻了出來。

「貴祖彭玉麟，字雪琴，嘉慶年間生人，原籍湖南衡陽，生於安徽安慶，自幼好讀書，無奈正值兵荒馬亂，遂投筆從戎，多謀善籌，漸次擢升，官至湘軍統領，水師提督，與太平軍作戰，爭湘潭，奪漢陽，攻田鎮，掠湖口，圍安慶，鎮蕪湖，遂九州而下天京。屢建奇功，挽大局於狂瀾，官至太子少保，實放安徽，廣東巡撫。未幾辭官回鄉。史上人稱曾、左、胡、彭為同治中興四大名臣。先生對這些家史一定很清楚吧。」

他只得胡亂點頭，文革，出國，造成整整兩代人的斷層，除了聽父親隱晦地提起過隻言片語，祖上是做高官的。他童年去過安慶一次，經歷卻並不愉快。但一點卻難以否認，他姓彭，他的根源在長江江畔的那座古城裡。

一陣靜默，良久他才開口，語氣中已全無剛落座時的挑刺勁兒，變得謙恭：「實不相瞞，閣下所述家史，我僅略知一二，從祖父起，我家已在上海居住近百年之久，安慶老宅，只是幼年去過一次，印象已是淡薄。經閣下點撥，甚為慚愧，將來有機會回去，必重訪故里，再續家譜。」

店主頷首：「彭先生有志當然好，只是人在世上如飄萍，哪裡都要去得。他鄉故鄉，京畿皖滬，中國美國，必得要紮下根來才能正常生活。至於祖先遺事，存留與否都是天命，總有一天都融進合起來的歷史大幕去的。」

聽得店主如此說，他心裡寬鬆不少，遂問：「閣下肯定這張桌子是我祖上的遺物嗎？據閣下說來，我祖上是位領兵打仗之人，何以又沾丹青，畫了十萬梅花呢？」

店主站起身，打開桌上那個匣子，示意他過來細看，又拿出一副薄紗手套戴上，才小心翼翼地取出匣中之物。為一精心裝裱的冊頁，打開第一頁，是一封粘裱的毛筆信，綠紋花箋，墨色新鮮，筆跡剛勁，看落款，是國藩兩字。再寡聞也知此為清代名臣曾國藩之手書。

曰：弟軍五百里內豪及聲援　進退兩難也　皖北之賊雖多　吾堅守庭郡安慶代　為三城進兵調江達川
為根由桐城進兵　或當可挽救旌德　賊退後初三日陷太平　初六日至黟縣　去祁門僅六十里不知王
黔峰唐桂生能速由徽援祁　否祁若不保　則皖南全局立壞　此又三連外之天患也此等處自召天意主持

吾日內寸心如焚　牙疼如割　實乏生趣　雖城守尚屬認真　弟可放心　即問近好　國藩手章　十一月
初九日

全文並無標點，有些字又生僻，讀來很是吃力。及讀畢，仍不甚解其意，遂問店主：「難道此信是曾文正公寫給我祖上的？」

店主微微搖頭：「此信是曾國藩寫給他九弟曾國荃的，正值安慶之圍，九死一存，一旦被太平軍擒獲，必無生理，難得曾文正寫此信語氣如此從容平靜。你祖上也是那個風雨飄搖年代之英傑。」

兩人再無話，一頁一頁地翻看下去，其中有曾國藩寫給左宗棠的，寫給胡林翼的，多是論述時局，其餘也不乏詩詞贈往。直到最後一封，店主示意他細看。

信已殘缺，只剩最後兩頁，曰：意將托此而逃也　世局未平　同心日乏　譬猶演劇腳色零落　空餘幾個婆娑臺上自歌自舞　不獨現世即演唱　亦失輿耳慨何既舊贈畫楚為嗜奇　世持公思之不見　如失故人　便中乞仍以數柚寄我　老酬冷宋　乞多畫牡丹少畫梅　宗棠再叩　五月十三直隸連鎖行營

及看到最後一句，人已是呆了。耳中聽得店主在一邊喁喁而述：「彭公不唯獨文才武略，更兼俊雅風流，有鄰女梅姑，自小青梅竹馬，至情至性，及笄之年，論及婚嫁，謂非雪琴不嫁，不計家貧，願長奉帚掃。唯彭公戎馬倥傯，軍務纏身，此事延宕多年，梅姑憂鬱而終。彭公扼腕痛惜，詩曰：無補時艱深愧我一腔心事托梅花。餘生再未涉染紅塵，葆全素心，澹泊自守，疏鬱結于畫梅，計有十萬之巨。朋輩恐他鬱結愈深，托詞慰解，勸彭公『多畫牡丹少畫梅』……」

他猛地轉過身來：「你是誰？何以知悉我家淵故，為何又告知我這一切……？」

店主扶了扶金絲邊眼鏡，施施然道：「真是對不起，忘了介紹一下自己，敝姓左，說起來我們還是世

交，只是多年無緣相會。今日據實告之，一為喜見物歸原主，二為生意著眼，敝店逼窄，貨物總得推銷出去……」

一月後，互聯網上有條事求人啟事：尋找技藝精良之榫工，熟悉明式傢俱，報酬從優。聯繫人——牡丹。

菊

只有他自己知道，此生中最好的一段姻緣被錯過了。

回憶如簷前滴水，穿透歲月之階。

西雅圖的雨，連綿不斷。下午房間裡昏暗如晦，沒開燈，他蜷縮在靠背椅上，一根接一根地抽煙。良子剛哭過，此時止住了淚，起身為他整理凌亂的床鋪。靜靜地，先是把枕頭拍鬆，換上乾淨的枕巾，再細細地把床單上的毛髮撿去，揖齊整平，疊好被子之後，把床下的拖鞋擺正。窗臺上的一瓶菊花，重新換了清水。又去巡視廚房，碗盤已經洗過了，放在料理臺上的一個塑膠架子上滴水風乾。爐灶，餐桌都一塵不染，每次做完飯良子都會跪在地板上擦地，看看實在沒東西可收拾了，良子把垃圾袋提了起來，打了個結，在垃圾筒裡換上新的塑膠口袋，然後走了出來。

他沒動，一抬頭就會控制不住自己，全功盡棄。

提著一小袋垃圾的良子走到門口，開了門，先把垃圾袋放在門外的走道上，然後再蹲下身去穿鞋，那雙布鞋是一年前在唐人街買的，黑面圓口，俗稱「懶人鞋」，穿鞋時提起後跟就是。

在下意識中，這兩隻鞋跟提得過於久了點。良子是否等待著什麼？是否還有回轉的餘地？在最後一分鐘戲劇化地重歸於好？不！那等於一切推倒重來，再經歷一遍苦惱、不捨、彷徨，最後結果還是一刀劃在心上？

離別和死亡一樣，經歷一遍已經夠了。如果一次一次地離別，不啻於一次又一次地剔筋拆骨，死去活來。結局已定，纏綿與寡斷只會帶來更大的苦痛。看透了世情，慈悲有時是以絕情的方法體現出來。換了個女子可能會呼天搶地，或者咬牙切齒地指責他，更甚者會以死相逼。良子只是無聲地抽泣，實在忍不住嗚咽之時，用手掌捂住嘴巴。這個民族有極大的忍耐力，當年戰爭，多少百姓在荒涼的海島上肝腦塗地，屍骨不存，並未發出一聲怨言。同樣的，天皇一紙詔書，全國一起放下武器，平靜而順從地接受佔領軍的擺佈。

他發覺與其說日本人服膺天皇，不如說日本人更為服膺命運。「服膺」兩字看來是軟弱、輕飄、木訥，其實沉重無比，服膺首先得放下「我」執，其次是忍恥負重，不管什麼樣的命運都默默地忍受，就算把生命搭上也一樣。執念，本是上帝最為詭譎的作品，看不見摸不著，然而成敗優劣都在一念之間。如果一個人，一個民族，能把「我」執、「生死」執、「榮恥」執都放下，那還有什麼不能承受的呢？

門邊那個纖瘦單薄的身影，哀傷而平靜，像被秋雨洗過的一株樹。

他還是忍不住轉過頭去，畢竟這是最後的時刻，說好了不再相見的。

門邊的良子深深地鞠下躬去：「我走了，請務必保重好自己……」

他像個木偶似的站起身來，腦子裡一片空白。門邊那個身影再也沒抬起頭來，眼光一直望著地下，緩緩地後退一步，把門掩上。

窗臺上的菊花在一瞬間枯萎。

二年之後，他站在長崎的街頭。

舊情已逝，重續何易。他知道這點，所以長崎之行並無非份之想。分手之前，良子把她寫有地址的信都要了回去。他曾經打過一個越洋電話，那頭接起的女聲卻全然不懂英文，一個勁地在電話裡說：「申し訳ありません。」他好久不做聲，放下電話，他狠狠地在自己前額上猛拍了一下。

生命就像個火車站，你是沒辦法追上呼嘯而去的列車的。

在良子離開之後，許多的事情發生和消殞，首先是他一連換了三個工作，卻還是找不到靜下心來的感覺，醫生說他有憂鬱症的傾向，正值公司的股票上揚，索性辭了職，賣空手中持股，在家照顧日益病重的祖父，同時盡力調整自己的心緒。

祖父是他在世上唯一的親人，父母在文革中雙雙臥軌自殺，他在安徽鳳陽偏遠之地插隊，歷經辛苦磨折。文革後期幾次上調回城都無望，不禁心灰意懶，心想大概一輩子就在如此的窮鄉僻壤捱過去了。哪想憑空闖來個臺灣老頭，一口咬定是他的親祖父，據大隊幹部說，這老頭大有來歷，當年是北伐軍的一個軍官，跟當朝幾位大將級的高官同過事。一夕之間事情全顛倒過來，成也蕭何，敗也蕭何，當年把父母拖下水去的磨盤是這個祖父，現在把他從皖北的荒瘠之地挖出來的也是這個祖父。

能回到上海他已經很滿意了，卻挨了祖父的一頓訓斥，老頭早就卸甲歸田了，脾氣還是火爆，把孫子當成下級士兵一樣地喝斥：「你還沒受夠？你還抱有幻想？無關國民黨共產黨，這個國家的根子爛了，無論誰掌權都一樣。給我走，去哪裡？讀書去，到美國從頭開始，不算太晚……」

從鳳陽到西雅圖的距離不可謂不遠，無論是精神上物質上心理上。作為一個學生，他年紀偏大，基礎底子又薄，差點就撐不過去了。為了支付學費和高昂的生活費用，老頭子賣掉了陽明山的房子，自己節衣縮食，住進和人合用蹲式廁所的榮民住宅。在每月一號，他會接到祖父寄來的支票，一份無言卻滿溢的親情。

畢業找到工作之後，把祖父接了過來，雖不住在一起，可是就近有個照應。老頭脾氣倔，又抽了一輩子的煙，咳嗽越來越厲害。年初查出肺裡有陰影，有肺癌的跡象，看了一圈醫生並不見效，再去複查就已經是晚期了。祖父拒絕開刀，也不肯去做化療。說是人總得經那一關，早一年晚一年又有什麼區別？

只有他知道，祖父是為了良子之事，和他心結未解，生了厭世之心。這種時候，一切都得放下。他所能做的，是盡最大的努力寬慰祖父，使得老人在人世最後一段路程走得平靜些，安寧些。

一個禮拜前，祖父開始出現說話困難的現象。在病床邊，祖孫兩人相對無言，祖父放在被單外面的雙手，筋骨嶙嶙，指掌關節突出變形，靜脈突起如蚯蚓般地蜿蜒在佈滿斑點的皮膚之下。這雙手曾掌握一方兵權，在那時的中國，兵權在握就意味著掌握著幾百萬人的生死和命運。如今這雙手卻抖得連杯水都端不住。他眼光向上移去，枕頭上一個白髮稀疏的腦袋，枯槁如柴，額頭上不住地冒出冷汗，眼窩下一片青灰，腮幫塌了下去，露出牙床的形狀，嘴唇抿成一線，牙關緊咬。醫生說過，在癌症後期，杜冷丁的作用越來越小，而加大劑量對病情無益……

他從床頭櫃上抽了幾張紙巾，輕輕地為祖父擦拭額上的冷汗。那雙眼睛閉著，好像不願看也不忍看失去尊嚴的肉體在延殘苟喘，眼眶內的眼球卻不由自主地顫動著。佛曰人生之大苦——生老病死，四隻老鷹中的三隻，此時在這具枯槁衰竭的肉體之上盤旋，只等最後時辰的到來。

突然覺得手腕被抓住，低頭看去，祖父那雙像雞爪子的老手緊緊地攥住他手腕，眼睛還是閉著，啞黯的聲音從喉間吐出：「坐下，我有話對你說……」

他示意祖父不必勞神費力，什麼事都等病情有所起色再說。祖父並不作罷，喉間的痰喘聲一陣響過一陣，臉憋得青紫，嘴唇翕動著。他急忙扯下床邊的氧氣面罩，按在祖父的口鼻上。

痰喘過去之後，老人揮手叫他把面罩移開，那雙闔著的眼睛緩緩地睜開，在渾濁的晶體後面，閃耀著曖昧又執著的光。他把頭湊近去。

祖父的呼吸間傳來一股酸腐的氣息，薰人欲嘔，他側過頭，屏住氣，把耳朵貼到離祖父臉部兩寸之處。等了好久，並不聽見祖父片言隻語，喘息聲倒又粗重起來。他剛想退回去取氧氣面罩，突然聽到祖父很清晰地說道：

「那場戰爭是不能怪在她頭上的……」

祖父再也沒說過一個字，半個月後，他和一個愛爾蘭仵工，在一個小墳場裡埋葬了祖父。

從東京去長崎的火車上，鄰座一個十多歲的女孩子，竟把頭枕在他的肩膀上，流著口水睡著了。在一個多小時的行程中，他一動都不敢動，怕驚擾了那年輕的夢。更怕驚擾了那片會像鴿子一般飛去的信任。

那女孩終於醒來了，羞澀地笑著，喃喃地道著歉，從包裡拿出手帕去擦流在他肩上的口水。他突然感動得想哭，在他以往的世界裡，人和人是互相提防的，從小就被教育這個世界壞人很多，在長大的過程中確實看到了人與人之間的殘忍和磨折，自然就得出了人性之惡的結論，這結論像粒含毒的種子埋在心間，在一生中不斷地開出有毒的花朵，結出有毒的果子。傷害了別人同時也傷害自己，所以他一直活得那麼累。

他在有田區找了一個旅館住了下來，這兒靠近原生沼，良子曾描述過秋天原生沼漫山遍野的紅葉，準備明天去觀賞。

晚飯是在一家小面鋪吃的，洗完了澡，信步出門，拐了兩三個彎，就迷失在雞腸小巷裡，心裡並不著急，一面閒逛一面欣賞沿途古風格局的民宅，木門紙窗樸實而精緻，青石條鋪就的街道乾乾淨淨，襯著遠處背景中的玻璃鋼骨大樓的燈光，顯得罕有地和諧。薄暮中行人匆匆，偶見一個身著傳統和服的老婦人，膝蓋彎彎地踽踽而行。在夜幕中突然轉出兩盞紙燈籠，近前看是家極小的麵鋪，就兩張榻榻米大，門口掛著一條布簾，簾後的櫃檯上可坐六人，櫃檯後就是煮麵灶了。他在最邊上坐下，櫃檯裡的老婦人過來，帶著詢問的神色看著他。他胡亂指指旁座食客的麵食，老婦人點頭，轉身下麵。

麵是盛在黑陶大碗裡端上來的，蕎麵，寬湯，在碗麵上是切得薄薄的醃肉片，嫩黃色的醬蘿蔔，燙過的波菜碧綠。以前良子下班晚了，常常做這種麵，主要是上桌快。如果在週末，良子會做一種叫做「塞拉西」的飯食，米用得非常講究，特為從日本食品店裡買來，蒸好之後拌上醋，再加上魚蝦，最後在盛得滿滿的碗上撒上蛋皮和紫菜絲，清淡而味美。

他除下眼鏡，在霧氣蒸騰中回憶如潮而來，西雅圖的冬天陰冷，良子常常在晚上放了一大缸熱水，他半躺在水中，而良子綰起頭髮，蹲在浴缸邊幫他擦背，然後用小木桶勺了熱水沖洗。浴室滿地是水，水氣氛氳中良子的身體潔白柔軟，如民間傳說中的田螺姑娘。一洗就是兩個時辰，直洗得人渾身酥軟，互相攙扶著去了房內，良子喜歡躲在被窩裡，一面看電視一面剝食橘子。

一隻剩了三根指頭的手輕觸他的手背，抬頭發覺自己居然淚流滿面。趕緊掩飾地擦去。老婦人把一小瓶清酒和一枚小杯放置在他面前，然後一面鞠躬一面說著歡迎首次光臨之類的詞語。他驚愕地看到老婦人講話時只有半張臉是活動的，另外半張臉像塊木雕的假面。

這個城市曾經爆炸了人類歷史上兩顆原子彈中的一顆，以這老婦人的年紀看來，她應該是當年的在場者，五十多年前的一位花季少女，戰爭一瞬間改變了她整個人生，她是有權利對這個世界憤怒和憎恨的。

可是面前那張臉看不出任何表情，除了一雙溫暖的眼神。老婦人又一次地作了個請用的手勢，為了避免她再一次鞠躬，他趕快把頭埋在陶碗上，大口吞吃起來。

回到旅館，卻睡不著。起身在斗室中踱步，從來沒見過這麼小的旅館房間，長是四步半，寬只得兩步半。浴室呈三角形，淋浴噴頭直接安在馬桶上方，轉身餘地都有限。以前祖父凡提起日本時，非常輕蔑地用「小日本」三個字來形容和日本有關的一切，如果以這個旅館的格局來說，祖父講得沒錯。

他一直不明白祖父為什麼對這個被他看不起的「小日本」咬牙切齒地痛恨，在戰爭中他家並沒人被殺，祖父所統領的部隊在對日作戰中打過好幾個殲滅戰。照祖父的說法：仗打過之後，士兵和民眾一起把日本人殺個「雞犬不留」。照理說，對手被你殺得「雞犬不留」之後，當初煽起殺性的那股憤怒和憎恨也應該風消雲散。可是，殺敵無數的軍人怒氣延續了半個世紀之久，再一次地在良子身上爆發出來。

在得知他所交往並準備論及婚嫁的女孩是日本人之後，祖父的劇烈反應使他始料不及。八十多歲的老頭暴躁得像匹鬥牛，直著嗓子：「我應該讓你待在皖北那個鬼地方的，省得丟人丟到美國來。」

他不明白為什麼娶個日本女人就丟了人？美國本來就是個民族熔爐，黑白紅黃通婚沒人見怪。比起歐亞通婚，中國人和日本人生活習慣更為相近。

祖父吼道：「什麼人都可以娶，就是不能娶日本人。」

「為什麼？」

「日本人是我們中國人的世仇。」

「那是政治的宣傳。」

「那是歷史。」祖父吼回來。

看來只有仇恨在歷史中延續了下來，無論政黨民眾，患的是同樣的歷史性心臟狹隘症。

祖父說：「日本人是收不服的，就算嫁了你，一旦有事她還是向著日本的。」

這話也許沒錯，在日常生活中，良子絕對是個日本產品至上者，豐田是世界上最好的汽車品牌，電視機絕對是索尼第一，照相機更不用說了。平時不但化妝品一定是用資生堂的，就是做飯的米也一定是從日本店買，哪怕價錢比超級市場貴出一大截。雖然在美國生活了多年，良子的根和日本從來沒分離過。

除了這個未婚夫，產於中國，上海。

但是會有什麼事呢？再一次中日戰爭？再一次的「雞犬不留」？

祖父說：「你要娶誰是你的事，認不認你這個孫子是我的事。你今天娶個小日本進門，我明天就登報脫離親屬關係。你走著瞧吧。」

跟一匹八十多歲的牛是理論不清的，你再多說一句，他就可能一噴鼻子衝將過來跟你拚個你死我活。更何況這匹牛是你風燭殘年的祖父，肺裡有好大一塊陰影。

他動搖了，知道對中日關係持這種想法的並不是祖父一人，他真的娶了日本女人的話，明裡暗裡會被人視作異端。一旦中日再起爭執，一頂「漢奸」的帽子很容易地戴到頭上。思來想去，最後個性懦弱的他還是妥協了，只是不知道怎麼向良子開口。良子卻已經在準備婚事，蜜月東去日本，東京、京都、日光、箱根一路行去，最後是良子出生之地——長崎，秋天時分原生沼的紅葉正豔……

機票是提前半年訂的，但是，祖父吐血住進醫院，而且，拒絕和他講話。

敵意是遮掩不住的，良子去醫院探望，一連三次，送的花被扔了出來。

他提出等祖父百年之後再作打算。良子拒絕了，對他所有的折衷方案，良子一聲不響，只是哭泣。末了，反而是她決絕地提出分手。他愕然，良子道：「日本人相信死去的人是有靈魂的。」

他突然明白了日本人為什麼常用切腹這方式來結束生命。

在去原生沼的車上，鄰座一對男女來自加拿大，背著行囊，捧著一本厚厚的地圖冊。在交談中他問：

「加拿大遍地都是楓葉，為什麼還跑到長崎來看紅葉？」

那個女的打開地圖冊，向他展示夾在其中不同地區的紅葉，溫哥華的紅葉、蒙特瑞爾的紅葉、北京香山的紅葉、塞班島的紅葉、澳大利亞荒無人煙腹地的紅葉、蘇格蘭最南部的紅葉。她把一枚枚葉子遞到他手中，要他細看。

男人說：「植物是用顏色來闡述生命的，雖然都是紅葉，但對秋季的感受不同，所以顏色也不同，遠遠望去，氣韻也不同。」

女的加了一句：「凋落的形式也不同。」

原生沼的遊人如織，有些婦女穿了和服，襯著滿山的紅葉，看起來像大江川時代的版畫。他夢遊般地隨著眾人和導遊在鋪設木板的小道上向前行去，心中感覺格外地孤獨。漸漸地掉了隊，等他醒悟過來，發覺置身於一處杳無人跡的山谷之中。

這兒背陰，紅葉已經凋零，岩壁上長著淡綠色的苔蘚。山谷底部一大片豔黃色，一條小路蜿蜒地通往谷底。本想回轉身去追隊伍的，突然覺得無趣兼乏力。關於紅葉的懸念都被剛才車上的加拿大人講透了。略一思索，就沿了小路向穀底而去。

從谷頂看到豔黃色是大叢大叢的雛菊，長在磷磷岩石間貧瘠的土地上，秋意已深，很多枝葉都已經枯焦了，花瓣也變得薄而透明，顏色卻還是耀眼的明黃色。風吹過，花叢中傳來一股辛烈的山泉和岩石的味道。

抽完煙，他轉身向谷頂攀爬，途中不敢回頭，他怕看到那個景象，一整片明黃色在一瞬間消失殆盡。

總算塵埃落定。

律師說：「這是最好的局面，她沒要求你把房子賣掉均分，只是訂了個十年的租約。雖然租金低了點，但你保住了房子。什麼？這房子是你的婚前財產？你這話對陪審團去說。讓我給你解釋一下加州的夫妻財產共有法，你們一起生活了三年，共同報稅，而且，你去年重新貸款時加了她的名字，她如果要申訴擁有房子的一部分主權，我是想不出什麼理由來反駁的。還是聽我一句，接受她的條件……」

可是，三百塊，不要說付貸款了，連付地產稅都不夠。

律師的聲音已經顯得不耐煩：「當然，當然，如果付二千塊房租的話，她為什麼還要留在這兒？但是，用腳趾頭想一想，這錢轉彎抹角地最後還是得從你口袋裡出來。何況她只住上面一層，底下那間房還是歸你用。反正我是覺得夠寬鬆的了，她的律師說，你們原是世家，她不想逼你太甚……」

律師，她的律師，她，三個女人為離婚的男人設計的方案，除了接受別無他途。

放下一張單人床，一張書桌兼飯桌，兩把椅子，一個小書架，房間就差不多滿了。他還需一個小冰箱，一臺微波爐，也許可以在廁所的洗臉盆旁安放一下，不過淋浴時就要側著身子擠進去了。

好在門一開，對著的就是後院，還有那麼一抹綠色，籬笆旁的九重葛開得豔紫一片，那株日本赤楓是結婚那年種下的。沿牆根一排瘋長的蘭花，葉片肥壯，卻開不出花來。

通向樓上的那扇門用三合板封住了，板壁後面是條過道，一頭通往廚房，另一頭通到餐廳，她的鋼琴放在那裡。每天九點開始，琴聲像潮水般地浸滿整幢房子，從薄薄的三合板牆後面潺進來，一波接一波。一到四點鐘，琴聲戛然而止。

他恍然覺得離婚之後的日子並沒有什麼改變，以前她練琴時也絕對不許他走進餐廳，開始他不以為然，這兒是他的家，他的房子，他應該有這個權利走進餐廳去取件東西，找本遺忘在餐桌上的書。隨著一聲闔上琴蓋的巨響，她摔門而去，接下來是一個禮拜的冷戰。

他教的學生都在下午晚上上課，何處可去？圖書館？咖啡座？商店裡去買把小蔥？心裡只是不對味。回來躲進樓下房間，聽著貝多芬沉重的和絃在天花板上隆隆而過，不禁回想起當初看著她長大，手把手地給她上第一課湯姆生，看她考進音樂學院，看她失戀，一日比一日地蒼白。實在看不下去，父母間一說即合，兩年之後她來到美國。

他認為他倆都是安靜的人，一份平和的日子應該過得過去。很快，他發現文靜的她有一顆狂野的心：她自認生來是個鋼琴演奏家，雖然到現在還沒開過一場獨奏會。她堅信會有那麼一天的。

所以，練琴的時間神聖不可侵犯。

他忍下了，說來她比他小十三歲，一過四十，他就明白任何演奏家絕不是練出來的，如果沒有機緣，帕格尼尼也只是個小提琴教師，李斯特也許在維也納替人伴奏糊口。海頓最明白這點了，每天他都要跪下來求上帝給他靈感。機緣更是可遇不可求的了，你如果過了二十歲還沒遇上，機率只會越來越小。

她是不會相信這套說辭的，她只相信神童莫札特是被他父親逼出來的，她不用人逼，她自己逼著自己，天天咬緊牙關在鋼琴前坐七個小時。

教鋼琴這種事她是不屑的，別用柴米油鹽來煩人，人生應該有更大的目標。

每個禮拜他上門教二十個學生，週末排得滿滿的。回到家時，她已睡下，確保第二天練琴的精力。他躡手躡腳地摸進廚房，燒開水，泡一碗麵。

還是走到頭了，還是這間淹在音樂潮水之下的房間，還是一個禮拜消耗一箱泡麵，還是把收來的學費轉手去交貸款，那麼，離婚的日子有什麼不同？

他記起律師告誡過他：決不可上樓去打擾他的前妻。

離婚協議簽字那天他把樓上所有的鑰匙交給了律師，他知道在牆角第三盆蘭花花盆下還有一把開啟廚房通花園側門的鑰匙，那是很久以前他放在那裡以備不時之需。既然律師說房子還在他名下，換而言之他是房東，房東該有進出房子的權力，如果發生緊急情況的話。

以前住在一起，多少還有幾句話，雖然淡如隔夜的茶水。現在，他出門時遇上她駕車回來，原以為可以打個招呼的，可是她見到他的身影，馬上搖起車窗，端坐在車內，靜候他走過去。或者起動車子離去，把開口講話的機會減到零。每個月三百塊錢由律師處轉來，準時，冰冷，十足地履行了一個好房客的責任。

她生日那天，他不知道出於什麼心理，買了花束，擱在前門的轉角處。下午出門上課時，看到花束不見了。那一天心情特別好。夜裡回來，提了垃圾去後院，赫然見到那束花被扔在垃圾筒裡，連包裝的塑膠紙都沒拆開。

他們之間沒有深仇大恨，他們的教養也不允許任何的肢體衝突，吵架是以一種極端冷漠的形式來表現的。到現在，離婚的事實還瞞住雙方的父母，何必讓老人捲進來？傷心於萬里之外？

也許她是對的，離了婚，獨木橋陽關道在各人的腳下。藕斷絲連對任何人沒好處，既然他們嘗試過，那麼累。沒必要重拾幻想。

沒課的日子他捧著一本書，心思卻不在書頁間。樓上在彈拉赫曼尼諾夫第二鋼琴協奏曲，一個多月了，天天重磅炸彈落在頭上。音符一個不差，技巧如行雲流水。在他的耳中聽來缺了點蒼涼和渾厚，那種冰天雪地之中的寥寂，西伯利亞荒原上的白夜，混濁而不馴的頓河。那是老拉音樂的靈魂，男人的心聲，女人的禁地。對她說來，還是蕭邦或蘇曼更合適一些……

還有，低音區的第三個鍵有點鬆了，差八分之一的域度。

他苦笑一下，操那麼多心幹嘛？

一天他出門去上課，迎面走來一個美國男人，高個子，花白頭髮，腰背卻挺直。一路尋著門牌號碼，走到樓前，按門鈴。門很快就打開了，他只看到她的身影一閃。

一晚上他都覺得什麼東西堵在那兒，課上得心不在焉，無緣無故地對學生發脾氣，提早回家，樓上已經熄燈。整幢房子黑幽幽的蹲在路燈昏黃的光暈下，他輕輕地掩上門，輕輕地在床上躺下，望著天花板出神。

極靜，窗外夜鳥偶爾一聲啾鳴，遠處太平洋捷運火車駛過。月光從簾隙中漏進來，斜斜地映在牆上像一排音符。樓上的地板響了一聲，然後是軟軟的腳步聲，夢遊般的，從臥室到廁所，再就是馬桶沖水的聲音，當夢遊般的腳步聲又回到臥室，一切又歸於寂靜。

他的耳朵還是豎起了好久，努力捕捉任何一絲響動。廚房裡老冰箱馬達的蜂鳴，一隻沒關緊的水龍頭，滴水如緩慢的行板，突然老鼠細小的爪子在地板上急速地跑過，啊，突如其來的琶音，最後是臥室裡翻身時床墊「嘰呀」一聲，那是一聲嘹亮的小號。

寂靜的大幕又合了起來，他滑進了黑暗，月光在牆上移動。

在夢中他身著黑色燕尾服，指揮著一個龐大的樂隊，她背對著他坐在一架大三角鋼琴前面，腰收得細細的，裙裾逶地。拉赫曼尼諾夫第二從她手下狂暴地流瀉出來，樂隊跟不上了，先是管樂隊停了下來，然後大提琴啞了，再是小提琴聲嘶力竭地拔高，發狂似地想跟上，「砰」地一聲斷了弦。他看見她在琴上抬起頭來，冷冷地打量了他一眼，像個傲慢的公主般地起身，走進幕後去……

但那架鋼琴並不因為演奏者離去而停下，黑白兩色的琴鍵像波浪般地起伏，拉赫曼尼諾夫第二的濤聲依舊。

第一聲觸鍵聲音像悶雷，黑夜和白晝硬生生地從中間被閃電劈開，音符的暴風雨準時地襲來。他醒得透透地躺在床上，耳朵在宏大的音流中捕捉那差八分之一的音鍵，他先是不確定，那八分之一的細微區別似有似無。出現了，又很快地隱去，他有點不相信自己，聽到第一樂章結束時，他得出結論：鋼琴被調校過了。

那美國男人是個鋼琴校音師，他發覺自己對著天花板在微笑。

兩個禮拜之後他又一次看到這個男人，迎面而來，步伐沉穩，經過他身邊時並沒有朝他看一眼。這一邂逅使得他一晚上心神不定，努力地回想早上並沒有發覺有任何的音鍵不準，那麼，這個男人為什麼再一次地上門？

十點鐘回家時樓上的燈竟然亮著，幽幽地，如洞中之燭。這是記憶中從來沒有的事，他不由得噤住了，像兔子回巢時瞥見一條蛇盤踞在內似地噤住了。

開了門，黑暗中樓上傳來的聲音分外清晰，談話聲中竟然還夾雜著笑聲，男人緩慢沉重的笑聲中，女人突然拔地而起的笑聲，像二重奏裡按捺不住的小提琴。椅子在地板上拖過，沉重的身軀砰然落座。腳步聲在廚房和餐廳之間不斷地穿梭，急促而輕佻。冰箱的門打開又關上，一隻碟子打碎在磁磚地上。開瓶塞「波」地一聲悶響，薄薄的玻璃酒杯叮璫如風中之鈴，水槽裡的杯盞堆滿了，像玉山般地傾倒下來。

他抑制住徒起的衝動，把耳朵貼上那堵薄板牆。他男人的自尊不容許他那麼做。他只是站在黑暗的房間中央，全身不住地一陣陣顫抖，掌心出汗，耳朵卻不放過任何一絲從樓上傳來的細微聲響。

斷斷續續的英語交談，男人的聲音顯出上了年紀，很有教養，嗓音渾厚略帶沙啞。女人的英語還不是很流利，但敢說，一句句子有時會重複幾遍，尾音拖得很長，帶有小孩撒嬌的意味。在他的印象中，她從未用這種語氣跟他說過話。

笑聲中椅子又一次地被推開，腳步聲來到餐廳另一頭，琴蓋被打開，手指掃過鍵盤，一串琶音流動，熟練之極，油滑之極。一個停頓，然後響起了貝多芬柔軟的《月光》。音色純淨，水般地緩緩地流淌，從慢板進入急奏時如夏季的遽雨，再緩緩地如葉叢間的水滴悄然墮下。

他閉上眼睛，沐浴在琴聲和月光之中。他在八歲時第一次彈下這首奏鳴曲，至今不知聽過和彈奏過多少遍，但從來沒有像今天這樣用整個心神去聆聽這首液態的曲子，波平浪靜海面上的月光，叮咚婉轉小溪邊的月光，黑森林上空的月光，空寂無人荒原上的月光，清清冷冷的月光，色彩變幻的月光。

他的專業素養當然聽出了彈奏中的瑕疵，半階音錯了一個，行板中有一二處不必要地拖遝。可以聽出彈奏者右手比左手來的更為流暢，但這都是小疵，不影響到演奏者對整首樂曲的闡述。最為難得的是，此人彈奏的音色特別飽和。可以想像得出那在琴鍵上游走揮灑的是一雙很大的手，手指修長，虎口關節柔軟，很容易地跨越十一個鍵，而且，此人的手指頂端飽滿，指尖觸鍵時有一種彈性的緩衝，然後再均勻地傳到象牙鍵上。

羅賓斯坦應該有這樣一雙手，大師的手。可是，這只是一個校琴師在彈奏……

曲子彈完，女人在鼓掌，那麼地由衷。他不由得心酸地想起：他的用心演奏任何一首曲子從沒得到過她這樣的褒獎，最多就是在隔壁房間安靜地聽，彈完之後也從來沒一句評論。他彈奏的作品遠比《月光》艱深得多，難道真是外來的和尚會念經？

他聽到樓上的演奏已近結束，無意識的手指敲打著琴鍵，煮沸的水壺在爐子上嘶嘶地尖叫，然後是茶水注入杯中的聲音，最後是前門開了，他們又在門廳裡講了很久，可惜隔得太遠，實在聽不清他們在說什麼。直到大門關上，那人沉重的腳步聲遠去，他才醒了過來。

接下去幾個禮拜他過得恍惚，《月光》時而平緩時而起伏的旋律一直在他耳中鳴響，他會在教課時把學生擠開，自顧自地坐下彈奏《月光》。或者他在琴行裡聽著售貨員喋喋不休地推銷商品，心裡明知就是送一架琴給他也沒地方擱，只是等售貨員請他坐下來試音時，可以再從頭到底彈一遍《月光》。他還去過基督教青年會，那架老琴走音得厲害，根本沒法彈奏。

他還能去哪兒重新找回自己？

在他的頭頂上方，有一架原屬於他自己的鋼琴，八十年代生產的史坦威，雖然是二手琴，但原主人基本上沒怎麼彈過，那音色、手感、鍵盤的重量，豈是現在市場上的三葉可比擬的？但這架琴現在和他隔了一層樓板，一個和他已經沒關係的女人在觸摸它，彈奏它。還有那個校琴師。他卻沒有資格觸碰原本是他的鋼琴。

離婚協議是怎麼說的？有沒有關於鋼琴這一條？一點也記不得了，當初心神俱黯，什麼事都由律師去處理，那個女人卻從頭到底沒提過一句關於鋼琴的事。

一股忿懣之情在心底漫延開來，他可以住小房間，他可以負擔沉重的房子貸款，他可以天天吃泡麵過日子。但是，憑什麼他不能碰他的琴？

他曾經熟悉每一枚琴鍵，手指在上面撫摸過千百遍。在枯寂的日子裡它是唯一可傾訴的伴侶，他曾經花費一整天來校準一個差十六分之一的音鍵，他在雨季從不開窗，生怕琴受了潮走音……

好像走夜路時絆了一跤，爬起身來走出一段，發現丟失了重要物品，再轉身回去尋找，卻已經不可復得了。就是那麼一個疏忽，曾經日夜陪伴他的鋼琴，在一牆之隔，卻若天涯。

律師當初怎麼說的？過去的都過去了，從今以後你有你的生活，她有她的生活。世界很大，前面的日子還很長，看遠一點。

也許，當初就應該痛痛快快地把房子賣掉，拿了他的一份遠走他鄉，如今卻羈絆在這麼一個局面裡。他自己對自己笑了，真的要解決問題，還不容易麼？他現在付的貸款，可以租個舒舒服服的公寓，憑他的教學經驗，在哪兒都可以找到學生。那為什麼還要困在這局面裡呢？還有，他要在那架曾經屬於他的鋼琴上，最後彈奏一遍《月光》。

拳頭鬆開，汗濕的掌心中那枚鑰匙已經染上一抹綠色的銅鏽。

每週六下午是她上市場買菜的日子，聽到汽車倒退出車道，他走到門口張望了幾回，確定她不會突然返回，他一步步地登上側樓梯，從懷裡掏出那枚帶體溫的鑰匙，插進門鎖，這扇門長久不開，鎖頭有點澀住了。緊張使得他的心臟砰砰急跳，背上一層汗意。正在他手忙腳亂之時，鎖頭卻「啪」地一聲打開了。

屋子裡一切如舊，他第一眼見到的是廚房裡那隻關不緊的水龍頭，像眼淚般地滴滴答答不停。水槽裡有一堆沒洗的碗盤。再經過廚房進入窗簾低垂的臥室，一股似曾熟識的味道襲來。女人用的化妝品，床單和換下來還沒洗過衣物的味道，久不通風留存的淡淡的體味。他差點把持不住，趕快離開。經過起居室來到餐廳。

下午的陽光從視窗斜照進來，首先映入眼簾的是餐桌上一大叢百合花，已經謝了七八分了，花瓣撒滿一桌子。在他們一起生活的幾年中，她自己從來沒買過花。

他不是來追究花的來源的，他的眼光轉過去，在鋼琴上停下，他的被遺落的寶貝。

他小心地拉開琴凳坐下，輕輕地打開琴蓋。白色的鍵盤一閃，恍惚間他覺得鋼琴對他微笑了一下，誰敢說鋼琴只是件沒有生命的樂器？手指剛一觸碰上去，聲音就迎了上來。脆亮的，帶著歡樂的雀躍，像女人等待著最後的愛撫、纏綿。

他又站起身來，走過去把窗簾拉上，房間裡暗了下來。

在一個一個音節中月亮緩慢地升起，天空一片黛青色，碩大的月盤溫潤如玉，帶著一絲粉紅。色彩開始變幻，一抹暗藍色浸染了地平線，繁星閃耀，月色透出一層清輝，夜空呈現出多種的層次，翠綠深藍濃紫，風過樹梢，一瞬間月亮已經當空，儼然如女皇君臨。冷峻，輝煌，靜穆，銀輝瀉地。淡淡的一層霧飄過，月色轉為迷離，亮若明鏡，湮若暈玉。海上波光粼粼，山巒森林起伏拖迤，大地沉睡，萬物寧靜。最後東方天際透出一抹嫣紅，朝日即將噴薄，屆時日月同輝，眾星璀麗，只是——無人觀瞻。

樂曲被一陣粗暴的敲門聲打斷，他把最後一節彈完，鎮定地走去開門，門一打開，這才發覺天色已晚，對街，一彎新月已在教堂鐘樓的簷角掛起。

門口站了兩個警察，他被押送下去時，看見她站在車旁，背向著他。

半年之後，這幢房子掛牌出售，經紀引導客人看房子時，走進後院，客人突然說：「你看。」經紀回過頭，看到牆根一排枯萎的蘭花，只有從右面數過去的第三盆，不但茂盛，而且結出了一串月白色的花骨朵。

我們夫婦從洛杉磯出發，取道五號公路北上三藩市，再沿著八十號高速公路，經過鹽湖城，再花了兩天穿過整個中西部大平原。在到達芝加哥之前，在中途休息站打了個盹，出來時錯拐了一個右拐彎，結果順了五十五號高速向聖路易斯而去。

原本打算是去紐約的，對我們這些炒股票的說來，紐約像回教徒的麥加一樣，是畢生一定要朝拜的聖地。華爾街證交所就是股迷心中的聖石。在它的臺階上坐幾分鐘，再摸一把那匹金光閃閃的銅牛尾巴，此生無憾。但是越往東去越是忐忑不安，我們不是賺了大錢的幸運兒，而是輸了錢的喪家犬。不肖子弟無顏見祖師爺。

聽說聖路易斯有座大起大落的拱門，高聳入雲，是世界建築奇境之一。我們做股票的人迷信，「高聳」總是個吉兆。反正又不急於趕路，紐約永遠會在那兒。將錯就錯去聖路易斯玩一趟也好。

旅行是受心境影響的。

我們攜了三千塊錢衝進股市，原是玩玩而已，沒想把它當飯吃。怎料到進去了就出不來，跟抽鴉片煙一樣。三千塊變成三萬，再變成三十萬。到了這個份上，你說二十來塊錢一個鐘的工作怎麼還能使人安心做下去？我辭掉軟體公司那份吃不飽餓不死的工作，我老婆辭掉牙醫助理的職位。一人一臺電腦，在家幹起當日交易員來。

我們的作息跟股市同步，每天五點不用鬧鐘準時起床。六點鐘就坐在電腦前，面前一杯黑咖啡，一開盤就殺進去。做當日交易是短線，選的都是大起大落的股，上漲幾毛錢就出手，一天來回可做幾個回合。做當日交易員這行當，無論是輸是贏，在收盤之前一定要結清賬面。贏錢晚上出去吃蔥薑龍蝦清蒸石斑，輸了呢？在家吃公仔麵。

其實在那段股票瘋長的時期，放隻猴子在電腦面前也會贏錢。我們卻昏了頭，往上查祖宗八代還沒誰一天賺進幾千美金的。所以俗話說「月盈則缺」，當人自我感覺太過良好之際，就是翻船之時。

下面傷心的事就不說了，我們離開三藩市時賣空了家當，除了後座兩個手提包裡的換洗衣物，口袋裡還剩三千塊現款，這叫做九九歸一，哪兒來的哪兒去。

聖路易斯是個破敗的城市，市容澹淡，滿街的流民，這個地方不像是吉兆的樣子。大拱門坐落在密西根河邊，像一張巨大的弓，搭上一支箭就可把月亮射下來。它又像一條飽滿的拋物線，飛天而起，高度一百九十二米，跨度一百九十二米，畫了個漂亮的半徑，最終還是落在地上。

哦。塵歸塵，土歸土。

汽車泊在河邊，駕駛臺上扔滿了吃剩的外賣盒，汽水罐子。收音機裡播放著西部鄉村音樂，依依啊啊的，聽起來跟東北二人轉差不多。中間偶爾插播天氣預報：紐約和新英格蘭地區受到強暴風雪的襲擊。

老婆和我對望了一眼，這天氣看來紐約去不成了，我們這輛八二年的老豐田跑了十四萬英里了，路上拋錨就麻煩了。真該趁手上有錢時換輛新的，可是當初想要錢生錢哪，一直窩在股市裡抽不出來，本想賺夠了換輛凌志四百。一耽擱，他媽的錢在手上就像泥鰍般地溜走了。

那就繼續逛吧。

中國人不是個遊蕩的民族，我們祖祖輩輩喜歡窩在一個固定的地方，喜歡安居樂業，有一份工作，生養幾個子女，車庫裡停著兩輛車，前院種花後院種菜，看看連續劇，週末出去吃一頓。老話說在家千日好，出門處處難。像我們這樣是逼不得已才上路，就像古代人犯了罪充軍那樣。

所以我們不覺得駕車旅行的樂趣何在，大部分時間我開車老婆打瞌睡，或者一刻不停地換電臺。我想聊聊天，三句話不到就繞到股票上，我說她小腳女人畏畏縮縮，她講我見了芝麻丟了西瓜，差點吵起來，於是大家識相閉嘴。時間和道路像水一樣向後方流去，而寂寞像大霧一樣地包圍著我們，前面看出去是一模一樣的高速公路風景，停下來是一模一樣的加油站，喝一模一樣淡而無味的咖啡，吃難吃的食物，連廁所的臭味聞起來都一樣。

人如果在這種單調的環境待上幾個月，就算不發瘋，也一定會患上神經衰弱。真佩服那些終日開了大卡車穿州過縣的司機，天生大條神經粗如鋼纜，駕車粗野，滿嘴髒話。而我們才走了兩千多英里，頭腦發漲，屁股生痛，胃裡咕咕響，人憋悶得直想尖叫。

人一閒就來事，老婆看到公路邊高聳的雲霄飛車時，竟然被鬼迷了心竅，吵著要去玩。我說老婆啊，我開車都要累死了，你興致還這麼好，玩這小孩子的玩意兒？老婆撇撇嘴道：「正是坐車坐得腰都斷了，才想要去放鬆一下。沒頭蒼蠅似的跑了一天了，你還沒轉悠夠？」我想也是，何不趁機歇歇腳抽口煙。於是心不甘情不願地下了高速公路，兜來兜去，跑了不少冤枉路，最後總算找到入口處，停車買票，步入遊樂場內。

遊樂場是在高速公路旁邊一大塊空地上用活動籬笆圍起來的，除了那架8字形的雲霄飛車，還有無數的雜耍攤位，賣汽水熱狗爆米花巧克力棉花糖的小販像蒼蠅似的穿梭來去。時屆黃昏，遊人如湧，都是些半大孩子，興高采烈地從一個攤位湧向另一個攤位。

進場時突然有個幻覺：這地方我好像來過。那一個個彩色的帳篷，堆滿絨毛公仔的架子，氣槍射擊的啪啪聲響，聒噪的流行音樂，空氣中瀰漫爆米花的香味，以及那緩緩旋轉的雲霄飛車，都好像似曾熟識，我朝左面看看，心想那兒該有個廁所，那邊果然有兩個藍色的簡易廁所。我再朝右邊望去，那兒該有輛六十年代的老福特，果然，真有一輛老爺車趴在那裡，鏽跡斑駁，引擎蓋裡都長出草來。我搖搖頭，這是怎麼啦？我肯定沒來過這裡，我居住地離這兒有二千英里之遙，我這人生性膽小，不好動，如果去過任何遊樂場肯定印象深刻。遊樂場？唯一的記憶是小時候父親帶我去看過一場馬戲。

是我長途駕車後過度疲勞引起的幻覺？我不敢肯定。

想想真是匪夷所思，我們夫婦倆突然童心大發，在幾千里外的一個小鎮上，鬼使神差地走進一個遊樂場。老婆一向膽小，不敢騎自行車，開車也不敢上高速公路，這時卻吵著要坐雲霄飛車，並且死活慫恿我一塊上去。謝謝，謝謝，老婆大人。我是有恐高症的，萬一被嚇出心臟病來。你準備用救護車送我去紐約？

老婆撇下我，在工作人員的攙扶下坐進蛋殼般的座艙，繫好安全帶，一路上苦著臉的她竟然興高采烈，笑靨如花，在飛車冉冉上升之際向我招手，那飄飄欲仙的姿態使我想起嫦娥奔月。一個女人一步登天，在高處不勝寒的位置上俯視地下眾生，其中一個豌豆般大小的人形動物是她丈夫，這個男人其貌不揚，膽小如鼠，壞習慣一大堆，吃飯時放屁，上床不洗腳，睡覺時磨牙，這倒也算了。最可悲的是這個男人沒錢，不是一時一地的沒錢，而是命中沒錢。就是錢到了他手上也會像水一樣地流走。

所有的婚姻都經不起從高空俯視。

據收票的講，坐趟雲霄飛車大概是十五分鐘。我點上一支煙，伸個懶腰，在周圍走動走動疏鬆筋骨。從一個攤位逛到另一個攤位，跟在一群十五六歲的毛孩子後面看熱鬧。這地方典型的中西部小地方，清一色的白人，連個黑鬼都很難見到，更不用說中國人了。守攤的都是些沒見過世面的鄉下人，紅脖子，看到黃種人像見了妖怪一樣，眼睛瞪得雞蛋大，滿口的「沙伊娜啦」，招我去他們攤上玩。他媽的把我當成日本鬼子了。連美國鄉下人都知道看菜下飯——日本人是有錢人，而中國人是打餐館工的。我才不會上那個當，那些攤位都是大同小異，套環的，打槍的，滾球的都是小兒科。環是輕重不對稱的，槍的準星是調歪的，球的軌道是動過手腳的。這些小小的歪門邪道，我在股市裡大風大浪裡打滾過來的，一眼就看穿了。

但是所謂的「遊樂場」就是我們人生的縮影，本來嘛，來世上走一趟有多大意義？無非是花幾個小錢買個樂子，一看穿，自己就把自己給斃了。我既不坐雲霄飛車，也不打槍套環，只有像頭野狗似地在場內晃來晃去，東看一眼，西唾口痰，就差沒撩起腳來方個便了。

老婆說過，我這個人最大的缺點是沒長性，我對艱苦的需要付出的事沒長性，對細緻耐心的事也不行。其實老婆對我瞭解還不夠，我對悠閒和享樂也都沒什麼長性。我媽說：「生來屬猴的，拿起丟下，屁股是沒一分鐘坐得定。」知子莫如母啊。

一過八點，場內的遊人走了大半。這種鄉下地方，人都像雞一樣，天一擦黑就進籠子睡覺。守攤的傢伙們一個個手插在褲兜裡，抽著煙蕩來晃去，呵欠連天。如等著歸圈的羊群。我真的撞見一個傢伙在帳篷後面撒尿，使勁地抖，見了我不但毫無愧色，還笑著做個鬼臉。

遊樂場一沒了人氣，就成了墳場。守攤一個個像是孤魂野鬼。

突然有人在身後拍我肩膀，我驚跳起來。

回頭一看是個小丑。高大肥胖，穿了件橫紋衫，背帶褲，腳上一雙龐大無比的鞋子，鞋尖往上翹起。滿頭亂糟糟的紅髮，臉上用白粉畫出一張醜陋無比的面具，再加一個通紅的鼻子，正咧開大嘴朝我笑著。那副形象說是滑稽還不如說是可怕。要不是身在遊樂場，膽小的人猛一見肯定會被嚇壞。

那個巨大的身影湊近我，喘氣吁吁像匹肥胖的母牛。我真的聞到了一股濕淋淋混合著乾草味的牛尿氣。從洛杉磯到三藩市的高速公路旁有個巨大的養牛場，隔了好遠都聞到刺鼻的牛騷氣，跟這個傢伙身上的味兒一模一樣。

母牛對著我擠眉弄眼，先笑出個滿月臉，再擺開架勢，做出一串滑稽的表情，想逗我笑。看我無動於衷，他雙手一拍，變戲法般的出現一副全新的紙牌，手一揚，紙牌像是一群鳥兒，生了翅膀似地飛上半空，再一張張飄落下來，整整齊齊地疊在他的手掌上。

「哦，還有一張在這兒。」

我還沒反應過來。他已經以極快的動作在我衣領下抽出一張紙牌。

「啊，還有一張藏在這兒，你這個不乖的小搗蛋。出來玩就不想回家了？」

我還來不及躲閃，他從我上衣口袋裡又抽出一張牌來。

哈哈。哈哈哈。四周圍觀的紅脖子看熱鬧。

但是我看不出有什麼好笑的。

要把一個中國人逗笑不容易，我們像別的人類一樣，會哭會怒會痛苦會無奈會沮喪會逢迎會嘲諷會不屑，但是我們不大會笑。就是笑的話也是冷笑，假笑，苦笑，皮笑肉不笑。真叫我們從心底裡發出大笑是難上加難，這也許跟我們的沉重的歷史積累和艱辛的個人經歷有關，反正我們一過了孩提的年紀就開始逐漸喪失了笑的功能。我們遇到一件事首先考慮到厲害關係，估算對我們自身的影響，以及連帶產生的利弊。我們從小被教導要學會察言觀色，不輕易流露自己的喜怒哀樂。我們看到太張揚的個性在社會中往往遭受滅頂之災，一個人往往在前一分鐘大笑後一分鐘就可能大哭。我們不得已地學會了掩飾和偽裝，時日一久，這種偽裝就溶化在我們的體質之內。我們一點點地喪失了與外在事物的互動，我們的橫膈膜變得沉重無比，發不出來那種來自腹腔的大笑。我們的喉頭變得乾澀，吐不出嘹亮的聲音。而我們的表情肌則逐漸退化，再也沒有了明亮的笑容。

所以對小丑賣力的表演我只是牽動了下嘴角。

對一個小丑來說，引人發笑是他的職責所在，而觀眾不賣他的賬是最大的侮辱，比當眾被抽耳光還厲害。因此他使出渾身解數，蹦上跳下，戲法變了一套又一套。可是我還是不笑，最後他沒撤了，摘下頭上那頂紅色的假髮套，搔了搔冒汗的禿頭，用差點哭出來的語氣道：「你們中國人真的不會笑？」

我只是聳聳肩，表示無能為力。

小丑微微搖頭，又捏著下巴作沉思狀，旁邊的紅脖子們起哄：「讓一頭牛發笑還容易些。中國人天生就不會笑。我可以打賭一瓶黑牌威士忌，如果你能使他開懷大笑一次。」

小丑疲憊地說：「也許我沒這個本領。如果一個人沒有笑的功能，那是上帝的錯誤，我們凡人是沒有辦法的。酒你們自己喝吧。」

說完他扔下我和紅脖子們，鑽進一座彩色條紋的帳篷裡去了。

是該走的時候了，玩也玩了，筋骨也鬆了，跟小丑也過過招了。該去找我的老婆大人了。

路過帳篷時看見小丑換下了小丑裝，悶悶不樂地在抽煙。臉上的化妝還沒除去。

雲霄飛車的入口處人群疏落，燈火闌珊。我找了一圈，沒見我老婆。再抬頭望去，在紫色的天幕上，雲霄飛車像一架巨大的遠古恐龍骨架。在它的軌道上，一排排空的座艙徐徐地無聲地滑行。其中可以看到一個小小的人影，孤零零地在天盡頭，像一顆流浪的小行星。

我這老婆也真是的，玩字上心就不知輕重好歹，人都走完了，你還在上面乘涼啊。

乘雲霄飛車的門口已經沒什麼人了，我剛要往裡邊闖，被收票的紅脖子攔住：「票！」我說我不是來坐飛車的，我只是要進去找我的老婆。那傢伙說不管你進去幹什麼，走進這道門就要票。

我摸遍渾身上下的口袋，只找出幾個銅板，錢包在我老婆身上。正在煩惱之際，背後又傳來那股牛哄哄的氣味，不用說，還是那個小丑，伸出一隻大手遞給收票的傢伙兩張鈔票。還沒等我反應過來，人已在場內了。

我面對卸了妝的小丑：「我只是進來找我老婆的。」

小丑眨眨眼說：「沒事。你老婆還在天上享受雲霄飛車呢。」

我說時間已經不早了，我們今晚的住宿還沒落實，出了門就要去找汽車旅館呢。

小丑告訴我離這兒五分鐘的車程有個Motel 6，就在路旁，你絕對不會錯過的。

「既然你老婆還在上面樂此忘返，何不我們也乘坐一圈兜兜風呢？」

我說：「我有恐高症的。」

小丑說：「你看我這麼胖，我也有恐高症的。但是雲霄飛車絕對是個美妙的經驗，你只要試過一次，讓恐高症見鬼去吧。」

「你不肯放過我是不是？」

小丑聳聳肩道：「沒人強迫你。我只是告訴你YOU DON'T KNOW WHAT YOU MISSING。別浪費時間了，三十塊錢可是我兩個小時的工資呢！」

我看在鈔票的份上，無奈之下，被小丑半推半哄地弄上雲霄飛車，他自己也擠進我並排的座位，並給我們兩人繫上安全帶。

在飛車開始滑動時我就後悔了，幹嘛理他這個茬？告訴他不想嘗試不就完了嘛？大不了老婆下來後把錢還給他就是了。

飛車開始加速，有點像飛機起飛時的感覺，在越來越快的速度作用下，人被緊緊地貼在座椅上。只是四面沒有屏護，那種空空落落的感覺使人頭皮發麻。這還不算什麼，到了8字形軌道的第一個轉彎處，車子猛然斜斜地上升，人被離心力拋向一邊，如果沒有安全帶繫住，人就會像顆石子般地飛出去，落進茫茫的夜色之中。

我的手心開始出汗，手指痙攣地抓緊了鐵質的座椅扶手。這時已升到了8字形的第一個高點，我失去了上下之分，望出去深藍的夜空中星光點點，與地上閃耀的燈光錯落混雜。遠處的高速公路上，汽車尾燈連成一串串紅色的光譜，理還亂，剪不斷。那只是一瞬間的事情，飛車開始下滑，速度加快，越來越快，簡直是筆直地向地面俯衝而去。那種向下墜落的感覺比升起來時更為攝人魂魄，我的心臟在喉嚨口大跳，我不相信我的身體受得了這種刺激和壓力，下一分鐘心臟就會爆裂，或者從我口腔中躍出，跌落深不見底的黑暗之中。我將在離地一百公尺高的地方死於非命。

我耳邊響起一聲長嘯，那是鄰座的小丑扯開了喉嚨在放聲大喊，音波高昂嘹亮，不像人聲的，無意義的，像動物發情或相搏時發出的吼聲。高分貝的聲音也有傳染性的，我也不由自主地放開喉嚨，讓氣流在我身體裡自由地進出，衝進氣管灌進肺裡，在身體裡回盪，讓它振動我的橫膈膜，連帶整個共鳴器腹腔，讓自己成為一管人形嗩吶，把最大的分貝播放到無限的黑暗中去。

飛車滑落到最低處時，靠了慣性再一次往上爬升。我看見從對面而來的老婆大人，一個人坐在空蕩蕩的椅子上，頭發揚起，神情亢奮，跟我一樣大張著嘴，發出不由自主的聲音。但是她臉上還有一種奇怪的表情——從我認識她之後從未看見過。

她一個人在無緣無故地大笑。

我正在想到底是我老婆，還是我不正常了，雲霄飛車開始運行在8字形的另一端了。上去時雖然驚險，但跟徒角轉彎和往下俯衝的刺激比起來，差不多可說是春風楊柳了。那種要把人甩出去的感覺，那種身不由己的被地心引力拖曳下去而掙脫不得的感覺，實在是驚心動魄。也是一個人能承受的生理極限。奇怪的是，雖然我身心都受到強烈的衝擊，卻有一種盼望再去經驗一次的暗想。經驗那種在懸崖上行走，頭暈目眩卻始終沒有掉下去的感覺。

真是發神經了。

第二遍上去下來的刺激一點也不比第一遍差，雖然有了心理準備。但加速度上升和下墜還是使人透不過氣來。小丑和我不約而同地開始放聲大叫，氣流像支箭似地貫通我們的身體，如風中的琴弦，開始自動奏樂，高低昂揚全不由我們作主。

人在這個狀態中是很奇怪的，首先，時間的概念消失了，一段三分鐘的上升會變得無限地短，一段下墜過程也可能變得無限地長，絮亂而又合理，正謂山中七日世上千年。第二，「我」的概念也消失了，這個最擺脫不了的生物自覺在高速運轉中跑得無影無蹤，連帶所有人為的附加物。第三，有一種不可抑制的興奮感從丹田裡源源不斷地湧現出來，如煤氣管破裂似地，堵也堵不住。人在這種狀況下會做出自己也料想不到的事情來。

科學家說粒子靜止時和高速運轉時是不同的。人不就是宇宙中的粒子嗎？

在雲霄飛車來到最高處時我看到一個靜止的世界，太陽和月亮星星排在一條軌道上運行，像魚群的巡游，無聲卻迅捷。大地是平坦的，跟聖經上描述的一模一樣。各種建築物在地面上如花卉般地盛開，通體明亮。我可以看到我們才去過的大拱門，近在咫尺，好像一伸手就可以觸摸到。左面的五大湖正在緩慢地結冰，晶瑩透亮。右面低氣壓在加勒比海聚集，熱帶風暴正在醞釀。在稍遠處，紐約的樓群像一列鏤空的酒瓶，透出燈紅酒綠的迷幻。稍一側頭，眼光向後瞥去，加州漫長的海岸線白浪如鏈，三藩市的金門大橋凌空起舞……

我不再害怕高度，倒希望下一波上升能達到更高的高處，那樣我就可伸手觸摸月亮，可以眺望太平洋彼岸的家鄉。我也開始享受速度，想像自己像隻鳥兒振翅飛向高空，再在一望無際的海平面上俯衝下來，閃電般地切開柔軟的海面，深入水下琉璃世界。我不再懼怕以前懼怕的一切，既不懼怕這個世界，也不懼怕我自己。

你坐在懸崖的邊上望出去，千山如韌，萬谷疊翠，這個世界和平日所見的不一樣。

我突然起了一股衝動，想要解開綁住身體的安全帶站起身來，如果那樣，我肯定能在下一波登上最高點時觸摸到月亮。

可惜，安全帶是設計成只要飛車在運行，就自動鎖上不能解開。

一股氣流從腹中湧出，又急又快，不受控制地衝出喉嚨。橫膈膜抖動著，肺部如鼓風機似地急速地吸進空氣又吐出。脊椎上一陣痙攣，渾身的細胞像是炸藥一瞬間被點燃，引信的盡頭處爆發出一陣大笑，不可抑止的大笑。

笑得忘乎所以，笑得七葷八素，笑得不可理喻，笑得花枝亂顫，笑得不能自已，笑得物我兩忘，笑得天地變色……

想想這畫面吧：在深紫色的夜幕下，燈火闌珊，遊人零落。雲霄飛車卻一如既往地在軌道上快速運行。空蕩蕩的座位上，一個還沒卸妝的小丑和一個臉色臘黃的中國人擠在一起，兩人神情激奮，手舞足蹈。在離地一百多公尺的地方像青蛙一樣放聲大笑，笑聲蓋過了喧雜的鄉村音樂，沿著雲霄飛車8字形的軌道一圈圈地旋轉，盤繞，像流星劃過天空，落進黑暗的海洋。而底下一群紅脖子仰著頭，嘴巴張得像魚一樣……

如果不是親身經歷，打死我也不會相信這幅情景。

我們一直待到遊樂場人走燈滅，才依依不捨地跨下雲霄飛車。頭腦昏昏沉沉，腳步飄搖不定。我跟小丑握手告別：「你說對了，雲霄飛車真是個難忘的經驗。謝謝你了。」小丑眨眨眼：「我也要謝謝你，中國人，你替我贏了一瓶好酒。」

我不記得是怎樣摸回停車的地方，完全忘了老婆沒與我一起回來。直到坐進車裡，後座響起一個睡意朦朧的聲音：「你上哪兒去了？好一陣子了。」

我伸個懶腰，想了半天，說：「哪兒也沒去，做了個大頭夢而已。」

原來她有這麼多兄弟姐妹？

七年沒見了？還是八年？幹嘛去記這些，誰離了誰都得活下去。

她受傷後，母親把她接了去，最初的公寓只有一個睡房，住了兩三年，後來搬了幾次家，離市中心越來越遠。鄰居們常看到她坐在輪椅上，由年邁的母親推著，慢慢地走上兩個街口去超級市場買菜。買完菜，一堆塑膠購物袋放在輪椅的踏板上。在夕陽中，推輪椅的母親白髮被風吹起，像一隻蒼老的鳥兒斜掠過街角。

年末，兄弟姐妹們會寄聖誕卡來，桃紅柳綠的一排放在窗臺上蒙塵。偶爾會有個電話，除此就沒了聲息。且不說關心一下這個半身不遂的姐妹，他們來看看年邁的母親總是應該的吧。可是人都像紮了根似的，就是不動窩。母親說不怪他們，工作房子兒女貓狗，每人都有自己的包裹。她當然明白這話的意思：這個腰部以下癱瘓的女兒是老母親的包裹。

「我該死，都是我的錯。」母親常把這句話掛在嘴邊。

她最不想聽的就是這句話。

「媽，跟你說了多少次了。那不是誰的錯。整件事是一個悲劇。」

二十三年前，她在舞蹈學院念書，家裡為錢財多次爭吵之後，對簿公堂，法院判決嗜賭的父親淨身出戶，家裡財政交與母親掌理。想不到父親在一個傍晚攜了手槍來家，一言不合，拔出槍向母親射擊。第一槍沒有打中，那天她正好回來，聽到響動，從房間裡衝出去阻攔，在糾纏搶奪中手槍走火，她倒地昏迷之前看見父親萬事皆休的眼神——瘋狂、驚恐、絕望。然後他把槍口轉向自己的太陽穴，射出了第三顆子彈。

那黑色的記憶如群鴉在黃昏的天空盤旋，俯衝而下。

子彈穿過她的腹腔嵌在脊柱上，醫生說她再站起來的希望渺茫。在日夜無眠的病床上，她一直被一個問題困惑：如果當時她不去和父親爭奪那支手槍，事情是否會弄成如此糟糕？她是父親最鍾愛的女兒，深知父親雖然魯莽、衝動，其實極為膽小，不敢殺生。也許他自己也不明白怎麼會做出此等事情來，也許他只是想嚇唬母親，然後被槍聲震駭，驚詫於自己做下多麼魯莽的事情，發陣呆之後再扔下手槍出門。但由於她的參與，事情變得不可收拾，一家人的命運從此改變。

心理醫生告訴她千萬不能這麼想，於事無補，憑空給自己不必要的壓力。你今後要面對的難關多的是，正視現實吧。

這麼說，是天意如此？

母親比她更為接受這個說法，在一次次的手術過程中，家財被龐大的醫藥開支消耗殆盡之後，母親說當初還不如讓他把錢拿去，還省了你的苦痛，不就是幾個錢嗎？律師出的餿主意害人喲。我真是短見……

雖說是看開了，但打擊卻是實實在在的，母親在六十出頭頭髮就全白了，在六十七歲時發了一次心臟病，然後是高血壓等多種疾病上身。以前去超級市場走路十分鐘就到了，現在至少要半個小時，回來把東西放進冰箱，人就累得直不起腰來了。母親常常盯了她出神，她煩躁地說：「你為什麼那麼奇怪地看我？」母親歎了一口長氣，說：「我不在了，你怎麼辦喲？」

怎麼辦？難道她這麼在意活下去嗎？長年的輪椅生活，沉重累贅的身子，面徒四壁的日子，出趟門都必須戴上紙尿布，還有無窮無盡的醫院賬單，親朋表面的敷衍實際上卻避之唯恐不及的態度，不時襲來灰暗之極的心緒。如果這種日子再拖個十幾年。她想到就要尖叫。

生命的意義究竟何在？

心理醫生說：「人的生命並不完全是為了自己活著，生命有各種各樣的責任，有時，非常不堪的生命也自有它的意義。」雪蓮寺的文普禪師說得更為直接：「因由緣起，緣起不滅。把這件事看成是前世帶來的一劫，你必須要面對它。」

但為什麼六個兄弟姐妹同出一緣，卻只有她一人來承擔？

她苟且於世的唯一意義是與母親相依為命，雖然她心緒煩悶之時抽大量的煙，把頭撞牆，砸東西，向母親發脾氣。但母親一概默默地忍受，在她發狂時緊緊地摟住她，撫摸她的頭髮，哄小孩一樣地哄她，把她亂扔的東西一件件撿回來在原處放好，說：「沒關係的，你要哭就哭一場，發洩出來才好。」

聽了這話，她忍不住大哭一場，哭過之後真的覺得好過些。

但沒人承受得住常年看護一個癱瘓病人，母親顯得日益衰老，彎曲的脊背，蹣跚的腳步，變形的手指，衰退的記憶，常常自言自語，一切都說明這個老婦人的生命已經日薄西山。她早已做好準備，一旦母親過世，她就拒絕一切治療，越早了結越好，她對這個人世一點留戀也沒有了。

小妹在電話中興高采烈地說：「加勒比海豪華假期。嘩！好興奮哦！又可以見到媽和你了。」久未聞訊大哥也打來電話，聲若洪鐘地說：「太好了，太好了。三妹，我現在就準備行裝，都等不及見你們了。」接著大姐二姐小哥都來了電話，住在拉斯維加的大姐聲情並茂地說：「三妹，我日想夜想，做夢都想，現在終於可以放下一切來跟你們聚首了。想想看，有什麼比一家人聚首更重要的？」真的？從拉斯維加到聖荷西機票便宜時只要九十九塊，大姐不上班，終日泡在麻將牌桌上，直到今天才想起來要聚首了？

她詫異：怎麼都要去度假？誰中了彩票了？

母親淡淡地說：「是我為大家買了船票，全家難得團聚一次。」

哦，假期，豪華遊輪，美食，異地風光的召喚力還真不可小估。而且是名正言順的家庭團聚，何樂而不為？

她知道為了付龐大的醫藥開銷和復健費，二十多年來母親手上的錢差不多消耗殆盡，老人家自己已經很久沒添過一件新的衣裝了。她忿忿不平地詰問：「哎，媽。他們都過得不差，今天換房明天換車的。度個假為什麼要你出錢？」

一向平靜的母親突然變色，說：「他們過得好是他們的事。我已經七十三了，一家人還有多少見面的日子。」

她立刻噤聲不語，錢只是表面上的話題，說實話，她是一點也不想去「團聚」，她怕看到所有人都活得興興頭頭的，就她一個半死不活，她怕自己失控，二十三年積聚的怨懟已經滿到溢口了。另一方面，她又不願使母親掃興，畢竟上了年紀的人，老人家唯一盼望的，就是還能和兒女們多團聚幾次。

上了船，第一個見到的是小妹，三十七八歲的人，花蝴蝶似地，穿件唐娜凱倫繡有亮片的桃紅色無袖短衫，露了一截腰肢，肚腩肉微微地鼓出來。下面一條繡了日本歌舞伎圖案的牛仔褲，把個屁股包得緊緊的。腳上一雙鮮紅色的高跟鞋，囂張地把甲板踩得咚咚響。小妹先擁抱了母親，再俯下身來和她親熱地貼臉，一股濃烈的香奈兒五號香氣鑽進她鼻孔：「姐，你看起來氣色真好。」大哥的頭禿了大半，人也由於發胖顯得矮了幾分。他笑咪咪地抽著雪茄：「大夥兒見一次不容易啊。我推掉兩個高爾夫球賽，橋牌聚會也因而作罷，牌搭子們吵著叫我請客呢！」小哥還是那麼瘦，一如以往那般落落寡歡，蒼白著一張臉，不苟言笑地抽著煙。最後上船的是大姐，老了許多，臉頰上的肉垂下來，但嘴唇膏還是塗得鮮紅。太陽穴上貼了塊膏藥，說是怕暈船：「三妹你知道，我有美尼爾斯症的，一暈起來天翻地覆，五臟六腑都吐出來。不是為了見媽和你兩個，打死我也不坐船。」

大家都很開心，大哥小妹一邊一個摻著老母親在甲板上散步，連小哥都幫忙推著輪椅，大姐在一邊氣喘吁吁地跟著，訴說著自己滿身的病痛，共計有糖尿病、關節炎、青光眼、痛風，連血脂膽固醇都高得嚇人。但說到麻將又眉飛色舞，上飛機前還打了個通宵，結果女婿開九十碼飛車趕到機場，才算趕上了飛機：「那天手氣特別好，要什麼牌來什麼，收都收不住。」大姐滿面紅光，一點也不像個百病纏身的樣子。

晚上船上舉行歡迎晚會，一大家子人坐滿了一張大桌，享受了牛排和龍蝦，上甜點時，是氣氛最好的時候，連她都覺得在船上相見或許不是個壞主意，其樂融融的，老太太笑得那麼釋懷，這就什麼都值了。正好旁邊桌上有客人生日，侍者們聚在桌邊唱《祝你生日快樂》。大姐靈機一動：「不是還有幾天就是三妹的生日嗎？何不讓他們也為我們唱一首。」說著不顧她反對，招手叫來領班，塞給他一張鈔票，要他到這桌來唱生日快樂歌。

六七個菲律賓侍者，圍成一圈，聲情並茂地唱起《祝你生日快樂》。大家一起哼唱拍手。她聽在耳中，心裡百感交集。生日是紀念生命的開始，而生命自有它自己的軌跡，或揚或抑，或順或澀，也並不由於生日而盡善盡美。像她這樣一個坐了二十多年輪椅的生命，並非生日而聽著《祝你生日快樂》，簡直是諷刺。那幫菲律賓人唱得搖頭晃腦，一而再，再而三地重複，她真想大叫：「閉嘴，別他媽的再唱了。」

一切都很完美，人都到齊了，美食可口，海面上風平浪靜，除了生日歌這一點小小的不合時宜。沒人看得出來，除了母親，母親在唱歌時抿緊了嘴唇，直直地看著她，眼光中有一種說不出來的悲哀。

是夜，母女同宿一艙，舷窗外月光皎潔。兩人都睡不著，索性開了壁燈躺在一張床上抵足相眠地聊天。母親興致很好，絮絮說道兄弟姐妹小時候的趣事。末了癟著嘴笑：「一顆蓮蓬中的蓮子又團聚在一起了，一個不缺。」

她摟著母親瘦小的身軀，說著湊興的話。心裡卻想：還有一個人呢，再也不會回來了……耳邊恍然聽到母親說：「到底是一家人，血濃於水。這樣明天跟他們談我也放心了。」

她愕然：「你要談什麼？」

母親撫著她的臉頰：「我不可能跟你一直耽下去的。我老了，也累了。在我去之前，不把你安頓好，我是無論如何不安心的。」

她心裡湧起一陣悲愴，原來母親把大家召集在一起，是要託孤的意思。所以才有了這個全家團聚的旅程。

她忍下衝上喉頭的哽咽：「媽，別去說。我跟你跟慣了。」

「我走了呢？」

「那我去療養院。」

「療養院不是個好地方啊。你蔣伯母前年進療養院，不到半年就去了。我去看她時，她哭著叫我接她走，說哪是療養院，分明是等死院啊。我哪能讓你住到那種地方去呢！」

早死早好，她已是行屍走肉了，還是坐輪椅的行屍走肉。住哪兒對她說來一點沒差別。

母親好像看出她的心思：「活著總是好的。你還年輕，現在科學這麼發達，說不準明年就有新的醫療辦法出來了。」

她不是沒想過，在翻閱了大量的醫學雜誌後，關於幹細胞移植的報導曾讓她燃起一絲希望，但追蹤下去，知道用到臨床上是不知多久以後的事了，還有各種阻難。心就又灰了下去。

近來她腦子裡常想著文普禪師那句話：「因由緣起，緣起不滅。」到底是什麼樣的「因緣」，把活潑好動的她困在輪椅上？她受傷是由於被父親槍擊，她父親拔槍是由於家庭糾紛，家庭糾紛是由於他好賭，沒一件事跟她有直接關係。她卻為此賠上整個人生。命運為什麼對她如此不公平？

夜深了，月在中天，海浪輕輕地搖晃著遊輪，母親已經朦朧睡去了。也許，月光是公平的。她在睡過去時迷迷糊糊地想，還有，死亡是公平的。

第二天起了點小風浪，大姐躺倒起不來。第三天靠岸，大家一窩蜂地下船遊玩。第四天由大姐牽頭組成牌局，大哥小妹，大姐二姐擺開方城，從下午兩點戰至深夜，連晚餐都錯過，從餐廳叫披薩來吃。母親說她要在艙房裡躺一下，小哥推了她的輪椅到甲板上透氣。

小哥幫她點上煙，自己也銜了一支，雙手抱了後腦勺，仰在圈椅裡看小孩子們在游泳池裡嬉戲。男人露著胸毛，女人穿了三點式，戴了墨鏡躺在太陽椅上，池邊設了燒烤臺，供應漢堡和熱狗，香味一陣陣傳來。成群結隊的老頭老太太挽著胳膊在甲板上散步，陽光遍地，笑語喧譁，一片歌舞昇平。

小哥混得不好，在一個旅行社打工。苦著臉說他最不喜歡坐船了，本不願來的。但兄弟姐妹都來了，不來不好。

「我記得你在大學是讀船務的，讓你坐次船，度個假，有這麼為難嗎？」

小哥說他有幽閉恐懼症，一上船就緊張。

她笑說這麼豪華的遊船，泳池影院桑拿舞廳酒吧，各種設備應有盡有，還有人侍候你吃喝。有什麼好緊張的？

小哥說再豪華的監獄也是監獄，你看四面海天一色，一座豪華監獄孤零零地飄蕩其上，怎麼不叫人緊張？

她無言。困在輪椅上幾十年了，太明白世界就是個大監獄。人人都在其中，誰也逃不了。但這想法並不能使她感到輕鬆點，地獄十八層，都是地獄。但每一層還是有區別的。

兩人沉默地看著遊客、老人、孩子，海鳥在甲板上穿梭。

小哥又說：「他知道有些老人，終年飄在海上。為什麼？因為船票便宜。十天的旅程也就千把塊錢，有吃有玩有人侍候，還有醫生護士常駐。而療養院，老人院的價錢還超過這個。你算算是不是？」

她正在想小哥是不是在暗示些什麼？小哥又說：「由於船上顧客老年人占了個很大的比例，每次航行都會有一二個死在船上的。怎麼死的？也許吃了太多的美食，也許高血壓一下子發作，也許興奮過度，老人是磕碰不起的，你知道，只要一點小的意外，就可以兩腿一伸見上帝去了。」

「那遊船公司不是倒楣了嗎？」

「船公司是買了保險的。人如果是正常死亡他們一點責任也沒有。如果是意外，也有保險公司來賠償。」

一隻黑色的海鳥飛來，在放煙灰缸的桌子上停下，側了頭看他倆。

小哥對海鳥噴了一口煙霧，想趕走牠。海鳥邁著碎步躲開，卻不飛走。小哥說：「你看，海鳥也有依賴症，牠跟著船一路航行，吃喝不愁。趕都趕不走。」

「一路跟來的，你確定？」

「在三藩市上船時就看見牠了，右眼旁邊有塊白斑。其實不是海鳥，是烏鴉啦。海鳥很少是黑色的……哎。媽。你怎麼上來了？不再睡一會嗎？」

一回頭，看見母親站在背後。不知她來了多久了。

母親說：「想你們都在上面，我也來湊個數。」

小哥起身幫母親端了張椅子，老太太巍顫顫地坐下。她招手叫侍者給母親端杯熱茶過來。煙盒空了，小哥起身去買煙，問她要什麼牌子的。說完一回頭，剛才還是好好的母親兩眼發直，臉上的神情似乎受到驚嚇。她忙問道：「媽，你怎麼啦？」

老太太一言不發，人縮在椅子裡，簌簌發抖，白髮被風吹起。直到侍者送來了熱茶。她端到母親手上。喝了幾口，人才醒了過來，嘴唇發顫，囁嚅道：「剛才我看到你父親了，他就在那隻黑色的鳥身上。」

家庭會議是在最後一天召開的，第二天船就要回三藩市。

她堅決拒絕參加，不想看見親骨肉之間互相推諉，個個一張苦瓜臉，這個說身體不好，那個歎家庭負擔重。活到四十多歲了，人生這味藥已經夠苦了，千萬不要再添上一味「屈辱」的藥引。母親萬一走在她前面，她是絕無可能去別人門上討生活的。最好就如小哥說的，乘了船在世界各地走，哪天煩了的話在艙門上掛塊「請勿打擾」的牌子，吞下一瓶安眠藥，在大海的搖晃下安然入睡。什麼資料也不留，讓陌生人來處理一切，絕無拖泥帶水。多好！

一個人悶在艙房裡，知道全家在討論她的命運，雖不在意，感覺上還是很怪異，好像犯人等待宣判似的。她打鈴叫來了值班的侍應生，要他把輪椅推到甲板上去。

正是落日時分，除了游泳池裡還有一些小孩子在嬉戲，大部客人都湧到餐廳去了，今晚是船長的告別晚餐，據說食物特別精美。她要侍者把輪椅推到船尾，那兒正對著冉冉下沉的落日，金紅燦爛一片。在侍者把輪椅的支架固定好之後，她給了十塊錢的小費，要他過半個小時再來。

這兒空無一人，望出去海天一色，船尾的海面被強勁的螺旋槳犁開，暗綠中捲起一道巨大的白鏈，幾隻海鳥在琥珀色的天空中上下翱翔。偌大的繁華世界總留有空靈一角，讓人冥想沉思。她掏出香煙點上，卻找不到煙灰缸，這才想起此地並非吸煙區。無所謂了，人生在世，四十多年磕磕絆絆走來，還沒犯過什麼禁忌，撒上一點煙灰不能說是大罪過吧。

煙，在風中急速地縮短，她不得不大口地吞吸。煙灰隨風飄揚，灑在她的衣襟上、髮梢裡。年輕時曾幻想過，做一個伊莎朵拉鄧肯那樣的舞者，滿世界地旅行，在舞臺上忘我地飛舞。如今——人生只剩下煙灰。

一個黑影在頭頂盤旋，「嘎」地一聲，一隻黑鳥如幽靈般地落在她面前的欄杆上，支愣著頸毛與她對視著，那幽靈般地眼光似曾熟識，悲哀，傷情，又有一種依稀的溫暖。她一瞥之下，像是猛然被雷電擊中，心臟遽然擴大，氣都喘不上來。是你嗎？是那個生我養我寵我傷我，又用生命抵償了一顆子彈孽債的那個人嗎？是嗎？那你轉過身來，讓我看一眼你右眼旁的那塊白斑。

鳥兒靜止不動，只是用那隻滾圓的左眼盯視著她，她在那只眼睛無限放大的瞳仁裡看到一個小小的人影，如受傷前的自己，青春活潑，如花似玉，美豔不可方物，在海水的搖晃中翩翩起舞，姿態萬千，鎏金斑斕。

夕陽西沉，時空停駐。

她與鳥兒默默地對視著，眼淚都出來了，如白駒過隙，她在一剎那之間明白了輪迴的意義。也明白了某些辭彙超越了現世的限制，如因緣，如生和死，如此刻和彼岸，如愛和懺悔……

半個小時後，當那個菲律賓侍者再次來到甲板上之際，天時已暗，甲板上景物已不甚分明。當他來到船尾，只有一地的煙頭。而那把輪椅被移到舷橋邊，椅上空無一物。

就那麼陰差陽錯地搭上車。一路上同車的兩女一男叫她「撿來妮」。她只是笑笑，其實也沒錯到哪兒去，她護照上的英文名字是Jennie，聽起來跟撿來妮差不多。只是這一路去拉薩，英國護照不管用，幸好還保存著那張九年前發的身分證，上面的照片是大學剛畢業時拍的，不化妝都滿臉青春。現在她看到車窗玻璃上反射出來的憔悴的側影，恍惚得地老天荒似的。

丹增後來說：「我一看你就不是國內旅遊者。為什麼？我說不上來。也許，你穿裙子的樣子和別人不一樣。」

那是條在倫敦舊貨店淘來的蘇格蘭呢裙子，暗紅啞綠，上好的羊毛織成。六十年代的款式，腰身緊貼在髖胯上，到了大腿中部散發開來，長及腳踝。她喜歡它的剪裁和質地，飄灑又暖和，適於出門旅行。他們一車人在雅安西門長途汽車站看見她時，戴了頂棒球帽，馬尾紮在腦後。穿一件帶羊絨領子的短上衣，一個棕色的牛皮大登山包，腳蹬半高統靴。站在車站前河谷的風中，裙裾飛揚。

丹增猶豫了一下，他雖是車主，但車包給了別人，他照規矩不能隨便攬客的。但是經過那個身影時，腳不由自主地帶了下剎車，後座一側的車窗徐徐降落。

「喂，姑娘。去哪？」後座女乘客問道。

從車裡望出去，在川西高原的陽光下仰起的是一張蒼白的臉，眼睛裡有一抹無以名狀的憂傷神色。

「啊，我不知道……」

「這車去拉薩，要不要跟我們一塊去？」

車下人只猶豫了一剎那，副駕駛座的車門被一下拉開，一隻龐大的登山包先塞了進來。後面被堵住的車輛，急躁的喇叭聲響成一片。

熟了之後，車上的同伴跟她開玩笑：「你怎麼這麼大膽，問都不問清楚就上了車？」

她笑：「有什麼好怕的？」

同車的人說：「把你賣到山溝裡去做新娘子啊。」

她喃喃道：「新娘子？都是老太婆了……」

司機轉過頭來盯了她一眼，眼神中是全然的不認同。

其實她並非是那麼貿然之人，輕易地上來歷不明的車。只因為在車下時瞥見駕駛座上司機的眼神，一剎那就作了決定——有這樣一副眼神的人是可以信賴的。

他很快就把目光收了回去，專心致志地開車。

從巴塘到芒康這段是盤山公路，大地徒然升起，一面是峭壁，一面是深谷，路面僅有兩個車身寬，還常見塌方，大大小小的碎石撒滿路面，來車交會時得小心翼翼，一個不留神，後果將會不堪設想。

但這就是旅遊的真諦：放下日常的一切糾纏，排空雜念，去領略大山大水，天高地闊。途中會有艱險，有阻礙，時時有料想不到的事情發生。旅行的目的地重要，到達目的地的經歷同樣重要。

司機丹增，說自己是後藏格吉人。她估計他大概四十來歲左右，臉帶風霜，穿著與漢人無異，說起普通話來帶著川西的口音，但沉默寡言時為多。他的車開得穩健，不搶道，不急於趕路，說如果天晚了，這一路他都能找到相熟的藏民家裡讓大家住宿。在堵了半個路面的窄道上，別的司機都說過不去。他不信邪，下車張開手臂丈量一番，然後上車，半個輪子貼著懸壁開過去，乘客不由捏了一把冷汗。重新駛上平整的路面時，大家不約而同高呼「耶」。

三個同伴都是成都的年輕白領，像放出籠子的鳥兒，抖著羽毛。盡情地發洩、歡樂。脫了鞋子，盤腿坐在後座上，不停地吃零食、鬥嘴、大聲地笑鬧、歌唱。

她也笑，也跟大家分享零食，聊天搭話，但更多時候是一個人出神。天地蒼茫連綿，峻嶺深谷一色。極目遠眺，天邊有一抹淡淡的鷹影，平展著翅膀在滑翔，時高時低，過山包時隱沒了，再轉個彎後又浮現出來。她目光被這隻安詳的大鳥牽住，耳邊響起丹增略帶口音的話語：「那是雅魯藏布江大峽谷的神鷹，展翅可達一點五米，可以輕易提起一頭羊。」

她盯著窗外，恍然道：「不知牠從天上俯視我們是怎樣的一種感覺？」

他答道：「牠看我們和牛羊沒區別，都是芸芸眾生。」

她轉過頭來看他：「瞧這口氣，像是菩薩一樣。」

丹增只是笑笑。一言不發。

從劍橋到成都，差不多繞了半個地球了。在都江堰、在峨眉、在樂山，青山綠水中突然浮起分手戀人那張熟悉的臉龐，俊美卻又帶著絕決的神情。失戀的痛楚還是如影似隨，當你不防之際在心頭噬咬一口，疼得人一抽冷子。她原以為自己放得下，看來心性還遠未修煉到家。

她一直希望自己像那些在峭壁上行走自如的羚羊，悠閒、靈巧、從容、安詳。享受大自然的豐美水草，也能爬上數百米的懸崖，舔舐岩間的鹽晶。

丹增在音響裡插進一張碟片，刀郎的歌：

掰著手指算著相識的日子，
心中折射是你無數的影子，
早已在溫柔裡迷失自己，
遠方的人是否還有著最初的樣子。
我在你的天空大聲呼喚你的名字
親愛的遙遠的你能不能感應我的心事，
天邊飛過是我對你思念的雲朵，
慢慢的慢慢的從此我就變成你的影子。
……
泛黃的舊照片有我的記憶，
你的笑融化了我的冬天，
來不及細想思念從此孤注一擲，
遠方的人是否還有著最美的樣子。

歌聲像野外黃昏時的蘇格蘭風笛，嗚咽暗啞。男人的嗓音低沉滄桑，情感飽滿又憂傷柔軟。在這片天蒼蒼野茫茫的天地中聽這歌聲，人的眼淚都被逼出來了。

「你怎麼知道我喜歡這首歌？」問完之後她才發覺問題是那麼突兀。

他一點不在意地答道：「因為我喜歡。」

夜宿小旅館，兼買飯菜。飯堂裡聚集著幾十個人，有過路的貨車司機，有像他們一樣自組團旅遊的，也有跑單幫的。素不相識的人混坐在一張大圓臺面上。有花卷和米飯，主菜是帶骨的羊肉，和著胡蘿蔔大蔥加辣椒煮出來，大盆大碗地堆在餐桌上。吃的人手掰牙撕，大快朵頤。還有酒，烈性酒咕咚咕咚倒在搪瓷茶缸裡，一仰頭就下去半杯。

這是在路上討生活人典型的吃法，大漠烈風，飛沙走石，顛簸辛勞，為了趕路，白天就啃幾口乾糧。晚上這一餐是他們唯一豐盛的吃食，每個人都放開胃口，吃飽喝足，第二天才有精力踏上路途。

她卻胃口不佳，一是已進入高原，有輕微的缺氧反應。二是她在國外多年，已接受清淡飲食的習慣，油膩葷腥只是淺嘗輒止。三是出來旅行途中，肉食居多，她顛簸一天之後，此刻只想喝碗小米稀飯，來一盤青菜。

但此地峻嶺戈壁，不可能有青菜的，連胡蘿蔔大蔥都是靠車隊帶過來的。

她放下碗筷，出餐廳時看到丹增在院落裡抽煙。天邊極目之處有條暮光，深藍色的天幕上，月亮已經升到半空，空氣裡有股戈壁上特有辛辣冷冽的味道。

丹增看她走近，捏熄了煙捲。她注意到了這個動作，心裡不由感激莫名。在開車時，丹增長途駕駛容易疲勞，靠抽煙解乏。後來發覺她嗆咳，就一直忍著沒抽煙。或者在停車休息時匆匆忙忙地抽上一支。

「你其實不用熄掉的，這煙我沒覺得太嗆人。就是嗆，在國內也要學會習慣的。」她滿懷歉意道。

丹增微笑，在黑暗中瞥見他健康的牙齒閃耀。他像變戲法似的掏出兩個國光蘋果：「我看你吃得不多，也許你需要這個，給。」

兩個稍微有點脫水的國光蘋果，在超級市場裡和在高原上是完全不同的價值。她捧著蘋果，一時竟說不出話來。

丹增抬頭看看天：「早點休息吧。明天路上會很長。」

第二天的路況較好，但景色也相對平淡。同車的人閒極無聊，想方設法逗丹增這個悶葫蘆講話，要他說藏族人的婚戀。

丹增笑著，翻來覆去只有一句話：「我們跟你們漢人不一樣。」

「怎麼不一樣？都是一個鼻子兩個眼睛。」

丹增還是笑：「我說不上來。真的沒什麼好說的。」

「一滴水可以見大海。那就說說你自己，丹增你多大了？」

「二十九。」

她一驚，原本猜想他大概四十多了，最多比自己小一二歲。沒想到實際上他這麼年輕，都說在高原紫外線晒多了，人容易見老，藏人是世世代代居住在世界屋脊上的。

那幾個人還纏著丹增：「成家了？」

丹增微微搖頭。

「那麼總有女朋友吧？」

丹增只是嘿嘿地笑：「我侄兒已經二十一歲了。」

「侄兒跟你有什麼關係？」

「侄兒也是我的兒子。」

這句沒頭沒腦的話把大家給搞糊塗了。「什麼意思？」

丹增平靜地說他們那兒的風俗是眾兄弟合娶一個老婆，輪流同房，所生的子女，每個人都要負父職。所以他的侄子也就是他的兒子。

三個白領的下巴掉下來收不回去，她也極為震撼。

一個白領回過神來：「但你的侄子不是你兒子，對吧？你侄子出生時你才八歲。不可能生孩子的。」

我們那兒是沒有區別的。

一個女白領驚呼道：「天哪，想不到二十一世紀了，還有這種落後的風俗。」

丹增沒答話，她從側面看去，丹增脖子裡的一條血管突突跳動。過一陣才說：「我說過，我們跟你們漢人不一樣。」

大家很快地避過這個話題。

每到宿處，只要有水，丹增一定要洗車，至少要用濕毛巾把灰塵抹去。他說這是為了第二天行車更安全，視野更清晰。這天她吃完晚餐回房間又看到丹增在洗車，心一熱就跑過去：「我能幫什麼忙嗎？你也辛苦地開了一天車了。」

丹增抬頭看了她一眼，笑笑：「你是客人，不勞累你了。」

「那沒什麼，我在英國也自己洗車。」

說完發覺自己說漏了嘴，三四天來一直說是北京外語學院的助教，那是她九年前的職位。但丹增沒有意外的表示，說：「我早就看出你不是國內人。」

「你怎麼看出來的？」

「就是看出來了嘛。」

「你還看出什麼？」

丹增沒回答，他直起腰來，把水管遞給她：「那你幫我沖水吧。」

水花打在車身上，飛濺的水沫在斜射的夕陽裡映出一條彩虹，丹增忙碌的身影在彩虹中帶了一層霞照，彷彿菩薩身上的佛光。

車子越近拉薩，沿途看到磕長頭的也多了起來。滿面滄桑，衣衫襤褸的老者，頭髮編了幾十條辮子的中年婦人，帶著兒女，隨身攜帶沉重的背囊，在荒野中，在山路上，一步一個等身長頭趨向拉薩而去。路上隨處可見經幡，破碎的，新掛上去的，在風中獵獵招展。丹增說這些朝拜者都是從很遠的地方來的，背囊裡裝著省下來獻給佛的香油和糯巴，一次磕長頭到拉薩，可能要耗費上一兩年。年老體衰的也許更長。

男白領問丹增：「他們晚上住哪兒？」

隨處碰到的藏人帳篷，藏人對朝拜者都會熱情接待。

這一路荒涼，車子開了半日也沒看到幾頂帳篷。丹增說如果碰不到帳篷，朝拜者就宿在野地裡。

高原上遽寒，某些季節夜裡可達零下十幾度，並有烈風、冰雹、飛沙走石。其嚴酷程度非常人能想像。

一個女白領說：「我看不出磕長頭有什麼意義，虔誠有很多表示的辦法。為什麼一定要如此虐待自己？」

丹增簡短地回答：「不是虐待，而是洗滌靈魂。」
眾白領們譁然：「靈魂又不是蘿蔔。丹增你真的相信這個嘛？」
「我相信。」
「也相信來世嘛？」
「相信。」
「如果萬一沒來世，那麼藏人這輩子的含辛茹苦不都白費了嘛？」
「一定會有來世。」
丹增突然轉過頭來，問她：「你呢？」
她猝不及防，想了很久：「我不敢說有沒有來世，但我更相信人間。」
據丹增說：「還有一天半的路程，就可以進拉薩了。」
路上的車多了起來，都是像他們這樣自行組團進藏的，從車牌看來青海四川貴州雲南都有，也有遠至上海北京來的。路邊的商店也把貨物排列到門口，各種紀念品，從天珠到銀飾、藏刀、毛毯，轉經筒到藏式的衣服帽子，以招徠一車車的旅客。
她也跟著下去看看，但很少購買。
回到車上，丹增倚著車子在抽煙，問她：「沒買什麼？」
「我嫌麻煩。」
丹增笑了：「很多人都買一大堆的紀念品。」
「我喜歡一身輕。坐你的車進藏就是最大的紀念品了。」

「你跟藏人很像。」
「為什麼？」
「藏人認為現世只是暫時的，生命有很長的路要走。」
「你的意思是……？」
「所有的一切，都是包裹重負。包括這些紀念品。」
看她若有所思，丹增又說：「生命是捨棄，而不是積聚。」
她恍然：「也許幾輩子前，我也是藏族人。」
丹增用很嚴肅的眼光看她：「我也有同感。」
丹增的眼光和話語使她突然起了一種戰慄之感，如被催眠般地，她眼前浮起月夜的喇嘛廟前的空寂雪地，佛壇前飄搖的香燭幽光，鐘鳴鼓樂，伴隨著年輕的喇嘛唱歌似的曼聲詠經，野地中的經幡在經年累月中破碎，一絲絲一絡絡地隨風吹走。她彷彿看見小小的自己，被阿媽裹在寬大的藏袍裡，牽了兩頭犛牛朝拜布達拉宮。她們走過四季，走過開滿野花的帕里草原，翻過險峻的唐古喇山口。天地作床，餐風飲露，一步一磕頭地向心中的佛地而去。在遽寒的日子，食物用罄，風寒交迫，母親牽過那頭忠心耿耿的老犛牛，在牛的大腿上割開一條口子，母女兩人貼著犛牛吮吸滾熱的牛血，一個生命用鮮血養育另外一個生命。
她舔了舔嘴唇，嘴唇上還感得到那溫熱帶有鹹味的牛血。
回過神來，發現丹增用異樣的神情看著她，說：「我在你眼睛裡看到……」
「什麼？」
丹增迷惑地說：「一頭老犛牛。」
她渾身顫抖，差點昏厥過去。

趕緊扶住車子：「我這是怎麼啦？高山反應……」

只聽得丹增喃喃道：「前世未遠。」

最後一天，丹增敲響了她的房門。

「有件事想請你幫忙。」

「儘管說。什麼事？」

「我想請你教我英語。」

她躊躇：「英語可不是一蹴可幾的事。」

看到她為難的樣子，丹增趕快說：「就一句也好。」

她笑了：「那你想學哪一句？」

丹增臉紅了，憋了半天：「我愛你。怎麼說？」

她耐心地一個字，一個字地：「I love you.」

丹增笨拙地：「愛拉夫由。」

她擺出口型：「I love you.」

「愛勒夫由。」

「再來一遍。」

兩人說了幾十遍。到最後，她自己也迷茫了，口音有關係嘛？不管發音如何，不管舌頭如何轉不過彎來，這話語後面的意思是再也明白不過了。只有前世有緣之人，才能面對面地說這句話。只有給予過，接受過之人，才能明白語言的表達力是多麼的蒼白。只有在人生中經歷磨難之人，才能瞭解靈魂的透徹是多麼的可貴。

「你把這句話寫下來吧。」
「好的。」
丹增看著她寫在拍紙薄上的字母，手指頭數著：「一棵大樹，一棵小樹，一個圓圈，一道山谷，一個磕頭的人，一部滑梯，再一個圓圈，一個茶杯。」
也有簡單的。她說著又在拍紙薄上寫下「I ❤ U」。
這好記。丹增笑著：「就像在大樹底下敬你一杯酥油茶。」
她為他的童心由衷微笑。

到了旅館，卸下行李，丹增馬上就要去接另外一個團。大家依依相別。一個女白領說：「丹增，我下次進藏還要坐你的車。」丹增笑道：「有緣就能再聚。」熱情地跟大家一一握手道別，來到她面前時，眼睛笑咪咪地說：「我在大樹底下敬你一杯酥油茶。」她的心都化了，跨前一步，給丹增一個滿懷的擁抱。

當丹增的車子離去之際，大家都急著去登記房間，只有她驚訝地發現，在佈滿人間塵土的車後窗上，不知什麼時候寫上了I ❤ U，大大的三個字母。像前世的一聲召喚。

釀小說41　PG0966

見鬼
——聊齋新撰

作　　者　　范　遷
責任編輯　　蔡曉雯
圖文排版　　詹凱倫
封面設計　　陳佩蓉

出版策劃　　釀出版
製作發行　　秀威資訊科技股份有限公司
　　　　　　114 台北市內湖區瑞光路76巷65號1樓
　　　　　　電話：+886-2-2796-3638　傳真：+886-2-2796-1377
　　　　　　服務信箱：service@showwe.com.tw
　　　　　　http://www.showwe.com.tw
郵政劃撥　　19563868　戶名：秀威資訊科技股份有限公司
展售門市　　國家書店【松江門市】
　　　　　　104 台北市中山區松江路209號1樓
　　　　　　電話：+886-2-2518-0207　傳真：+886-2-2518-0778
網路訂購　　秀威網路書店：http://www.bodbooks.com.tw
　　　　　　國家網路書店：http://www.govbooks.com.tw
法律顧問　　毛國樑　律師
總 經 銷　　創智文化有限公司
　　　　　　236 新北市土城區忠承路89號6樓
　　　　　　電話：+886-2-2268-3489　傳真：+886-2-2269-6560
　　　　　　博訊書網：http://www.booknews.com.tw

出版日期　　2013年8月　BOD一版
定　　價　　320元

Printed in Taiwan

國家圖書館出版品預行編目

見鬼：聊齋新撰 / 范遷著. -- 一版. -- 臺北市：釀出版,
2013. 08
面； 公分. -- (釀小說；PG0966)
BOD版
ISBN 978-986-5871-66-6 (平裝)

857.63 102011800

讀者回函卡

感謝您購買本書，為提升服務品質，請填妥以下資料，將讀者回函卡直接寄回或傳真本公司，收到您的寶貴意見後，我們會收藏記錄及檢討，謝謝！如您需要了解本公司最新出版書目、購書優惠或企劃活動，歡迎您上網查詢或下載相關資料：http:// www.showwe.com.tw

您購買的書名：________________________________

出生日期：________年________月________日

學歷：□高中（含）以下　□大專　□研究所（含）以上

職業：□製造業　□金融業　□資訊業　□軍警　□傳播業　□自由業

　　　□服務業　□公務員　□教職　□學生　□家管　□其它____

購書地點：□網路書店　□實體書店　□書展　□郵購　□贈閱　□其他

您從何得知本書的消息？

□網路書店　□實體書店　□網路搜尋　□電子報　□書訊　□雜誌

□傳播媒體　□親友推薦　□網站推薦　□部落格　□其他________

您對本書的評價：（請填代號　1.非常滿意　2.滿意　3.尚可　4.再改進）

封面設計____　版面編排____　內容____　文／譯筆____　價格____

讀完書後您覺得：

□很有收穫　□有收穫　□收穫不多　□沒收穫

對我們的建議：________________________________

____

____

____

請貼
郵票

11466
台北市內湖區瑞光路 76 巷 65 號 1 樓
秀威資訊科技股份有限公司 收
BOD 數位出版事業部

（請沿線對折寄回，謝謝！）

姓　　名：＿＿＿＿＿＿＿＿＿＿　年齡：＿＿＿＿　性別：□女　□男

郵遞區號：□□□□□

地　　址：＿＿＿＿＿＿＿＿＿＿＿＿＿＿＿＿＿＿＿＿＿＿＿＿＿＿＿＿

聯絡電話：（日）＿＿＿＿＿＿＿＿＿＿＿＿（夜）＿＿＿＿＿＿＿＿＿＿＿＿

E-mail：＿＿＿＿＿＿＿＿＿＿＿＿＿＿＿＿＿＿＿＿＿＿＿＿＿＿＿＿